FOLIO SCIENCE-FICTION

Douglas Adams

# Le Guide du voyageur galactique

## H2G2, I

*Traduit de l'anglais*
*par Jean Bonnefoy*

*Postface de Robbie Stamp,*
*traduite de l'anglais*
*par Nicolas Botti*

Denoël

Cet ouvrage a été précédemment publié
dans la collection Présence du futur aux Éditions Denoël.

*Titre original :*

THE HITCHHIKER'S GUIDE TO THE GALAXY
(Pan Books, Londres)

Né à Cambridge en 1952, Douglas Adams a exercé tour à tour les métiers de brancardier, charpentier, vendeur de poulaillers, gorille, avant de se tourner vers l'écriture pour la radio et la télévision, où il développera son aptitude à manier l'absurde et le *nonsense*.

Il est essentiellement connu en France pour sa série du *Guide du voyageur galactique*, *space opera* loufoque et délirant proche de l'esprit des meilleurs *Monty Python*, qui a remporté un succès considérable dans les pays anglo-saxons. Adapté d'un feuilleton radiophonique diffusé sur la BBC au printemps 1978, *Le Guide du voyageur galactique* a également connu les honneurs d'une transposition télévisuelle kitschissime parfaitement inoubliable avant de devenir *H2G2*, le délire cinématographique de Garth Jennings et Nick Goldsmith.

Douglas Adams est décédé en mai 2001 d'une crise cardiaque, à l'âge de quarante-neuf ans.

## AVERTISSEMENT

Adieu *Guide galactique*, bonjour *Guide du voyageur galactique* ! Les anciens lecteurs seront sûrement surpris par le changement de titre. Pas de panique, il s'agit bien du premier tome de l'édition française de la plus fameuse trilogie en cinq volumes de l'histoire de la littérature. S'ils s'aventurent à le relire, les anciens lecteurs pourront également constater que les noms d'un bon nombre de personnages et de lieux ont été modifiés. Pour autant, ce n'est pas un changement dicté par de simples considérations d'ordre idéologique mais motivé par la sortie du film adapté de cet ouvrage. Les noms n'ont pas été arbitrairement choisis. En fait, il s'agit dans la grande majorité des cas de la reprise des patronymes originaux.

Les nouveaux lecteurs aussi bien que les puristes devraient donc s'y retrouver.

Enfin, dernière précision qui compte : quelle est la signification de *H2G2* ? Il s'agit tout simplement de l'abréviation du titre original *The HitchHiker's Guide to the Galaxy*. Et c'est, depuis longtemps déjà, le cri de ralliement de tous les fans du *Guide du voyageur galactique* à travers le monde.

## LES PERSONNAGES :

Le Guide
Arthur Dent
Ford Prefect
Zaphod Beeblebrox
Trillian
Eddie l'Ordinateur
Slartibartfast
Marvin, l'androïde paranoïde

*dédié à*
*Jonny Brock et Clare Gorst*
*ainsi qu'à tous les autres Arlingtoniens*
*pour leur thé, leur sympathie et le sofa.*

*Tout là-bas, au fin fond des tréfonds inexplorés et mal famés du bout du bras occidental de la Galaxie, traîne un petit soleil jaunâtre et minable.*

*En orbite autour de celui-ci, à la distance approximative de cent cinquante millions de kilomètres, se trouve une petite planète bleu-vert et totalement négligeable dont les habitants — descendus du singe — sont primitifs au point de croire encore que les montres à quartz numériques sont une vachté de chouette idée.*

*Cette planète a — ou plutôt, elle avait — un problème, à savoir celui-ci : la plupart de ses habitants étaient malheureux la plupart du temps. Bien des solutions avaient été suggérées mais la plupart d'entre elles faisaient largement intervenir la mise en circulation de petits bouts de papier vert, chose curieuse puisque en définitive ce n'étaient pas les bouts de papier vert qui étaient malheureux.*

*Et donc le problème subsistait ; des tas de gens se sentaient minables et la plupart étaient effectivement misérables — y compris les possesseurs de montres à quartz numériques.*

*Un nombre croissant d'entre eux partageait cette opinion selon laquelle leur plus grosse erreur aurait été dès le début de descendre des arbres. D'aucuns même affirmaient qu'avec les arbres déjà... et qu'on aurait mieux fait de ne jamais quitter les océans.*

*Et puis, un beau jeudi, près de deux mille ans après qu'on eut cloué un homme sur un arbre pour avoir dit combien ça pourrait être chouette de se montrer sympa avec les gens, pour changer, une fille assise toute seule dans un petit café de Rickmansworth comprit tout soudain ce qui ne tournait pas rond depuis le commencement et vit enfin comment on pouvait faire du monde un endroit agréable et chouette. Cette fois, c'était la bonne, ça marcherait et on n'aurait plus besoin de clouer n'importe où n'importe qui.*

*Mais hélas, avant que la jeune fille n'ait eu le temps de trouver une cabine pour téléphoner à quelqu'un la nouvelle, une terrible catastrophe survint et l'idée se perdit à jamais.*

*Ceci n'est pas l'histoire de cette jeune fille.*

*Mais celle de cette stupide catastrophe et de quelques-unes de ses conséquences.*

*C'est également l'histoire d'un livre, un livre intitulé* Le Guide du voyageur galactique *— qui n'est pas un livre terrien : jamais il ne fut édité sur Terre, et, jusqu'au jour de la catastrophe, nul Terrien ne l'avait vu ni n'en avait entendu parler.*

*Nonobstant, un livre tout à fait remarquable.*

*En fait, c'était sans doute l'ouvrage le plus remarquable jamais publié par les éditeurs de la Petite Ourse (dont aucun Terrien n'avait non plus jamais entendu parler).*

*Non seulement ce livre est tout à fait remarquable, mais c'est également un énorme succès — plus populaire encore que le* Mémento d'économie domestique céleste, *plus vendu que les* 53 Nouvelles Recettes pour s'occuper en apesanteur *et plus controversé même que la scandaleuse trilogie du philosophe Oolan Colluphid,* Les Origines de l'erreur de Dieu, Quelques exemples des grandes erreurs divines *et* Finalement, d'où sort ce dénommé Dieu ?

*Auprès de bon nombre de civilisations parmi les plus peinardes des confins orientaux de l'anneau galactique,* Le Guide du voyageur galactique *a même supplanté la grande* Encyclopædia galactica *comme dépositaire classique de la sagesse et de la connaissance car, malgré ses nombreuses omissions, son texte largement apocryphe (ou du moins pour une bonne part apocryphe), il n'en surpasse pas moins les ouvrages antérieurs sur deux points importants :*

*Primo, il est légèrement moins cher et, secundo, sur sa couverture on peut lire en larges lettres amicales la mention :*

*PAS DE PANIQUE !*

*Mais l'histoire de ce terrible et stupide jeudi, l'histoire de ses extraordinaires conséquences, l'histoire des liens inextricables entre lesdites conséquences et le susdit remarquable ouvrage, cette histoire débute fort simplement :*

*Elle débute avec une maison.*

# Chapitre 1

La maison se tenait, isolée, sur une légère éminence juste à la sortie du village, et donnait sur les larges étendues de la campagne vers l'ouest. Une maison sans rien de remarquable — datant d'une trentaine d'années, trapue, carrée, bâtie en brique, avec en façade quatre ouvertures dont la taille et les proportions parvenaient à peu près totalement à ne pas satisfaire l'œil.

La seule personne pour qui cette maison représentait quelque chose de particulier s'appelait Arthur Dent et cela uniquement parce qu'il se trouvait y vivre. Il y vivait depuis trois ans, exactement depuis qu'il avait quitté Londres parce que la vie citadine le rendait irritable et nerveux. Proche de la trentaine, il était grand, brun, et pas tout à fait bien dans sa peau. Ce qui l'ennuyait le plus était que les gens n'arrêtaient pas de lui demander ce qui avait l'air de l'ennuyer tant. Il travaillait à la radio locale dont il ne cessait d'affirmer à ses amis qu'elle était bien plus intéressante qu'ils ne le croyaient sans doute. Il faut dire que la plupart de ses amis travaillaient dans la publicité.

Le mercredi soir, il avait beaucoup plu, la route était humide et boueuse, mais au matin du jeudi un soleil éclatant brillait au-dessus de la maison d'Arthur Dent pour ce qui devait s'avérer la dernière fois.

Arthur n'avait pas encore parfaitement pris conscience que le conseil municipal avait l'intention de l'abattre pour y faire passer une déviation.

Ce jeudi, à huit heures du matin, Arthur ne se sentait pas très bien. Il s'éveilla, hagard, se leva, fit, toujours hagard, le tour de sa chambre, ouvrit une fenêtre, vit un bulldozer, dénicha ses pantoufles et se dirigea pesamment vers la salle de bains pour aller se laver.

Le dentifrice sur la brosse.

Bon.

On frotte.

La glace : tournée vers le plafond. Il la rajusta. L'espace d'un éclair elle lui renvoya l'image d'un second bulldozer, à travers la fenêtre de la salle de bains. Une fois bien remise, la glace lui renvoya l'image des poils d'Arthur Dent. Il les rasa, se lava, se sécha et se dirigea, pesamment, vers la cuisine pour y dénicher quelque chose d'agréable à se mettre derrière la cravate.

Bouilloire, prise, frigo, lait, café. Bâillement. Le mot *bulldozer* lui trottait dans la tête en quête de quelque chose à quoi se raccrocher.

Le bulldozer devant la fenêtre de la cuisine était du genre énorme.

Il le contempla.

« Jaune », remarqua-t-il, avant de retourner, pesamment, s'habiller dans sa chambre.

Passant devant la salle de bains, il s'y arrêta pour boire un grand verre d'eau, puis un second. Il commençait à se demander s'il n'avait pas une cuite. Pourquoi donc une cuite ? Aurait-il bu la veille au soir ? Il fallait bien l'admettre. Il jeta un coup d'œil dans la glace. « Jaune », se dit-il et, pesamment, il gagna la chambre.

Il s'arrêta et réfléchit. Le pub. Ô bonne mère, le pub ! Il lui revenait vaguement s'être mis en colère pour quelque chose, semblait-il, d'important. Il avait dû en parler aux gens en long et en large : ce qui lui revenait le plus nettement, maintenant, c'était les regards vitreux des autres clients. Une histoire de nouvelle déviation qu'il venait tout juste de découvrir. C'était dans l'air depuis des mois, seulement personne ne semblait au courant. Ridicule. Il s'aspergea d'eau. Il décida que tout ceci se réglerait de soi-même : personne ne voulait de cette déviation, le conseil municipal n'avait absolument pas lieu de camper ainsi sur ses positions ; tout cela se réglerait tout seul. Mais Dieu quelle gueule de bois ça lui avait quand même valu ! Il se contempla dans la glace de l'armoire. Il tira la langue. « Jaune », constata-t-il. Ce mot *jaune* lui trottait dans la tête ; ça lui évoquait quelque chose.

Quinze secondes plus tard il était dehors, allongé devant un gros bulldozer jaune qui remontait l'allée du jardin.

M. L. Prosser n'était, comme on dit, qu'un homme. En d'autres termes, c'était une forme de vie bipède, fondée sur le cycle du carbone, et descendant du singe. Plus précisément, l'homme avait la quarantaine, de l'embonpoint, l'air minable et il travaillait pour la municipalité. Chose curieuse, quoiqu'il l'ignorât, c'était également un authentique descendant en ligne directe de Gengis Khan — par la branche mâle, même si la succession des générations et des croisements raciaux avait brouillé ses gènes au point qu'il ne présentait aucun trait mongoloïde et ne gardait pour seul vestige de son formidable ancêtre qu'une taille nettement rebondie et certain penchant pour les petites toques de fourrure.

Il n'avait rien d'un fier guerrier : en fait, c'était un homme énervé et soucieux. Et, aujourd'hui, il était particulièrement énervé et soucieux car quelque chose clochait sérieusement dans son boulot — lequel consistait à veiller à ce que la maison d'Arthur Dent eût bien débarrassé le plancher d'ici au soir.

« Laissez donc tomber, monsieur Dent, lui expliquait-il. Vous savez bien que vous ne gagnerez pas. Vous ne pouvez pas rester éternellement couché devant ce bulldozer. »

Il essaya bien de lui jeter un regard incendiaire mais sans aucun succès. Arthur, qui gisait toujours dans la boue, lui gargouilla :

« Chiche ! On verra bien qui rouillera le premier.

— J'ai bien peur que vous ne soyez obligé d'accepter », dit M. Prosser, agrippant sa toque pour la faire tourner sur son crâne. « Cette déviation doit être construite et elle sera construite.

— Première fois que j'en entends parler, remarqua Arthur. Et pourquoi faut-il la construire ? »

M. Prosser brandit d'abord un doigt dans sa direction puis, s'immobilisant, il laissa retomber la main. « Que voulez-vous dire : "Pourquoi faut-il la construire" ? C'est une déviation. Et il faut toujours construire des déviations. »

Les déviations sont ces dispositifs permettant à certaines personnes de se précipiter à fond de train du point A au point B tandis que d'autres personnes en font de même mais du point B au point A. Les gens qui vivent au point C, exactement situé à mi-chemin, ont souvent tendance à se demander ce qu'a de particulier le point A pour que tant de gens du point B aient envie de s'y rendre et ce qu'a de particulier le point B pour que tant de gens du point A aient envie de s'y rendre. Bien souvent ils préféreraient que les gens décident une bonne fois pour toutes où diable ils ont envie de se mettre.

M. Prosser quant à lui voulait être au point D. Le point D n'était nulle part en particulier, c'était tout au plus n'importe quel point très, très éloigné des points A, B et C. Il y posséderait un gentil petit cottage avec de longues verges suspendues au-dessus de la porte d'entrée et passerait agréablement son temps au point E qui serait le pub le plus proche du point D. Sa femme bien entendu préférait les roses trémières, mais lui, il voulait des verges. Il ne savait pas pourquoi mais il aimait les longues verges. Un point c'est tout. Il se sentit devenir tout rouge devant le sourire narquois des conducteurs de bull.

Il se dandina d'un pied sur l'autre sans pour autant trouver de position confortable. À l'évidence, quelqu'un avait fait preuve d'une navrante incompétence et il priait Dieu que ce ne fût pas lui.

M. Prosser reprit : « Vous aviez tout loisir pour émettre suggestions et réclamations en temps opportun, vous savez.

— En temps opportun ? glapit Arthur. En temps opportun ? La première fois que j'en ai entendu parler, c'est quand un ouvrier s'est pointé hier chez moi. Je lui ai demandé s'il venait pour faire les vitres et il m'a répondu que non il venait démolir la maison. Bien sûr, il ne me l'a pas dit tout de go. Que non ! Il a d'abord fait une ou deux fenêtres et m'a tapé de cent sous. Ce n'est qu'après qu'il me l'a dit.

— Mais monsieur Dent, cela fait neuf mois que les plans sont disponibles au cadastre.

— Oh ! oui, sitôt que je l'ai su, j'ai foncé les consulter, hier après-midi. On ne peut pas dire que vous vous décarcassiez pour attirer l'attention dessus. Je ne sais pas, par exemple, vous pourriez l'annoncer partout…

— Mais ces plans sont exposés…

— Exposés ? J'ai dû finalement descendre à la cave pour les dénicher.

— C'est effectivement la salle d'exposition.
— Et avec une torche.
— Ah ! Sans doute les lumières avaient-elles sauté !
— L'escalier aussi.
— Bon. Mais écoutez, vous avez trouvé l'avis d'expropriation, non ?
— Oui, reconnut Arthur. Oui, je l'ai trouvé : il était placardé dans le fond d'un classeur fermé à clé, coincé dans des lavabos désaffectés avec sur la porte la mention : *Gare au léopard.* »

Un nuage passa, jetant son ombre sur un Arthur Dent relevé sur un coude dans la glaise glaciale, jetant son ombre sur la maison d'Arthur Dent que M. Prosser considérait, le sourcil froncé : « On ne peut pas dire que cette maison soit particulièrement belle.
— Je suis désolé, mais il se trouve que je l'aime bien.
— Vous aimerez la déviation.
— Oh ! fermez-la ! dit Arthur Dent. Fermez-la et fichez le camp, vous et votre foutue déviation. Votre argument ne tient pas debout et vous le savez fort bien. »

La bouche de M. Prosser s'ouvrit et se referma plusieurs fois de suite tandis que lui venaient à l'esprit, inexplicables mais terriblement attirantes, des visions de la maison d'Arthur Dent consumée par les flammes tandis que l'intéressé s'échappait de la fournaise en hurlant, avec au moins trois grosses lances fichées dans le gras du dos. M. Prosser était souvent hanté par ce genre de visions qui le rendaient extrêmement nerveux. Il en resta quelque peu décontenancé puis se ressaisit.

« Monsieur Dent.

— Voui ?

— Voici quelques faits précis pour votre gouverne. Avez-vous la moindre idée des dégâts que pourrait subir ce bulldozer si d'aventure je le laissais vous passer dessus ?

— Non.

— Absolument aucun », dit M. Prosser avant de se détourner avec emphase en se demandant avec nervosité pourquoi dans sa pauvre cervelle mille cavaliers velus lui criaient dessus.

*Absolument aucun* : tel était, par une coïncidence curieuse, le degré de soupçon que pouvait avoir un Arthur Dent descendu du singe que l'un de ses amis les plus proches n'en descendît pas lui-même, mais fût en réalité natif de quelque petite planète aux confins de Bételgeuse et non pas de Guildford comme il avait coutume de le proclamer.

Arthur Dent n'avait jamais, au grand jamais, soupçonné cela.

Cet ami était pour la première fois arrivé sur la Terre quelque quinze années terrestres plus tôt et il avait travaillé dur pour se fondre dans la société terrienne avec — il faut bien l'admettre — un certain succès. Ainsi avait-il passé lesdites quinze années à jouer les acteurs au chômage, ce qui était des plus plausibles.

Il avait commis toutefois une maladresse, faute d'un temps de préparation suffisant. Les informations qu'il avait recueillies l'avaient en effet conduit à se choisir « Ford Prefect » comme patronyme, croyait-il, passablement passe-partout.

D'une taille passablement normale, les traits affirmés même s'ils n'étaient pas spécialement fins, le cheveu bouclé et ébouriffé, les tempes dégagées, la peau comme tirée en arrière depuis le nez : il y avait en lui quelque chose de légèrement bizarre mais il était difficile de dire quoi. Peut-être était-ce que ses yeux semblaient ne pas cligner assez souvent, si bien que lorsque vous lui parliez, au bout d'un moment les larmes finissaient par vous venir. Peut-être aussi était-ce à cause de ce sourire un peu trop large qui donnait aux gens l'impression crispante que l'homme allait leur sauter à la gorge. La plupart des amis qu'il s'était faits sur Terre le considéraient comme un excentrique mais du genre inoffensif : un ivrogne original aux habitudes fantasques. Par exemple, il lui arrivait souvent de débouler à l'improviste dans les soirées d'universitaires, de s'y saouler méchamment avant de commencer à se foutre de tous les astrophysiciens qu'il pouvait dénicher jusqu'à ce qu'on soit obligé de le jeter dehors.

Il était pris parfois de bizarres accès de distraction et contemplait le ciel, comme hypnotisé, jusqu'à ce qu'on vienne lui demander ce qu'il cherchait. Alors il sursautait l'air coupable avant de se détendre et de répondre dans un sourire : « Oh ! juste des soucoupes volantes ! » et tout le monde de rire de sa plaisanterie et de lui demander quel genre de soucoupe il cherchait donc.

« Les vertes ! » répondait-il alors avec un sourire mauvais, avant d'éclater de rire puis de se ruer vers le bar le plus proche pour y payer un nombre considérable de tournées.

Les soirées de ce genre finissaient généralement mal : Ford se pétait la gueule au whisky, s'avachissait dans un coin avec une fille et commençait à lui expliquer en phrases pâteuses que franchement la couleur des soucoupes volantes n'avait pas tant d'importance que ça.

On le retrouvait souvent, par la suite, titubant à demi paralytique dans les rues enténébrées et demandant aux agents s'ils connaissaient le chemin de Bételgeuse. Les agents lui disaient en général quelque chose du genre : « Vous ne croyez pas qu'il serait temps de rentrer chez vous, monsieur ?

— J'essaie, mon pote, j'essaie », répondait alors invariablement Ford en ces occasions.

En fait, ce qu'il cherchait réellement en contemplant distraitement les cieux, c'était bien une soucoupe volante, quelle que soit sa couleur. S'il disait verte, c'était à cause de la livrée spatiale traditionnelle des éclaireurs commerciaux de Bételgeuse.

Il lui tardait de voir bientôt arriver quelque soucoupe volante car quinze ans c'est long lorsqu'on est paumé quelque part, surtout quand ce quelque part s'avère aussi désespérément ennuyeux que la Terre.

Ford souhaitait voir bientôt arriver une soucoupe car il avait le coup pour les faire se poser et le prendre en stop. Il savait s'y prendre pour visiter les Merveilles de l'Univers avec moins de trente dollars altaïriens par jour.

En fait, Ford Prefect était un enquêteur itinérant pour le compte de cet ouvrage en tout point remarquable qu'est *Le Guide du voyageur galactique.*

Les êtres humains ont de grandes facultés d'adaptation, et, dès l'heure du déjeuner, la vie dans les environs de la maison d'Arthur avait repris son rythme régulier. On avait admis que le rôle d'Arthur consistait à rester couché dans la boue en réclamant épisodiquement son avocat, sa mère ou un bon bouquin ; on avait admis que le rôle de M. Prosser consistait à essayer épisodiquement sur Arthur quelque nouvelle ruse telle que : le Discours sur le Bien Public ou le Discours sur le Progrès en Marche ou le coup du On-m'a-démoli-moi-aussi-ma-maison-vous-savez, celui du Je-ne-regrette-rien et autres cajoleries et menaces ; et l'on avait admis que le rôle du conducteur de bull était de rester assis à boire du café tout en épluchant les règlements syndicaux pour y trouver le moyen de retourner la situation à leur mutuel avantage.

La Terre se mouvait lentement dans sa course diurne.

Le Soleil commençait à dessécher la boue dans laquelle marinait Arthur.

Une ombre s'interposa de nouveau.

Arthur leva la tête et, clignant des yeux dans le contre-jour, aperçut avec surprise, debout au-dessus de lui, Ford Prefect.

« Ford ! Salut ! Comment va ?

— Bien, dit Ford. Dis voir, tu es occupé ?

— Si je suis *occupé* ! s'exclama Arthur. Eh bien, je me retrouve obligé de rester couché devant tout un tas de bulldozers et de trucs sinon ils vont me démolir ma maison, mais cela mis à part... non, pas spécialement ; pourquoi ? »

Le sarcasme étant chose inconnue sur Bételgeuse, il arrivait souvent à Ford Prefect de ne pas le remarquer s'il ne faisait pas un effort de concentration. Il répondit : « Bon. Y a-t-il un endroit où nous pourrions causer ?

— Quoi ? » dit Arthur Dent.

Durant quelques secondes, Ford parut l'ignorer, fixant avec attention le ciel, l'air d'un lapin cherchant à se faire écrabouiller par une voiture. Puis soudain, il s'accroupit auprès d'Arthur :

« Il faut qu'on parle, dit-il d'un ton pressant.

— Parfait, dit Arthur. Parlons.

— Et qu'on boive, ajouta Ford. Il est d'une importance vitale que nous puissions parler et boire. Maintenant, allons au pub du village. »

À nouveau, il regarda vers le ciel, nerveux, dans l'expectative.

« Écoute, tu ne comprends donc pas ? » hurla Arthur. Il désignait Prosser. « Ce bonhomme veut me démolir ma maison ! »

Ford le contempla, perplexe.

« Eh bien, il peut fort bien le faire en ton absence, non ?

— Mais c'est que je ne veux pas qu'il le fasse !

— Ah !

— Écoute, qu'est-ce qui ne va pas, Ford ?

— Rien, rien du tout. Voilà : il faut que je t'annonce la chose la plus importante que t'aies jamais entendue. Il faut que je te le dise tout de suite et que je te le dise dans la salle du *Cheval et l'Écuyer.*

— Mais pourquoi ?

— Parce que tu vas avoir besoin d'un truc très raide. »

Ford dévisagea Arthur, et Arthur sentit non sans surprise sa volonté commencer à faiblir. Il ignorait que c'était à cause d'un vieux truc de buveur que Ford avait appris à jouer dans ces ports de l'hyperespace qui desservent les mines de madranite dans la ceinture de Bêta d'Orion.

Ce jeu, qui n'était pas sans rappeler le bras de fer, se jouait ainsi : les deux participants s'attablaient l'un en face de l'autre, chacun derrière un verre.

Entre eux deux on plaçait une bouteille d'Esprit-d'Nos-Aïeux (tel qu'immortalisé par cet antique chant des mineurs d'Orion : *Non me servez plus d'Esprit-d'Nos-Aïeux / Plus question de boir' d'Esprit-d'Nos-Aïeux / Ou ma têt' va partir-reu / Ma langu' fair' des nœuds / Mes-z-yeux vont rôtir-reu / Et je vais mourir-reu / Allez r'mettez m'en donc un peu / D'ce sacré tordu d'Esprit-d'Nos-Aïeux*).

Chacun des deux joueurs bandait alors toute sa volonté pour tenter de renverser la bouteille afin d'emplir le verre de son adversaire — qui se voyait alors contraint de le boire.

On remplissait de nouveau la bouteille. Et le jeu recommençait. Et ainsi de suite.

Une fois que vous aviez commencé à perdre, il y avait des chances que cela continue car l'un des effets de l'Esprit-d'Nos-Aïeux est d'affaiblir le pouvoir télépsychique.

Dès qu'avait été consommée une quantité prédéterminée, le perdant devait accomplir un gage, le plus souvent d'un caractère biologiquement obscène.

Le plus souvent Ford Prefect jouait pour perdre.

Ford dévisageait un Arthur qui commençait à se dire qu'après tout il avait effectivement envie d'aller au *Cheval et l'Écuyer.*

« Mais que fait-on avec ma maison ?... » demanda-t-il sur un ton plaintif.

Ford lança un regard vers M. Prosser et brusquement lui vint une idée biscornue :

« Il a envie d'abattre ta maison ?

— Oui, il veut construire à la place...

— Et il ne peut pas parce que tu es allongé devant son bulldozer.

— Oui et...

— Je suis sûr qu'on peut trouver une solution », dit Ford et il cria : « Excusez-moi ! »

M. Prosser (qui était en discussion avec un porte-parole des chauffeurs de bulldozer pour savoir si oui ou non le cas Arthur Dent relevait de la psychiatrie et, dans l'affirmative, combien il faudrait les payer) tourna la tête. Il parut surpris et légèrement inquiet de voir qu'Arthur avait de la compagnie.

« Oui, hello ! lança-t-il à son tour. M. Dent serait-il enfin revenu à la raison ?

— Pouvons-nous — pour l'instant — admettre que ce n'est pas le cas ? répondit Ford.

— Eh bien ? soupira M. Prosser.

— Et pouvons-nous également admettre qu'il est bien parti pour rester planté là toute la journée.

— Et alors ?

— Alors, tous vos hommes vont rester eux aussi toute la journée ici à ne rien faire ?

— Ça s'pourrait, ça s'pourrait.

— Eh bien, si vous avez une bonne fois pour toutes décidé d'agir ainsi, vous n'avez en fait aucun besoin qu'il reste allongé là en permanence, n'est-ce pas ?

— Comment ?

— Vous n'avez pas vraiment besoin de lui », reprit Ford sur un ton patient.

M. Prosser réfléchit à la chose.

« Eh bien, non, pas vraiment, finit-il par concéder, je n'en ai pas exactement *besoin*... » Prosser était embêté : il avait l'impression que l'un d'entre eux ne tournait pas très rond.

Mais Ford poursuivait : « Alors, si vous considérez comme acquis qu'il est effectivement là, nous pourrions, lui et moi, nous éclipser une demi-heure jusqu'au pub. Cela vous semble comment ? »

M. Prosser en pensait que ça lui semblait parfaitement débile :

« Voilà qui me semble parfaitement raisonnable... », dit-il d'un ton de voix rassurant, non sans se demander qui il voulait bien rassurer.

« Et si vous voulez vous-même y faire un saut pour écluser un godet, reprit Ford, on pourra toujours vous garder la place à notre tour.

— Merci beaucoup, répondit M. Prosser qui n'y pigeait plus rien, merci beaucoup, oui, c'est très aimable à vous... » Il fronça les sourcils, puis sourit, puis essaya de faire les deux à la fois, échoua, porta la main à sa toque et se mit à la tourner sur son crâne. Tout au plus pouvait-il supposer qu'il venait de gagner la partie. Mais Ford Prefect poursuivait :

« Dans ce cas, si vous voulez bien approcher et simplement venir vous allonger ici...

— Quoi ? dit M. Prosser.

— Ah ! je suis désolé ! dit Ford, peut-être ne me suis-je pas parfaitement fait comprendre : il faut bien que quelqu'un reste allongé devant ces bulldozers, n'est-ce pas ? Sinon, rien ne les empêchera de foncer dans la maison de M. Dent, pas vrai ?

— Quoi ? » répéta M. Prosser.

Ford lui expliqua : « C'est fort simple : mon client, M. Dent, dit qu'il cessera de gésir ici même dans la boue à la seule et unique condition que vous veniez l'y remplacer.

— Qu'est-ce que vous racontez ? » intervint Arthur mais, de la pointe du pied, Ford lui intima de se taire.

« Vous voulez, dit Prosser en se répétant cette nouvelle idée, que je vienne m'allonger là...

— Oui.

— Devant le bulldozer.

— Oui.
— À la place de M. Dent.
— Oui.
— Dans la gadoue.
— Dans la, comme vous dites, gadoue. »

Sitôt que M. Prosser eut compris qu'il était en définitive le perdant dans cette affaire, ce fut comme si un poids avait quitté ses épaules : voilà qui ressemblait plus à son univers habituel.

Il soupira : « Moyennant quoi, vous emmènerez avec vous M. Dent au pub ?

— C'est cela, répondit Ford, c'est cela même. »

Nerveux, M. Prosser avança de quelques pas, s'immobilisa et dit : « Promis ?

— Promis », et Ford se tourna vers Arthur : « Allons, lève-toi et laisse monsieur s'allonger. »

Arthur se releva, comme dans un rêve.

Ford fit signe à Prosser lequel, tristement, gauchement, vint s'asseoir dans la gadoue. Il avait l'impression que toute sa vie n'était qu'une sorte de rêve et parfois il se demandait qui pouvait bien prendre plaisir à rêver de pareilles choses.

La boue se referma sur ses bras et son derrière, s'infiltra dans ses chaussures.

Ford le considéra, l'air sévère : « Et pas question de me démolir en cachette la maison de M. Dent pendant son absence, d'accord ? »

Tout en s'allongeant, M. Prosser marmonna qu'il n'avait pas même envisagé l'idée que le commencement d'une telle pensée pût jamais lui effleurer l'esprit.

Il vit approcher le délégué syndical des chauffeurs de bull et laissa retomber sa tête en fermant les yeux. Il essayait de recenser ses arguments tendant à prouver qu'il ne constituait pas lui-même à son tour un cas relevant de la psychiatrie.

Il était loin de pouvoir l'assurer — son esprit lui semblait empli de bruits et de fumée, envahi de chevaux et empuanti par l'odeur du sang. Cela lui arrivait toujours lorsqu'il se sentait malheureux ou contrarié sans qu'il ait jamais pu se l'expliquer. Dans quelque dimension supérieure dont nous ne savons rien, le grand Khan hurlait de rage mais M. Prosser se contentait, lui, de trembler légèrement et de gémir. Il commençait à sentir monter le picotement des larmes derrière ses paupières. Les conneries de la bureaucratie, les râleurs dans la gadoue, les étrangers insondables qui vous servaient d'inexplicables humiliations, avec en prime une armée de cavaliers non identifiés qui venaient se foutre de lui sous son crâne — quelle journée !

Quelle journée. Ford Prefect se moquait comme d'une paire de rognons de coyote de savoir si oui ou non on allait démolir la maison d'Arthur.

Arthur n'était pas rassuré : « Mais tu crois qu'on peut lui faire confiance ?

— Je suis personnellement prêt à lui faire confiance jusqu'à la fin du monde, affirma Ford.

— Ah ! oui, et ça fait loin, ça ?

— Une douzaine de minutes. Allez viens, j'ai besoin de boire un bon coup. »

# Chapitre 2

*Voici ce que dit l'*Encyclopædia galactica *à propos de l'alcool : elle dit que l'alcool est un liquide inodore et volatil produit par la fermentation de sucres et note, en outre, son effet intoxicant chez certaines formes de vie fondées sur le carbone.*

Le Guide du voyageur galactique *évoque également l'alcool. Il indique que la meilleure boisson existante est le gargle blaster pan-galactique.*

*Il dit que boire un gargle blaster pan-galactique, c'est comme d'avoir la cervelle écrabouillée par un gros lingot d'or entouré d'une rondelle de citron.*

Le Guide *vous indique également sur quelles planètes on prépare le meilleur gargle blaster pan-galactique, quel prix on peut s'attendre à le payer et donne en outre la liste des organisations charitables susceptibles de vous réhabiliter par la suite.*

Le Guide *vous fournit même la recette pour en préparer vous-même :*

*Prendre le contenu d'une bouteille d'Esprit-d'Nos-Aïeux, indique le guide.*

*Y verser une mesure d'eau des océans de Santraginus — Ah ! cette eau santraginusienne ! Ah ! ces poissons santraginusiens !*

*Faire fondre dans cette mixture trois cubes de mégagin arcturien (il doit être bien frappé, faute de quoi tout le benzène s'évapore).*

*Faire barboter dans le tout quatre litres de gaz des marais éphésiens, en souvenir de tous ces joyeux randonneurs morts de plaisir en sillonnant les marais d'Éphèse.*

*Poser sur le dos d'une cuillère d'argent une mesure d'extrait d'hypermenthe bleue, chargée de tous les parfums entêtants de ces sombres Zones bleues aux mystiques et douces fragrances.*

*Jeter dans le tout une dent de tigre du soleil algolien : admirez comme elle se dissout en baignant le breuvage dans les feux des soleils algoliens.*

*Saupoudrer de zemfir.*

*Ajouter une olive.*

*Consommer… mais… très prudemment.*

Le Guide du voyageur galactique *se vendrait plutôt mieux que l'*Encyclopædia galactica.

« Six pintes de brune, commanda Ford Prefect au barman du *Cheval et l'Écuyer*. Et vite, je vous prie, la fin du monde approche. »

Le barman du *Cheval et l'Écuyer* ne méritait pas un tel traitement : c'était un vieillard respectable. Il remonta ses verres sur son nez et fit un clin d'œil à Ford Prefect. Ce dernier l'ignorant pour regarder dehors par la fenêtre, le barman se rabattit sur Arthur, lequel se contenta de hausser, résigné, les épaules sans mot dire.

Alors le barman répondit : « Ah bon ? Beau temps pour ça », et il se mit à tirer la bière.

Il fit une nouvelle tentative.

« Alors comme ça, on va voir le match de cet après-midi ? »

Ford reporta sur lui son regard : « Non, non, aucun intérêt », et il se retourna vers la fenêtre.

« Comment ça ! Voilà bien une conclusion hâtive, vous l'admettrez, monsieur ! reprit le barman. Arsenal partirait perdant ?

— Non, non, mais c'est simplement que le monde touche à sa fin.

— Oh ! oui, m'sieur, ça vous l'avez dit (cette fois, le barman regardait Arthur par-dessus son verre). Une bonne planque pour Arsenal si c'est effectivement le cas. »

Ford se retourna vers lui, franchement surpris : « Non, pas vraiment. » Il fronçait les sourcils.

Le barman poussa un gros soupir. « Et voilà, m'sieur. Six pintes. »

Arthur lui fit un sourire résigné et haussa de nouveau les épaules. Puis, se tournant vers la salle, il adressa au reste de l'assistance un sourire résigné, juste au cas où l'un des clients aurait surpris leur conversation.

Personne ne l'avait surprise et personne n'était capable de comprendre la raison de son sourire.

Le voisin de Ford au comptoir regarda les deux hommes, regarda les six demis, fit un rapide calcul mental, parvint à une conclusion à son goût et leur lança, plein d'espoir, un grand sourire niais.

« Dégage, lui dit Ford, c'est pour nous », et il le gratifia d'un regard à faire passer son chemin à un tigre de soleil algolien.

Ford posa un billet de cinq livres sur le comptoir et lança : « Gardez la monnaie.

— Hein ? Sur un billet de cinq ? Merci, monsieur !

— Il vous reste dix minutes pour le dépenser. »

Le barman jugea préférable de s'éloigner un brin.

« Ford, dit Arthur, aurais-tu l'amabilité de me dire ce qui se trame, bon sang ?

— Bois d'abord. Tu as trois demis à descendre.

— Trois demis ? À l'heure du déjeuner ? »

Le voisin de Ford s'épanouit, opinant avec plaisir. Ford l'ignora. Il répondit : « Chaque heure qui passe est une heure creuse. En particulier l'heure du déjeuner.

— Elle est profonde celle-là, remarqua Arthur, tu devrais l'envoyer au *Reader's Digest*. Ils ont une page pour les gens comme toi.

— Bois !

— Pourquoi trois demis d'un coup ?

— Relaxant musculaire. Tu vas en avoir besoin.

— D'un relaxant musculaire ?

— D'un relaxant musculaire. »

Arthur contempla le fond de son verre. « Est-ce que ça ne tourne pas rond aujourd'hui ou bien le monde a-t-il toujours été comme ça et moi, trop imbu de moi-même pour m'en rendre compte ?

— D'accord, fit Ford, je vais essayer de t'expliquer. Depuis combien de temps est-ce que nous nous connaissons ?

— Depuis combien de temps ? » Arthur réfléchit. « Euh, cinq ans environ. Peut-être six. Dont la majeure partie m'a paru cohérente à l'époque.

— Parfait. Maintenant, quelle serait ta réaction si je t'annonçais qu'en fin de compte je ne suis pas natif de Guildford mais d'une petite planète aux confins de Bételgeuse ? »

Arthur eut un haussement d'épaules apparemment résigné.

« Je ne sais pas, dit-il en buvant une gorgée de bière. Pourquoi ? D'après toi, c'est le genre de truc que tu pourrais m'annoncer ? »

Ford renonça. Ça n'était vraiment plus le moment de s'en soucier, quand la fin du monde était là. Il se contenta de répondre : « Allez bois. »

Et ajouta, sur un ton parfaitement neutre :

« La fin du monde est proche. »

Arthur adressa un nouveau sourire résigné à l'assistance. Laquelle assistance lui répondit en fronçant les sourcils. Un homme lui fit même comprendre par gestes de cesser de sourire et de s'occuper de ses propres affaires.

« On doit être jeudi, se dit Arthur, le nez dans son verre de bière, je n'ai jamais pu digérer les jeudis. »

# Chapitre 3

En ce jeudi particulier, quelque chose traversait tranquillement l'ionosphère, bien des miles au-dessus de la surface de la planète. Plusieurs choses en fait : des douzaines d'énormes machins jaunes en forme de grosses plaques, grandes comme des immeubles de bureaux, silencieuses comme des oiseaux. Ils planaient avec grâce, baignés par les rayonnements électromagnétiques de l'étoile Sol et se regroupaient, se préparaient, attendant leur heure.

Au-dessous d'eux, la planète était presque totalement ignorante de leur présence, ce qui était justement ce qu'ils désiraient pour le moment. À Goonhilly, personne donc ne remarqua les énormes machins jaunes ; le cap Canaveral, ils le survolèrent sans un pet ; et les regards de Woomera et de Jodrell Bank leur passèrent au travers, ce qui est bien malheureux car c'était exactement le genre de chose que ces observatoires cherchaient depuis des années.

Le seul endroit où s'enregistra leur présence fut l'écran d'un petit appareil noir, dénommé Sub-

Etha Sens-O-Matic, qui se mit à clignoter gentiment, tout seul dans son coin. Il était niché dans les profondeurs d'une sacoche de cuir que Ford Prefect avait coutume de porter passée autour du cou. Le contenu de la sacoche de Ford Prefect était à vrai dire des plus intéressants et n'aurait pas manqué d'ébahir n'importe quel physicien terrien, ce qui était la raison pour laquelle il le gardait toujours dissimulé sous un paquet de scripts bidons sur lesquels il prétendait travailler. Hormis donc, le Sub-Etha Sens-O-Matic et le paquet de scripts, on trouvait dans sa sacoche un Pouce Électronique — une sorte de bâton noir mat, court et trapu, tout lisse, avec juste à un bout deux interrupteurs plats et deux cadrans ; il y avait également un appareil qui ressemblait un peu à une grosse calculette. Mais celui-ci possédait une centaine de minuscules boutons plats ainsi qu'un écran d'environ dix centimètres de côté sur lequel on pouvait appeler en un clin d'œil plus d'un million de « pages ». Tout cela semblait effroyablement compliqué, ce qui était l'une des raisons pour lesquelles la confortable housse de plastique dans laquelle il se glissait portait gravée en grandes lettres amicales la mention PAS DE PANIQUE ! La seconde raison venait de ce que cet appareil était en fait le plus remarquable de tous les livres jamais sortis de chez les grands éditeurs de la Petite Ourse : *Le Guide du voyageur galactique*. Et s'il était publié sous la forme d'un microcomposant subméson-électronique, c'est que, présenté comme un livre classique, il aurait contraint le routard interstellaire à trimbaler avec lui l'équivalent (malcommode) en volume de plusieurs gros pâtés de maisons.

À part cela, la sacoche de Ford Prefect contenait deux ou trois Bic, un bloc et une grande serviette de bain de chez Marks et Spencer.

Le Guide du voyageur galactique *a son mot à dire au sujet des serviettes :*

*La serviette, nous apprend-il, est sans doute l'objet le plus vastement utile que puisse posséder le voyageur interstellaire. D'abord, par son aspect pratique : vous pouvez vous draper dedans pour traverser les lunes glaciales de Jaglan Bêta ; vous pouvez vous allonger dessus pour bronzer sur les sables marbrés de ces plages irisées de Santraginus V où l'on respire d'entêtants embruns ; vous pouvez vous glisser dessous, pour dormir sous les étoiles, si rouges, qui embrasent le monde désert de Kakrafoon ; vous en servir pour gréer un mini-radeau sur les eaux lourdes et lentes du fleuve Mite ; une fois mouillée, l'utiliser en combat à mains nues ; vous encapuchonner la tête avec afin de vous protéger des vapeurs toxiques ou bien pour éviter le regard du hanneton glouton de tron (un animal d'une atterrante stupidité : il est persuadé que si vous ne le voyez pas, il ne vous voit pas non plus — con comme un balai mais très, très, très glouton) ; en cas d'urgence, vous pouvez agiter votre serviette pour faire des signaux de détresse et, bien entendu, vous pouvez toujours vous essuyer avec si elle vous paraît encore assez propre.*

*Plus important, la serviette revêt une considérable valeur psychologique : si, pour quelque raison, un* rampant *(rampant : non-voyageur) découvre qu'un voyageur a sur lui une serviette, il en déduira illico que ce dernier possède également brosse à dents, gant de toilette, savonnette, boîte de biscuits, gourde, boussole, carte, pelote de ficelle, crème à moustiques, imperméable, scaphandre spatial, etc. Mieux encore, le rampant sera même heureux de prêter alors au voyageur l'un ou l'autre des susdits articles (voire une douzaine d'autres) que ledit voyageur aurait accidentellement pu « oublier » ; son raisonnement étant que tout homme ainsi capable de sillonner de long en large la Galaxie en vivant à la dure, de zoner en affrontant de terribles épreuves et de s'en tirer sans avoir perdu sa serviette ne peut être assurément qu'un homme digne d'estime.*

*D'où cette phrase, désormais passée dans l'argot du voyage :* Eh, t'as coincé ce padard de Ford Prefect ? Voilà un poton qu'a pas perdu sa serviette ! (coincer : *percevoir / connaître / rencontrer /avoir des rapports sexuels avec //* padard : *mec vraiment chié //* poton : *mec vraiment superchié*).

Gentiment niché au-dessus de la serviette dans la sacoche de Ford Prefect, le Sub-Etha Sens-O-Matic se mit à clignoter plus frénétiquement. À des miles au-dessus de la surface de la planète, les gros machins jaunes commençaient à se disperser. À Jodrell Bank, quelqu'un décida que c'était le moment de se détendre avec une bonne tasse de thé.

« T'as une serviette sur toi ? » demanda Ford à brûle-pourpoint.

Arthur, qui se battait avec son troisième demi, lui jeta un regard de biais.

« Pourquoi ? Ben, non... Je devrais ? » Il avait renoncé à être surpris ; cela semblait désormais sans objet.

Ford fit claquer sa langue avec irritation : « Finis de boire », le pressa-t-il.

Juste à ce moment leur parvint de l'extérieur le grondement sourd d'un éboulement, par-dessus le brouhaha de la salle, le son du juke-box et les bruits du voisin hoquetant sur le whisky que Ford avait fini par lui payer.

Arthur s'étrangla avec sa bière et bondit sur ses pieds en glapissant : « Qu'est-ce que c'est que ça ?

— T'inquiète donc pas, le rassura Ford. Ils n'ont pas encore commencé.

— Dieu merci », dit Arthur et il se détendit.

« C'est sans doute simplement ta maison qu'on abat, constata Ford en éclusant son dernier verre.

— Quoi ? » s'écria Arthur : le charme était soudain rompu. Arthur regarda autour de lui, affolé, et se rua vers la fenêtre.

« Mais bon Dieu, c'est qu'ils le font ! Ils sont en train de me démolir ma maison ! Tu peux me dire ce que je fous ici dans ce pub, Ford ?

— Au point où on en est, ça ne fait plus guère de différence, constata Ford. Laissons-les s'amuser.

— S'amuser ! glapit Arthur. S'amuser ! » Et, d'un nouveau coup d'œil par la fenêtre, il vérifia qu'ils parlaient bien de la même chose.

« T'vas voir si on va s'amuser ! » et ce disant, il jaillit hors du pub en brandissant furieusement sa chope presque vide. On ne pouvait pas dire qu'il s'était fait des amis au bistro ce midi.

« Arrêtez, tas de vandales ! Espèces de casseurs ! braillait Arthur. Bande d'Ostrogoths dérangés, voulez-vous bien arrêter ! »

Il fallait le rattraper : Ford se tourna vivement vers le barman et lui demanda quatre sachets de cacahuètes.

« Et voilà, monsieur », dit le barman en posant les paquets sur le comptoir. « Vingt-huit pence, s'il vous plaît. »

Il plaisait à Ford qui le gratifia donc d'un nouveau billet de cinq livres en lui disant de garder la monnaie. Le barman le regarda puis il regarda Ford.

Il eut un frémissement soudain : il venait de faire la brève expérience d'une sensation pour lui incompréhensible car nul homme sur Terre ne l'avait encore éprouvée.

Dans les moments de grande tension, tout être vivant délivre un minuscule signal subliminal. Un signal qui trahit simplement (et avec une précision toute pathétique) quel est l'éloignement de la créature de son lieu de naissance. Sur Terre, comme il n'est guère possible de se trouver à plus de vingt mille kilomètres de son pays natal (ce qui ne fait vraiment pas loin) de tels signaux demeurent trop minimes pour être remarqués.

Ford Prefect était en ce moment même soumis à une tension extrême et lui, il était né à six cents années-lumière d'ici, aux confins de Bételgeuse.

Le barman oscilla quelques instants, frappé de plein fouet par cette impression d'immensité, aussi violente qu'incompréhensible. Il ignorait ce que cela signifiait mais n'en regarda pas moins Ford Prefect avec un nouveau sentiment de respect, voire de terreur.

« Êtes-vous sérieux, monsieur ? dit-il dans un timide murmure qui eut pour effet de faire taire toute la salle. Vous pensez que la fin du monde arrive ?

— Oui, dit Ford.

— Mais… cet après-midi ? »

Ford s'était ressaisi. Il se sentait à présent particulièrement désinvolte. « Oui, répondit-il avec entrain. Dans moins de dix minutes, d'après moi. »

Le barman ne pouvait croire à cette conversation, mais il ne pouvait non plus croire à l'impression qu'il venait de ressentir.

« Alors il n'y a rien à y faire ?

— Non, rien », dit Ford en se bourrant les poches de sachets de cacahuètes.

Dans le bar silencieux, une voix éraillée partit d'un rire soudain devant cet étalage de stupidités.

Le voisin de Ford au comptoir était à présent quelque peu abruti. Il leva vers lui un regard incertain. « Je croyais, commença-t-il, que le jour de la fin du monde, on était censés se coucher par terre en se cachant la tête dans un sac en papier ou un truc dans le genre.

— Vous pouvez toujours, si ça vous chante, répondit Ford.

— C'est ce qu'on nous avait recommandé à l'armée », et les yeux de l'homme reprirent leur long cheminement en direction du whisky.

« Ça peut aider ? s'enquit le barman.

— Non », dit Ford, et il lui adressa un sourire amical. « Excusez-moi mais il faut que je parte. » Et après un geste de la main, il sortit.

Le silence se prolongea quelques instants encore dans le pub et puis l'homme au rire rauque remit ça. C'était passablement gênant. La fille qu'il avait traînée avec lui en était venue à le détester franchement depuis une heure et sans doute aurait-elle été ravie de savoir que d'ici une minute et demie l'individu s'évaporerait en une bouffée d'hydrogène, d'ozone et de monoxyde de carbone. À ce moment-là toutefois, elle serait malheureusement personnellement trop occupée à s'évaporer elle-même pour le remarquer.

Le barman se racla la gorge. Il s'entendit lancer « Vos dernières commandes, s'il vous plaît ! »

Les gros machins jaunes commencèrent à descendre en prenant de la vitesse.

Ford savait qu'ils étaient là.

Les choses ne tournaient pas du tout comme il l'aurait voulu.

Remontant l'allée, Arthur avait déjà presque atteint sa maison. Il ne remarqua pas le froid soudain, il ne remarqua pas le vent, ni la brutale averse : il vit seulement les bulldozers ramper sur les décombres de ce qui avait été naguère sa maison.

« Bande de barbares ! hurla-t-il. Je poursuivrai le conseil ! Je lui ferai cracher jusqu'au dernier penny ! Je vais vous faire pendre, noyer et écarteler ! Et fouetter ! Et puis ébouillanter… jusqu'à... jusqu'à ce que vous en ayez marre ! »

Ford lui courut après à toute vitesse. Vraiment à toute vitesse.

« Et après je recommencerai ! continuait de glapir Arthur. Et quand j'aurai fini, je ramasserai tous les morceaux et je les *piétinerai* longuement ! »

Arthur ne remarqua pas que les conducteurs quittaient leurs machines au pas de course ; il ne remarqua pas non plus l'air paniqué de M. Prosser contemplant le ciel. Ce que M. Prosser avait remarqué, lui, c'était que d'énormes machins jaunes avaient surgi des nuages. Des machins jaunes d'une taille pas croyable.

« Et je les piétinerai ! glapissait Arthur, toujours courant, jusqu'à en avoir des ampoules ou jusqu'à ce que je trouve quelque chose de plus désagréable à leur faire et alors… »

Arthur trébucha, s'étala de tout son long, boula et atterrit finalement à plat dos. Il remarqua enfin que quelque chose se passait. Ses doigts pointèrent vers le ciel et il hurla : « Qu'est-ce que c'est que tout ça ? »

En tout cas, *ça* traversa le ciel dans toute sa jaune monstruosité, *ça* déchira le ciel avec un bruit assourdissant avant de disparaître dans le lointain en laissant l'air se refermer derrière avec un *bang* à vous enfoncer les oreilles de six pieds dans le crâne.

Un second machin suivit et fit tout bonnement la même chose, simplement plus fort.

Comment décrire au juste à ce moment le comportement des gens à la surface de la planète, vu que les intéressés eux-mêmes n'auraient su l'expliquer ? Rien ne rimait à rien : se précipiter chez soi ; se ruer hors de chez soi ; gueuler après ce bruit sans s'entendre soi-même. Sur la Terre entière, les rues des villes s'emplirent de monde, les voitures se carambolèrent, tandis que le bruit tombé du ciel s'éloignait en refluant comme la marée par-dessus collines et vallées, océans et déserts, bruit roulant qui semblait écraser tout ce qu'il atteignait.

Un seul homme demeura debout à contempler le ciel, debout avec au fond des yeux une tristesse terrible et au fond des oreilles des boules Quiès. Il savait très exactement ce qu'il se passait et l'avait su depuis l'instant où le Sub-Etha Sens-O-Matic l'avait réveillé en sursaut en se mettant à clignoter à côté de lui sur l'oreiller, au beau milieu de la nuit.

Voilà ce qu'il attendait depuis toutes ces années, mais lorsque, assis tout seul dans sa chambrette, il avait enfin reconnu la forme du signal, un grand froid l'avait envahi, lui étreignant le cœur. Dans toute l'étendue de la Galaxie, de toutes les races susceptibles de venir dire un petit bonjour à la planète Terre, fallait-il donc que ce soit justement celle des Vogons, avait-il alors songé.

Il savait pourtant ce qu'il lui restait à faire. Au moment précis où le vaisseau vogon le survolait en déchirant les airs, il ouvrit sa sacoche. Il jeta un exemplaire du script de *Joseph et sa Merveilleuse Tunique magique en technicolor*, il jeta un exemplaire du script de *Godspell* : là où il se rendait, il n'en aurait pas besoin. Tout était en ordre. Tout était prêt.

Il n'avait pas perdu sa serviette.

Un silence soudain frappa la Terre. À la limite, c'était pis encore que le bruit. Durant un moment, il ne se passa rien. Les grands vaisseaux s'étaient immobilisés dans le ciel, au-dessus de chacune des nations de la Terre. Immobiles ils se tenaient, énormes, massifs, suspendus dans le ciel tel un blasphème contre nature. Sur le coup, bien des gens se retrouvèrent en état de choc pour avoir tenté d'appréhender le spectacle dont ils étaient les témoins : des vaisseaux qui flottaient en plein ciel comme de vraies briques et même mieux que les vraies qui par ailleurs ne flottent pas.

Et il ne se passait toujours rien.

Puis il y eut un infime murmure, un soudain murmure spatial qui emplit l'éther. Partout dans le monde, toutes les chaînes hi-fi, tous les transistors, tous les téléviseurs, tous les magnétocassettes s'allumèrent, tous les caissons de basses, tous les haut-parleurs de médiums et toutes les trompettes d'aigus réagirent.

Chaque boîte de conserve, chaque poubelle, chaque fenêtre, chaque voiture, le moindre verre à vin, la moindre plaque de tôle rouillée se mirent à vibrer comme de parfaites caisses de résonance.

Avant que de disparaître, la Terre allait devenir ce qui se faisait de mieux en matière de reproducteur sonore, la plus grande sono jamais montée. Mais il n'y eut ni concert, ni musique, ni fanfare : rien qu'un simple message.

*Peuples de la Terre, je réclame votre attention !* dit la voix et c'était merveilleux : un son tétraphonique d'une admirable perfection, avec un taux de distorsion si bas qu'on en aurait pleuré. *Ici Prostetnic Vogon Jeltz, du Conseil de planification de l'hyperespace galactique*, continua la voix. *Comme vous le savez sans doute, les plans de développement des régions périphériques de la Galaxie requièrent la construction d'une voie express hyperspatiale à travers votre système solaire et, malencontreusement, votre planète fait partie de celles que l'on va devoir démolir. L'opération va prendre un peu moins de deux de vos minutes. Merci.*

La sono s'éteignit.

Une terreur incrédule s'abattit sur tous les peuples de la Terre. Une terreur qui progressait lentement parmi les foules rassemblées, comme s'il s'agissait de limaille sur un carton sous lequel on promène un aimant. La panique éclata de nouveau, comme une envie de fuir, désespérée, mais il n'y avait nulle part où fuir.

Ce que voyant, les Vogons rallumèrent la sono pour faire remarquer : *Il est inutile de jouer la surprise : tous les plans du projet, ainsi que les avis de démolition sont placardés à votre délégation locale du Plan, sur Alpha du Centaure depuis cinquante de vos années, vous avez donc amplement eu le temps de formuler des plaintes en bonne et due forme et il est un peu tard pour vous aviser de faire du foin là-dessus.*

La sono se tut de nouveau et ses échos résonnèrent à travers la campagne. Les énormes vaisseaux virèrent lentement dans le ciel avec aisance. Sous la coque de chacun d'entre eux s'ouvrit une écoutille, carrée, noire et vide.

Entre-temps, quelqu'un quelque part devait sans doute avoir saisi un émetteur radio et sélectionné une longueur d'onde pour renvoyer un message aux Vogons dans leurs vaisseaux, afin de plaider la défense de la planète : nul ne sut jamais ce qui s'était dit, seule fut entendue la réponse. La sono reprit du service ; cette fois la voix était ennuyée : *Qu'est-ce que vous me chantez, vous n'êtes jamais allés à Alpha du Centaure ! Pour l'amour du ciel, Humains, ce n'est jamais qu'à quatre années-lumière, vous savez. Je suis désolé pour vous mais si vous n'êtes pas capables de faire l'effort de vous intéresser un peu aux affaires locales, je n'y peux rien. Qu'on arme les faisceaux démolisseurs !*

La lumière se déversa des écoutilles.

*Je ne sais pas*, jaillit la voix dans la sono, *foutue planète apathique, pas sympa du tout.* Puis le micro fut coupé.

Il y eut un silence terrible et spectral.

Il y eut un bruit terrible et spectral.

Il y eut un silence terrible et spectral.

La flotte de construction de Vogon s'évanouit dans l'encre du vide étoilé.

# Chapitre 4

Très loin, dans l'autre bras spiral de la Galaxie, à cinq cent mille années-lumière de l'étoile Sol, Zaphod Beeblebrox, Président du gouvernement impérial galactique, fonçait sur les océans de Damogra à bord de son trimaran à propulsion ionique scintillant sous le fier soleil de Damogra. Damogra la torride ; Damogra la lointaine ; Damogra la presque totalement inconnue.

Damogra, site secret du *Cœur-en-Or.*

L'embarcation fonçait sur les eaux. Elle n'arriverait pas tout de suite à destination, vu que Damogra est une planète particulièrement mal foutue, essentiellement composée de vastes îles désertes que séparent de jolis mais désespérément larges bras de mer.

L'embarcation, donc, fonçait.

À cause de sa topographie maladroite, Damogra était de tout temps demeurée déserte. Raison pour laquelle le gouvernement impérial galactique l'avait choisie pour son projet *Cœur-en-Or* : parce qu'elle était si déserte et que le projet *Cœur-en-Or* était si secret.

L'embarcation filait et bondissait sur la mer, cette mer qui s'étendait entre les îles de l'unique archipel de taille présentable de toute la planète. Zaphod Beeblebrox avait quitté le petit spatioport de l'île de Pâques (ce nom est une coïncidence sans aucune signification : en langalactik, *Pâques* signifie « petit, plat et brun clair ») en direction de l'île du *Cœur-en-Or* qui par une autre coïncidence sans plus de signification se trouvait s'appeler *France.*

Notons que l'un des effets secondaires du projet *Cœur-en-Or* avait été d'induire tout un tas de coïncidences sans signification.

Mais ce n'était en aucun cas une coïncidence si aujourd'hui, moment culminant du projet, le grand jour de la révélation, celui où le *Cœur-en-Or* allait enfin être offert à l'émerveillement de la Galaxie, si ce jour représentait également un moment culminant pour Zaphod Beeblebrox. C'était en effet en vue de ce jour qu'il avait initialement décidé de se présenter à la présidence, une décision qui n'avait pas été sans soulever des vagues d'étonnement dans tout l'empire galactique : Zaphod Beeblebrox ? *Président ?* Quand même pas *le* Zaphod Beeblebrox ? Pas *le* Président ? Plus d'un y avait vu alors la preuve indéniable que l'ensemble de la création avait fini par tourner louftingue.

Zaphod sourit et accéléra encore.

Zaphod Beeblebrox, aventurier, ancien hippy, bon vivant (escroc ? c'est bien possible !), caractérisé par son autosatisfaction maladive ainsi que par une redoutable inaptitude aux relations personnelles, un homme assez souvent jugé comme complètement parti du bulbe.

Président ?

Personne n'était devenu louftingue. Pas dans ce sens en tout cas.

Six individus seulement dans toute l'étendue de la Galaxie comprenaient le principe selon lequel celle-ci était gouvernée et lesdits individus savaient qu'une fois que Zaphod Beeblebrox avait annoncé son intention de se présenter à la présidence, c'était plus ou moins devenu un *fait accompli*[1]. Il faisait de la graine de Président[2] idéale.

Ce qu'ils n'arrivaient absolument pas à comprendre, en revanche, c'est pourquoi Zaphod faisait ça.

Zaphod vira sec, soulevant une grande gerbe d'eau vers le soleil. C'était aujourd'hui le grand

1. En français dans le texte. *(N.d.T.)*

2. *Président :* titre complet : *Président du gouvernement impérial galactique.*

Le terme *impérial* est maintenu bien qu'aujourd'hui totalement anachronique.

L'empereur héréditaire est quasi mourant et ce, depuis plusieurs siècles : aux derniers instants de son coma, il fut en effet bloqué dans un champ de stase qui l'a figé à perpétuité dans le même état. Tous ses héritiers sont morts depuis belle lurette, ce qui signifie que, faute d'un bouleversement politique radical, le pouvoir est purement et simplement descendu d'un ou deux échelons dans la hiérarchie pour revenir dorénavant à ceux qui jadis n'étaient que les conseillers de l'empereur — une assemblée gouvernementale élue dirigée par un président élu au sein de celle-ci. Mais le véritable pouvoir n'est en fait pas là.

jour ; le jour où on allait comprendre enfin son dessein. Le jour où la présidence de Zaphod Beeblebrox allait trouver tout son sens.

Le jour de son deux centième anniversaire également, mais ça, ce n'était encore qu'une coïncidence sans signification.

Tout en fonçant sur les mers damograines, Zaphod souriait à l'idée de la fantastique journée qui l'attendait. Détendu, il étira paresseusement les bras sur le dossier de son siège : il conduisait avec le troisième, celui qu'il s'était récemment fait greffer sous le bras droit en vue d'améliorer sa technique de boxe.

« Eh ! se roucoula-t-il, t'es vraiment un mec cool, tu sais. » Mais ses nerfs lui chantaient un air plus strident qu'un sifflet à chien.

---

Le Président, en particulier, n'est qu'un homme de paille : il ne détient aucun pouvoir réel d'aucune sorte. Il est apparemment choisi par le gouvernement mais on lui demande moins de faire montre de qualités de dirigeant qu'au contraire de susciter une subtile indignation. Pour cette raison, le choix du Président est toujours sujet à controverses, et l'homme un personnage aussi fascinant qu'irritant, sa tâche étant moins d'exercer le pouvoir que de détourner l'attention de celui-ci. En fonction de ces critères Zaphod Beeblebrox est l'un des meilleurs Présidents qu'ait jamais eus la Galaxie : sur les dix années de son mandat, il en a déjà passé deux en prison pour fraude. Très peu de gens se rendent compte que le Président et le gouvernement n'ont virtuellement aucun pouvoir et parmi eux, six seulement savent d'où émane en réalité le pouvoir ultime. La plupart des autres croient en secret que le processus ultime de décision serait en définitive aux mains d'un ordinateur.

Ils ne pourraient pas se tromper plus lourdement.

L'île de France affectait la forme d'un croissant sablonneux d'une trentaine de kilomètres de long pour huit seulement dans sa plus grande largeur. En fait, elle semblait moins exister en tant qu'île à part entière que comme simple moyen de délimiter la pente et la courbe d'une vaste baie. Une impression soulignée par le fait que le côté intérieur du croissant était presque exclusivement formé de falaises escarpées. Du haut de celles-ci, le terrain redescendait lentement sur huit kilomètres jusqu'à la côte opposée.

Au sommet des falaises se tenait un comité d'accueil.

Il était composé pour une large part des ingénieurs et chercheurs qui avaient construit le *Cœur-en-Or* — pour la plupart des humanoïdes, mais çà et là se remarquaient quelques atomineurs reptiloïdes, deux ou trois maximégalacticiens verts et graciles, un ou deux octopodes physucturalistes ainsi qu'un Hooloovoo (le Hooloovoo est une ombre vague superintelligente et de couleur bleue). Tous, à l'exception du Hooloovoo, étaient resplendissants dans leurs blouses de laboratoire de cérémonie multicolores ; le Hooloovoo avait pour l'occasion provisoirement endossé la forme d'un prisme réfringent.

Un climat de grande excitation électrisait tout ce petit monde : ensemble et entre eux, ils étaient allés jusque et au-delà des plus extrêmes limites des lois physiques, ils avaient restructuré la trame même de la matière, ils avaient tendu, tordu et fracturé les lois du possible et de l'impossible mais, malgré tout, la plus grande sensation restait pour eux, semblait-il, de rencontrer cet homme portant un grand cache-col orange autour du cou (le cache-col orange était l'attribut habituel de Président de la Galaxie). Cela n'aurait pas fait grande différence pour eux s'ils avaient su au juste l'étendue réelle des pouvoirs du Président de la Galaxie : aucun.

Six personnes seulement dans la Galaxie savaient que la tâche de Président galactique n'était pas d'exercer le pouvoir mais de détourner l'attention de son exercice.

Zaphod Beeblebrox exerçait étonnamment bien sa tâche.

La foule s'exclama, éblouie par le soleil et les qualités de marin du Président, tandis que l'embarcation contournait le cap pour entrer dans la baie. Elle brillait et scintillait en glissant sur les flots en larges courbes.

En fait, elle n'avait nul besoin de toucher l'eau, étant supportée par un nébuleux coussin d'atomes ionisés mais, juste pour l'effet, on l'avait équipée de minces dérives qui pouvaient être à volonté immergées. Elles découpaient en sifflant de grands rideaux liquides, creusaient de profonds sillons dans la mer qui ondulait et se refermait en écumant dans le sillage du bateau qui fonçait dans la baie.

Zaphod adorait les effets : c'était ce qu'il savait le mieux faire.

Il tourna vivement la barre et l'embarcation vira dans un spectaculaire dérapage au pied de la falaise avant de s'immobiliser en s'enfonçant légèrement, doucement ballottée par les vagues.

Quelques secondes après, Zaphod jaillissait sur le pont pour saluer, tout sourire, plus de trois milliards de spectateurs. Les trois milliards de spectateurs n'étaient pas réellement là, mais ils détaillaient chacun de ses gestes par les yeux de robot d'une petite caméra de tridi qui planait obséquieusement dans les airs non loin. Les pitreries présidentielles passaient toujours à merveille à la tridi : elles étaient d'ailleurs faites pour ça.

Nouveau sourire. Trois milliards six personnes n'en savaient encore rien, mais aujourd'hui la pitrerie serait plus grosse que prévu.

La caméra robot s'orienta pour effectuer un gros plan sur la plus populaire de ses deux têtes et il se fendit d'un nouveau salut. Il se présentait sous les traits d'un gros humanoïde, hormis le troisième bras et la tête supplémentaire. Ses cheveux blonds ébouriffés pointaient dans toutes les directions, il y avait dans ses yeux bleus l'éclat de quelque chose de quasiment insaisissable et ses deux mentons étaient presque constamment mal rasés.

Haut de sept mètres, un globe transparent flottait à côté de son bateau, ballottait et tournoyait en scintillant au soleil. À l'intérieur était en suspension un vaste divan semi-circulaire recouvert d'un luxueux cuir rouge : plus le globe ballottait et tournoyait et plus le divan restait parfaitement immobile, solide comme un roc en cuir. Encore une fois, par pur plaisir de l'effet plus que pour toute autre raison.

Zaphod traversa la paroi du globe pour aller s'installer sur le divan. Il étendit ses deux bras sur le dossier tandis que du troisième il s'époussetait le genou. Ses têtes regardaient alentour, souriantes ; il releva les pieds. Il se sentait, à tout moment, sur le point de hurler.

L'eau se mit à s'agiter, bouillonner et gicler sous la boule, tandis qu'elle s'élevait dans les airs, roulant et ballottant au sommet d'une colonne liquide. Elle poursuivit son ascension en jetant sur la falaise des traits de lumière. Elle poursuivit son ascension au sommet de son jet d'eau qui retombait pour s'écraser dans la mer à des centaines de pieds en dessous.

Zaphod sourit en s'imaginant le spectacle.

Parfaitement ridicule comme moyen de transport, mais parfaitement superbe.

Arrivé au sommet de la falaise, le globe oscilla un instant puis bascula vers une rampe d'acier qu'il dévala pour s'immobiliser précisément sur une petite plate-forme concave.

Au milieu des applaudissements frénétiques, Zaphod Beeblebrox sortit de la bulle, son cache-col orange éclatant dans le soleil.

Le Président de la Galaxie était arrivé.

Il attendit que cessent les applaudissements puis leva les mains pour saluer.

« Salut ! » lança-t-il.

Une araignée officielle se glissa jusqu'à lui et tenta de lui fourrer dans les mains un exemplaire du discours qu'on lui avait concocté. Les pages trois à sept de l'original étaient en ce moment même en train de flotter paresseusement sur les flots de la mer damograine à cinq milles au large. Les pages une et deux avaient été piquées par un aigle damograin à crête huppée et se trouvaient d'ores et déjà incorporées à une forme de nid radicalement nouvelle que venait d'inventer ce rapace : édifié en grande partie à l'aide de papier mâché, il rendait virtuellement impossible aux aiglons nouvellement éclos de s'en échapper. L'aigle damograin à crête huppée avait entendu parler de la notion des espèces, mais il n'en avait strictement rien à foutre.

Zaphod Beeblebrox n'avait aucunement besoin d'un discours préparé, aussi repoussa-t-il doucement celui que lui présentait l'araignée.

« Salut ! » redit-il.

Tout le monde le regardait avec un sourire épanoui. Enfin presque tout le monde. Il remarqua Trillian dans la foule. Trillian était une fille que Zaphod avait récemment levée, alors qu'il visitait une planète, incognito, pour le plaisir. Élancée, le teint sombre, humanoïde, avec une longue chevelure brune, les lèvres pleines, un drôle de petit bouton de nez et des yeux ridiculement bruns ; avec son fichu rouge noué d'une manière si particulière et son ample et longue robe de soie marron, elle avait l'air vaguement arabe. Non que quiconque eût jamais entendu parler des Arabes, bien entendu. Les Arabes avaient depuis fort peu de temps cessé d'exister et même lorsqu'ils existaient encore, c'était quand même à cinq cent mille années-lumière de Damogra. Trillian n'était pas quelqu'un de particulier. C'est du moins ce que ne cessait de clamer Zaphod. Elle se contentait de l'accompagner presque partout et de lui dire ce qu'elle pensait de lui.

« Salut mon chou », lança-t-il.

Elle lui adressa un petit sourire pincé puis détourna les yeux.

Puis elle le regarda de nouveau, en souriant cette fois plus chaleureusement mais, ce coup-ci, il regardait ailleurs. « Salut ! » lança-t-il à l'adresse d'un petit tas de créatures appartenant à la presse, lesquelles attendaient toujours et auraient bien voulu qu'il cessât une bonne fois de sourire et de dire *salut* pour embrayer sur les petites phrases. Il leur souriait d'autant plus volontiers qu'il savait que d'ici peu il allait leur en servir une gratinée, de petite phrase.

La première chose qu'il leur dit toutefois n'était pas d'une grande utilité pour eux : l'un des officiels ayant décidé, irrité, que décidément le Président n'était pas d'humeur à lire le discours qu'on lui avait gentiment tourné, il avait basculé l'interrupteur du boîtier de télécommande caché dans sa poche : très loin devant eux, un dôme immense et blanc qui se dressait contre le ciel se fendit par le milieu, s'ouvrit en deux et lentement se rétracta dans le sol.

Tout le monde sursauta, même si chacun savait parfaitement bien ce qui allait se passer, vu qu'ils l'avaient construit pour ça.

Sous le dôme apparut un gigantesque astronef, long de cent cinquante mètres, affectant la forme d'une chaussure de sport, lisse, d'une blancheur immaculée, et d'une beauté à couper le souffle. Au cœur du vaisseau, invisible, se trouvait un petit coffre en or qui contenait le plus incroyable appareil jamais conçu, un appareil qui rendait cet astronef unique dans l'histoire de la Galaxie, un appareil qui avait donné son nom au vaisseau : le *Cœur-en-Or*.

« Wouaaaah ! » dit Zaphod Beeblebrox en voyant le *Cœur-en-Or*. Il n'y avait effectivement pas grand-chose d'autre à dire.

Il le répéta (car il savait que ça emmerderait la presse) : « Wouaaah ! »

La foule reporta vers lui son attention, dans l'expectative. Il lança un clin d'œil à Trillian qui haussa les sourcils et le regarda ébahie. Elle savait ce qu'il s'apprêtait à dire et le trouvait terriblement frimeur.

« Ça c'est véritablement incroyable, dit-il. C'est même véritablement franchement incroyable. C'est à vrai dire si incroyablement incroyable que je crois que j'aurais bien envie de le faucher. »

Ah ! la merveilleuse petite phrase présidentielle, si conforme à la tradition ! Un rire appréciatif parcourut la foule, les journalistes pressèrent avec entrain les boutons de leur Sub-Etha Nagramatic et le sourire du Président s'épanouit encore plus.

Tandis que s'épanouissait son sourire, son cœur se déchirait douloureusement et son doigt caressait la petite bombe Paralyso-Matic qui était gentiment nichée dans le fond de sa poche.

Finalement, il ne put plus y tenir : il leva les têtes vers le ciel, laissa échapper un cri sauvage en tierce majeure, jeta la bombe au sol et se rua en avant, à travers un océan de sourires épanouis soudainement figés.

# Chapitre 5

L'aspect de Prostetnic Vogon Jeltz n'avait rien de plaisant, même pour les autres Vogons. Son nez fortement busqué saillait nettement au-dessus d'un petit front porcin, sa peau caoutchouteuse et vert sombre était assez coriace pour lui permettre de jouer aux intrigues politiques dans la fonction publique — et d'y jouer fort bien — et suffisamment étanche pour lui permettre de survivre indéfiniment et sans dommage aucun jusqu'à des profondeurs de mille pieds sous la mer.

Non qu'il eût jamais l'occasion de nager : son emploi du temps fort chargé ne lui en laissait certes pas le loisir.

S'il était ainsi, c'est parce qu'il y a des milliards d'années, lorsque les premiers Vogons s'étaient traînés en rampant hors de la vase des océans de la Vogosphère primitive pour s'effondrer, haletants et soufflants, sur la grève vierge de la planète, lorsque pour la première fois le jeune Vogosoleil avait dardé sur eux ses rayons du matin, tout s'était passé comme si les forces de l'évolution avaient abandonné sur-le-champ la partie pour se détourner avec dégoût en les reniant comme quelque horrible et malencontreuse erreur. Les Vogons ne devaient plus évoluer : ils n'auraient jamais dû survivre.

Le fait que néanmoins ils survécurent peut être mis au crédit de l'épais entêtement de ces créatures bornées.

*L'évolution ?* se dirent-elles. *Pour quoi faire ?* et ce que la Nature leur refusait, elles s'en passèrent fort simplement jusqu'au moment où elles auraient acquis la capacité de rectifier par la chirurgie leurs plus criants défauts d'anatomie.

Entre-temps, les forces naturelles à l'œuvre sur la Vogosphère planétaire s'étaient surpassées pour rectifier leur gaffe initiale : ainsi firent-elles naître de petits crabes vifs et scintillants comme des joyaux (que les Vogons dévoraient après avoir écrabouillé leur carapace à l'aide de grosses mailloches en fer) ; de grands arbres élancés aux formes et aux couleurs d'une grâce stupéfiante (arbres que les Vogons coupaient et brûlaient pour faire cuire leurs crabes) ; d'élégantes créatures semblables à des gazelles à la robe soyeuse et aux grands yeux humides (créatures que les Vogons capturaient pour leur monter dessus. Mais elles étaient inaptes au transport car leur échine se brisait spontanément. Les Vogons n'en continuaient pas moins à s'asseoir dessus).

Ainsi s'écoulaient tristement les millénaires sur la Vogosphère jusqu'au jour où les Vogons découvrirent soudain les principes du voyage interstellaire.

En l'espace de quelques vogans, tous les Vogons avaient émigré jusqu'au dernier vers l'amas de Mégabrantis, centre politique de la Galaxie où ils devaient bientôt former le puissant noyau du corps de la Fonction publique galactique. Ils ont bien tenté d'acquérir de l'éducation, tenté d'acquérir style et maintien mais, sous bien des dehors, le Vogon d'aujourd'hui ne diffère guère de ses primitifs ancêtres. Chaque année, ils continuent d'importer de leur planète natale vingt-sept mille petits crabes vifs et scintillants et passent une joyeuse nuit de beuverie à les réduire consciencieusement en petits morceaux à l'aide de grosses mailloches en fer.

Prostetnic Vogon Jeltz était un Vogon absolument typique en ce sens qu'il était franchement ignoble. En outre, il n'aimait pas du tout les astrostoppeurs.

Quelque part au fin fond d'une cabine sombre nichée dans les tréfonds des entrailles du vaisseau amiral de Prostetnic Vogon Jeltz, une petite allumette se mit à luire nerveusement. Le propriétaire de l'allumette n'était pas un Vogon mais il n'ignorait rien d'eux et il avait en conséquence tout lieu d'être nerveux. Son nom était Ford Prefect[1].

1. Le nom originel de Ford Prefect est uniquement prononçable dans un obscur dialecte de Bételgeuse, aujourd'hui pratiquement disparu depuis la Grande Chute Catastrophique des Chveuhs en l'an 03758 du calendrier sidéral galactique qui devait balayer toutes les communautés praxibétèles de la surface de Bételgeuse Sept. Le père de

Il parcourut du regard la cabine mais ne put discerner grand-chose : des ombres étranges et monstrueuses dansaient, menaçantes, en mesure avec le vacillement de sa flamme minuscule mais sinon tout était calme. Avec un soupir, il remercia silencieusement les Dentrassis. Les Dentrassis forment une tribu de gourmands indisciplinés, un gros tas de mecs sympa que les Vogons avaient depuis peu choisi d'employer aux cuisines sur leurs flottes au long cours, à la condition expresse qu'ils se tiennent strictement à carreau. Ce qui convenait à

---

Ford fut le seul homme de toute la planète à survivre à la Grande Chute Catastrophique des Chveuhs, cela par une extraordinaire coïncidence à laquelle il ne put jamais fournir d'explication satisfaisante. Tout cet épisode est encore aujourd'hui recouvert d'un épais voile de mystère : en fait, personne ne devait jamais savoir ce qu'était un Chveuh ni pourquoi ils avaient choisi de tomber en particulier sur Bételgeuse Sept. Écartant d'un geste magnanime les nuages de suspicion qui n'avaient pas manqué de se rassembler autour de sa personne, le père de Ford alla s'installer sur Bételgeuse Cinq, où il devait donner le jour à son fils et neveu Ford ; en souvenir de sa race désormais disparue, il le baptisa d'un nom issu de l'antique langue praxibétèle.

Ford s'étant toujours montré incapable de prononcer son nom originel, son père finit par en mourir de honte, affection encore mortelle dans quelques recoins de la Galaxie. À l'école, les autres gosses le surnommèrent *Ix,* ce qui, dans le langage de Bételgeuse Cinq, peut se traduire par : « le garçon-qui-n'est-pas-foutu-d'expliquer-de-façon-satisfaisante-ce-qu'est-un-Chveuh-ni-la-raison-pour-laquelle-il-avait-fallu-qu'ils-choisissent-de-tomber-sur-Bételgeuse-Sept-en-particulier ».

merveille aux Dentrassis car s'ils adoraient l'argent vogon — qui est une des monnaies les plus fortes de l'espace —, ils détestaient les Vogons eux-mêmes. La seule sorte de Vogon qu'un Dentrassi aimait voir c'était un Vogon emmerdé.

C'était à ce minuscule élément d'information que Ford Prefect devait à l'heure actuelle de ne pas être une simple bouffée d'hydrogène, d'azote et de monoxyde de carbone.

Il entendit un léger grognement. À la lueur de son allumette, il distingua une forme pesante qui avançait doucement sur le sol. Vivement, il souffla la flamme, fouilla dans sa poche, puis finit par en sortir ce qu'il cherchait. Qu'il ouvrit et secoua. Ford s'accroupit et la forme bougea de nouveau.

Ford Prefect dit : « J'ai acheté des cacahuètes. »

Arthur Dent avança, grogna encore, avec des marmonnements indistincts.

« Allez, viens, prends-en quelques-unes », le pressa Ford en secouant à nouveau le sachet. « Si c'est la première fois que tu prends un faisceau de télétransport, tu as sans doute perdu pas mal de sels minéraux et de protéines. La bière que t'as bue devrait déjà avoir partiellement comblé le déficit.

— Whhhrrrrmmmmm », dit Arthur Dent. Il ouvrit les yeux : « Fait sombre.

— Oui, constata Ford Prefect. Il fait sombre.

— Pas de lumière, dit Arthur Dent. Sombre ; pas de lumière. »

L'une des choses que Ford avait toujours eu le plus de mal à comprendre chez les humains était leur manie de perpétuellement dire et répéter les plus plates évidences, genre : « Quelle belle journée » ou : « Comme vous êtes grand » ou bien : « Chéri, j'ai l'impression que t'es tombé au fond d'un puits de dix mètres, est-ce que ça va ? » Au début, Ford avait bâti une théorie pour justifier ce comportement bizarre : peut-être que si les êtres humains cessaient d'agiter les lèvres, leur bouche risquait de s'ankyloser. Après quelques mois de réflexion et d'observation, il abandonna cette théorie au profit d'une autre : s'ils cessaient d'agiter les lèvres, leur cerveau se mettait à travailler. Au bout d'un moment, il la laissa également tomber, la jugeant d'un cynisme rédhibitoire et conclut en fin de compte qu'il aimait bien les humains après tout ; mais il ne laissait pas d'être désespérément affligé par la terrifiante étendue de leur ignorance.

« Oui, opina-t-il. Pas de lumière. » Il offrit à Arthur quelques cacahuètes. « Comment te senstu ?

— Comme l'Université après réduction des crédits, répondit Arthur : j'ai perdu une partie de mes facultés. »

Dans l'obscurité, Ford lui jeta un regard de totale incompréhension.

« Si je te demandais où diable nous sommes, poursuivit Arthur, aurais-je lieu de le regretter ? »

Ford se leva. « Nous sommes en lieu sûr.

— À la bonne heure, dit Arthur.

— Nous sommes dans une petite cabine attenant à la coquerie, expliqua Ford… de l'un des vaisseaux de la flotte de construction des Vogons.

— Ah ! dit Arthur. Voilà assurément un bizarre emploi du mot *sûr* ; un que j'ignorais jusqu'à maintenant, en tout cas. »

Ford craqua une nouvelle allumette et partit à la recherche d'un interrupteur électrique. Les ombres monstrueuses se mirent à danser et sauter partout. Arthur se leva en titubant, les bras serrés avec appréhension. Des formes hideuses autant qu'inconnues semblaient se presser autour de lui, l'air était lourd de senteurs de moisi qui s'immisçaient dans ses poumons sans avoir été présentées, tandis qu'un irritant murmure grave et persistant l'empêchait de rassembler ses esprits.

« Comment a-t-on fait pour arriver là ? demanda-t-il avec un léger frisson.

— En faisant du stop.

— Pardon ? Essaierais-tu de me faire croire qu'il a suffi qu'on lève le pouce pour qu'un monstre vert aux yeux pédonculés se pointe et nous dise : *Salut les mecs, montez donc, je peux toujours vous amener jusqu'à l'échangeur de Basingstoke* ?

— Eh bien, expliqua Ford, le pouce c'est une subétha balise électronique, l'échangeur c'est l'étoile de Barnard à six années-lumière d'ici mais autrement c'est à peu près le plan.

— Et le monstre aux yeux pédonculés… ?

— … est bien vert, oui.

— Extra, dit Arthur. Quand est-ce que je peux rentrer chez moi ?

— Tu ne peux pas, dit Ford Prefect qui venait de découvrir l'interrupteur. Abrite-toi les yeux… », et il alluma.

Même Ford fut surpris.

« Bonté divine, dit Arthur. Est-ce vraiment l'intérieur d'une soucoupe volante ? »

Prostetnic Vogon Jeltz traînait sa grande carcasse laide et verte dans la passerelle de commandement. Il se sentait toujours vaguement écœuré après avoir démoli une planète habitée. Il aurait voulu que quelqu'un vienne lui dire qu'on s'était complètement gouré, histoire d'avoir l'occasion de lui gueuler dessus pour se soulager. Il se laissa tomber aussi pesamment que possible sur son siège avec l'espoir qu'il se briserait, lui offrant par là même une raison valable de se fâcher mais le siège ne laissa échapper qu'un vague craquement plaintif.

« Dégage ! » cria-t-il au jeune garde vogon qui venait d'apparaître sur le pont. Le garde s'empressa de disparaître, plutôt soulagé : il était ravi de ne pas être celui qui devrait lui délivrer le message qu'ils venaient de recevoir. Ce message était en effet un communiqué officiel annonçant qu'un des centres de recherche spatiale du gouvernement situé sur Damogra venait de présenter un merveilleux nouveau système de propulsion dont l'efficacité allait ôter toute utilité aux voies express hyperspatiales.

Une autre porte coulissa mais cette fois le capitaine vogon ne cria pas puisque c'était la porte de la coquerie où les Dentrassis préparaient ses repas. Et un repas serait le bienvenu.

Une énorme créature couverte de fourrure franchit le seuil en portant un plateau. Elle marchait en faisant des bonds tout en arborant un grand sourire niais.

Prostetnic Vogon Jeltz était ravi : il savait que lorsqu'un Dentrassi semble aussi content de lui c'est qu'il y a sans conteste à bord de quoi le mettre, lui, particulièrement en colère.

Ford et Arthur regardèrent autour d'eux.

« Eh bien, ton avis ? dit Ford.

— Plutôt sordide, non ? »

Ford fronça les sourcils en découvrant le matelas crasseux, les tasses sales et les fragments non identifiables de sous-vêtements épars qui empestaient leur réduit encombré.

« Ben, on est quand même à bord d'un engin de travaux publics, expliqua Ford. Ce sont les quartiers des Dentrassis.

— Je croyais t'avoir entendu les appeler des Vogons ou quelque chose comme ça ?

— Oui. Les Vogons commandent le vaisseau. Les Dentrassis sont les cuistots ; ce sont eux qui nous ont laissé embarquer.

— Je m'y perds.

— Tiens, jette donc un œil là-dessus », et Ford s'assit sur l'un des matelas pour fourrager dans sa pochette.

Arthur tâta nerveusement le matelas avant de s'y installer à son tour (en fait, il n'avait guère à s'inquiéter car tous les matelas élevés dans les marécages de Sqornshellous Zeta sont très soigneusement tués et séchés avant d'être mis en service.

Fort rares sont ceux à être jamais revenus à la vie).

Ford tendit un livre à Arthur.

« Qu'est-ce que c'est ? demanda ce dernier.

— *Le Guide du voyageur galactique*. Une sorte de livre électronique, si tu veux. Il peut te dire tout ce que tu as besoin de savoir sur n'importe quel sujet. C'est son boulot. »

Arthur le retourna nerveusement entre ses doigts.

« J'aime bien l'étui : PAS DE PANIQUE ! Voilà bien la première chose d'utile ou de compréhensible qu'on m'ait dite de la journée.

— Je vais te montrer comment ça marche. » Et Ford le reprit à Arthur qui le tenait toujours comme si c'était un cadavre de vieux rossignol datant de trois semaines. Il le sortit de son étui. « Tu vois : tu presses le bouton, là et l'écran s'allume et t'affiche l'index. »

Un écran d'environ huit centimètres sur dix s'éclaira et des caractères apparurent à sa surface.

« Tu veux te renseigner sur les Vogons ; bon, alors, je rentre le nom... comme ça (ses doigts pianotèrent sur d'autres touches). Et nous y voilà. »

Les mots : *Flotte de construction des Vogons* s'inscrivirent en vert sur l'écran.

Ford appuya sur un gros bouton rouge au bas de l'afficheur et des mots se mirent à défiler. En même temps, le livre commençait à réciter l'article d'une voix calme et posée.

Voici quelle est l'exacte teneur dudit article :

*Flotte de construction des Vogons :*

*Voici la marche à suivre au cas où vous voudriez être pris en stop par un Vogon : laissez tomber.*

*Leur race est une des plus désagréables de la Galaxie — sans être franchement méchants, ils ont mauvais caractère, s'avèrent papelards, formalos et cyniques. Ils ne lèveraient pas le petit doigt pour sauver leur propre grand-mère des griffes du hanneton glouton de tron sans avoir au préalable un ordre écrit, contresigné en trois exemplaires, expédié, renvoyé, requis, perdu, retrouvé, soumis à enquête publique, reperdu et finalement enterré durant trois mois dans la tourbe avant d'être recyclé comme allume-feu.*

*Le plus sûr moyen de faire cracher une tournée à un Vogon est encore de lui fourrer vos doigts dans le fond du gosier ; et le plus sûr moyen de l'irriter est encore de donner sa grand-mère en pâture au hanneton glouton de tron.*

*Enfin, ne laissez sous aucun prétexte un Vogon vous déclamer des poèmes.*

« Quel étrange bouquin, dit Arthur. Mais alors, comment s'est-on fait prendre en stop ?

— C'est bien là le problème, constata Ford en rangeant le livre dans son étui : il est aujourd'hui périmé. J'enquête sur le terrain pour préparer la nouvelle édition mise à jour et l'une de mes tâches est justement d'ajouter une explication sur l'habitude qu'ont désormais les Vogons d'employer des Dentrassis aux cuisines, ce qui nous fournit la matière d'une intéressante petite échappatoire. »

Une expression douloureuse s'inscrivit sur les traits d'Arthur : « Mais qui sont ces Dentrassis ?

— Des mecs extra. Ce sont eux les meilleurs cuisiniers et les meilleurs préparateurs de cocktails, pour le reste ils s'en contrefoutent. Et ils seront toujours prêts à prendre les astrostoppeurs, en partie parce qu'ils apprécient la compagnie, mais surtout parce que ça embête les Vogons. Ce qui est exactement le genre de détail utile à savoir lorsqu'on est un pauvre routard qui essaie de découvrir les Merveilles de l'Univers avec moins de trente dollars altaïriens par jour. Et voilà mon boulot. Marrant, non ? »

Arthur avait l'air largué.

« Curieux », dit-il en contemplant, soucieux, l'un des autres matelas.

« Malheureusement, je suis resté sur Terre un peu plus longtemps que prévu : j'étais venu passer une semaine et je me suis retrouvé coincé quinze ans.

— Mais comment t'as fait pour arriver en premier lieu ?

— Facile : en me faisant prendre par un taquin.

— Un taquin ?

— Ouais.

— Euh, c'est quoi, un…

— Un taquin ? Les taquins sont en général de riches et jeunes oisifs. Ils se baladent en quête de planètes n'ayant pas encore établi de contacts interstellaires et ils les sondent.

— Ils les sondent ? » Arthur commençait à avoir la nette impression que Ford prenait plaisir à lui rendre la vie difficile.

« Ouais, dit Ford. Ils les sondent. Ils cherchent un coin désolé presque désert puis se posent près de quelque brave type sans méfiance que jamais personne n'ira croire et ils se mettent à gambader devant lui, la tête coiffée d'antennes rigolotes, tout en faisant bip-bip. Vraiment puéril, quoi. » Ford s'allongea sur le matelas, les mains croisées derrière la nuque, arborant un air très satisfait particulièrement exaspérant.

« Ford, insista Arthur, ma question va peut-être te paraître stupide mais qu'est-ce que je fiche ici ?

— Enfin, tu le sais bien : je t'ai sauvé de la Terre.

— Et qu'est-il arrivé à la Terre ?

— Ah ! Elle a été démolie !

— Pas possible ? dit Arthur d'un ton égal.

— Voui. Elle s'est tout simplement volatilisée dans l'espace.

— Là, tu vois, c'est un truc qui m'embêterait plutôt. »

Les sourcils froncés, Ford sembla ruminer une telle idée : « Oui, je veux bien l'admettre, finit-il par concéder.

— L'admettre ! s'emporta Arthur. L'admettre ! »

Ford se leva d'un bond. « Veux-tu regarder le bouquin ! siffla-t-il d'un ton pressant.

— Quoi ?

— PAS DE PANIQUE !

— Je ne panique pas.

— Si.

— D'accord, je panique : que puis-je faire d'autre ?

— Te contenter de me suivre et de prendre du bon temps. Tu vas voir que la Galaxie est un coin marrant. Tu n'auras qu'à te fourrer ce poisson dans le fond de l'oreille.

— Je te demande pardon ? » demanda Arthur sur un ton qu'il estimait plutôt poli.

Ford brandissait un petit bocal qui contenait indubitablement un petit poisson jaune. Arthur le considéra en clignant des yeux. Il aurait tant voulu avoir quelque chose de simple et d'identifiable à quoi se raccrocher : il se serait senti plus tranquille si, en même temps que les slips dentrassis, les piles de matelas Sqornshellousiens et l'homme de Bételgeuse qui le conviait à se fourrer dans l'oreille un petit poisson jaune, il avait pu apercevoir rien qu'un petit paquet de corn flakes. Mais il n'en voyait pas et ne se sentait pas tranquille du tout.

Brusquement les assaillit un bruit violent qu'il ne put identifier. Il hoqueta de terreur en entendant ce qui lui fit l'effet d'un homme en train de se gargariser tout en se battant contre une horde de loups.

« Chhhtttt ! dit Ford. Écoute donc. C'est peut-être important !

— Im... portant ?

— C'est le capitaine des Vogons qui passe un message par la sono.

— Tu veux dire que c'est comme ça que les Vogons parlent ?

— Écoute !

— Mais je ne sais pas parler vogon !

— Tu n'as pas besoin. Mets-toi simplement ce poisson dans l'oreille. »

Et Ford, dans un mouvement éclair, colla sa main contre l'oreille d'Arthur qui ressentit l'écœurante irruption du poisson qui s'empressa de se faufiler au fond de son conduit auditif. Il poussa un hoquet horrifié, voulut, l'espace de quelques secondes, se gratter l'oreille puis lentement se tourna, les yeux agrandis de surprise : il était en train de ressentir l'équivalent auditif de cette expérience d'optique où l'on voit les silhouettes noires de deux visages face à face laisser place brusquement à l'image d'un chandelier blanc. Ou bien lorsque sur une feuille un tas de taches colorées s'organise soudain en un chiffre six — signe que votre opticien s'apprête à vous facturer très cher une nouvelle paire de lunettes.

Il était toujours en train d'écouter les gargouillis ululants, il le savait, sauf qu'à présent ils avaient comme qui dirait revêtu toutes les apparences d'un anglais fort policé.

Et voici ce qu'il entendit…

# Chapitre 6

« Hou-hou-garglou-hou-garglou-hou-hou-hou-garglou-hou-hou-garglou-hou-hou-garglou-garglou-hou-garglou-garglou-garglou-hou-hou-sllllllrrp-aurghh devraient se payer du bon temps. Je répète : c'est votre capitaine qui vous parle aussi êtes-vous priés de cesser ce que vous faites pour me prêter un peu attention. Primo : je constate, grâce à mes instruments, que nous avons à bord deux astro-stoppeurs. Alors, qui que vous soyez, bonjour ! Je voudrais simplement qu'il soit bien clair entre nous que votre présence à bord est totalement indésirable. Il m'a fallu travailler dur pour en arriver là où je suis aujourd'hui et je ne suis pas devenu capitaine d'un vaisseau de construction vogon pour le simple plaisir de faire le taxi pour un ramassis de resquilleurs dégénérés. J'ai fait dépêcher une équipe à votre recherche et sitôt qu'elle vous aura dénichés, je vous fais flanquer par-dessus bord. Si vous avez beaucoup de chance, peut-être que je vous lirai quelques-uns de mes poèmes avant.

« Secundo, nous sommes sur le point de plonger dans l'hyperespace pour regagner l'étoile de Barnard. Dès notre arrivée, nous allons entrer en révision pendant soixante-douze heures et nul ne sera autorisé à quitter le vaisseau durant ce laps de temps. Je répète : toutes les permissions à terre sont supprimées. Je sors tout juste d'une histoire d'amour malheureuse et je ne vois donc vraiment pas pourquoi les autres devraient se payer du bon temps. Message terminé. »

Le bruit cessa.

À sa grande gêne, Arthur s'aperçut qu'il était allongé par terre, roulé en boule, la tête entre ses bras serrés. Il sourit timidement : « Un homme charmant. Je voudrais avoir une fille rien que pour pouvoir lui interdire d'épouser un tel...

— Ce serait inutile, l'interrompit Ford : ils ont autant de sex-appeal qu'un accident de la route. Non, ne bouge pas, ajouta-t-il comme Arthur faisait mine de se déplier, tu ferais mieux de te préparer au saut dans l'hyperespace. C'est aussi désagréable que d'être saoul.

— Qu'y a-t-il de si désagréable à être saoul ?

— Pose la question à un verre d'eau. »

Arthur considéra cette réponse.

« Ford, reprit-il.

— Ouais ?

— Que fait au juste ce poisson dans mon oreille ?

— De la traduction. C'est un Babelfish. Tu peux vérifier dans *Le Guide* si tu veux. »

Il lui lança *Le Guide du voyageur galactique* puis se recroquevilla en position fœtale dans l'attente du saut.

À ce moment précis, Arthur sentit son esprit perdre pied, ses yeux se révulser et ses pieds commencer à lui couler dans le crâne. Autour de lui, la pièce s'était repliée, ratatinée, pour disparaître en le laissant plongé au beau milieu de son propre nombril.

Ils étaient en train de traverser l'hyperespace.

*Le Babelfish, expliquait tranquillement* Le Guide du voyageur galactique, *est petit et jaune ; il ressemble à une sangsue et c'est sans doute la chose la plus bizarre de l'univers : il vit en effet de l'énergie des ondes cérébrales émises non pas par son hôte mais par tous ceux qui l'environnent. C'est en absorbant toutes les fréquences mentales inconscientes desdites ondes qu'il tire sa subsistance. Il excrète ensuite dans l'esprit de son hôte une matrice télépathique formée en combinant les fréquences des pensées conscientes avec les influx nerveux recueillis au niveau des centres d'élocution du cerveau qui les a générés.*

*Le résultat pratique de tout cela est qu'il vous suffit de glisser un Babelfish dans votre oreille pour instantanément comprendre tout ce que l'on vous dit et ce, dans n'importe quelle langue. Les structures linguistiques effectivement entendues sont le décodage de la matrice d'ondes cérébrales injectées dans votre esprit par le Babelfish.*

*Cela dit, qu'une créature aussi incroyablement utile ait pu évoluer purement par hasard relève d'une coïncidence si bizarrement improbable que certains penseurs ont cru bon d'y voir une preuve définitive et sans appel de la* non-*existence de Dieu.*

*Leur argumentation se développe à peu près ainsi : « Je refuse de prouver que j'existe, dit Dieu, car prouver c'est renier la foi et sans foi, je ne suis plus rien.*

*— Pourtant, remarque l'Homme, le Babelfish en dit long sur le sujet, non ? Son évolution ne saurait être le seul fruit du hasard. Il prouve votre existence et donc, selon votre propre théorie, vous n'existez pas. C.Q.F.D.*

*— Sapristi, s'exclame Dieu. C'est que je n'avais pas pensé à ça ! » et sur-le-champ il disparaît dans une bouffée de logique.*

*« Bah, c'était facile », dit l'Homme puis — en guise de rappel — il se met à prouver sur sa lancée que le noir est blanc et finit écrasé sur le premier passage pour piétons.*

*La plupart des théologiens de renom estiment que cette argumentation ne vaut pas un pet de lapin mais cela n'a pas empêché Oolon Colluphid de ramasser une petite fortune en en faisant le thème central de son dernier succès :* Eh bien, voilà qui règle enfin la question de Dieu.

*Entre-temps, en supprimant effectivement toutes les barrières aux communications entre les diverses races et cultures, ce pauvre poisson Babel était à l'origine de plus de guerres et de massacres sanglants que n'importe quelle autre cause dans l'histoire de la création.*

Arthur laissa échapper un faible grognement. Il était horrifié à la découverte que le plongeon dans l'hyperespace ne l'avait pas tué. Il se trouvait à présent à six années-lumière de l'endroit où se trouvait la Terre — eût-elle encore existé.

La Terre.

Des visions de la Terre déferlèrent dans son esprit nauséeux. Son imagination n'avait aucun moyen d'appréhender l'impact de cette disparition de la Terre entière : c'était trop. Il voulut tester ses sentiments en pensant à ses parents et à sa sœur disparus. Aucune réaction. Puis il pensa à un parfait inconnu derrière lequel il avait fait la queue l'avant-veille au supermarché et ressentit un élancement soudain : le supermarché avait disparu ! Avec tous ses occupants ! La Colonne de Nelson avait disparu ! La Colonne de Nelson avait disparu et il n'y aurait pas une protestation vu qu'il ne restait plus personne pour protester. Dorénavant, la Colonne de Nelson n'existerait plus que dans son esprit — un esprit qui était bloqué dans ce rafiot puant bardé d'acier. Une vague de claustrophobie se referma sur lui.

L'Angleterre n'existait plus. Bon. D'une manière ou de l'autre, il s'y était fait. Il tenta un nouvel essai : l'Amérique, songea-t-il, a disparu. Rien à faire. Il décida de recommencer en visant plus petit : New York a disparu. Aucune réaction. De toute façon, il n'avait jamais cru sérieusement à son existence. Le dollar, songea-t-il, a sombré pour toujours. Là, légère angoisse. Tous les films de Bogart ont été détruits et ça, ça lui flanqua un sale choc. Puis il pensa aux McDonalds. À jamais disparu, un truc comme le Big Mac !

Il s'évanouit.

Lorsqu'il reprit ses esprits, une seconde plus tard, il se rendit compte qu'il sanglotait en pensant à sa mère.

Il se releva brusquement.

« Ford ! »

Ford qui sifflotait, assis dans un coin, leva la tête. Il trouvait toujours particulièrement éprouvante dans les voyages spatiaux la traversée de l'espace proprement dite. « Ouais ?

— Si tu travailles pour ce bouquin et puisque tu étais sur Terre, tu as bien dû recueillir des données dessus.

— Ben, j'ai pu compléter quelque peu l'article initial, oui.

— Alors, s'il te plaît, fais-moi voir ce que dit cette édition, il faut que je voie ça.

— Ouais, d'accord », et Ford la lui repassa.

Arthur s'en empara en essayant d'empêcher ses mains de trembler. Il tapa le code de la page voulue. L'écran s'éclaira, vacilla puis se résolut en une page de caractères imprimés. Arthur la contempla. Il poussa une exclamation : « Mais ! Elle n'a aucun article ! »

Ford regarda par-dessus son épaule : « Mais si : là, en bas, regarde au bas de l'écran, juste en dessous de *Téraroplopla Eccentrica, prostituée à trois seins d'Eroticon Six.* »

Arthur suivit le doigt de Ford et vit ce qu'il lui désignait. Un instant encore, il refusa d'enregistrer ce qu'il voyait puis soudain son esprit faillit exploser : « Quoi ? *Inoffensive ?* C'est tout ce qu'il trouve à dire ? *Inoffensive !* Un seul mot ! »

Ford haussa les épaules : « Ben, il y a cent milliards d'étoiles dans la Galaxie et les microprocesseurs du bouquin n'ont pas une capacité illimitée ; et puis, personne ne savait grand-chose de la Terre, bien sûr.

— Eh bien, pour l'amour du ciel, je compte sur toi pour avoir un peu rectifié le tir.

— Oh ! oui. Voyons : je me suis débrouillé pour expédier à l'éditeur un article entièrement remanié. Il a certes dû le rogner un peu mais c'est toujours un progrès.

— Et que dit-il à présent ? s'enquit Arthur.

— *Globalement inoffensive*, admit Ford avec un toussotement quelque peu gêné.

— *Globalement inoffensive !* hurla Arthur.

— T'as entendu ce bruit ?

— Oui. C'est moi qui hurlais, hurla Arthur.

— Non ! Boucle-la ! J'ai l'impression que des ennuis s'annoncent...

— Et c'est *toi* qui viens me parler d'ennuis ! »

Derrière la porte on entendait clairement un bruit de bottes.

« Les Dentrassis ? murmura Arthur.

— Non, ça ce sont des bottes ferrées », expliqua Ford.

La porte s'était mise à résonner sous les coups.

« Alors, qui est-ce ? demanda Arthur.

— Eh bien, dit Ford, avec un peu de veine, ce sont simplement les Vogons qui viennent nous chercher pour nous jeter dans l'espace.

— Et si on n'a pas de veine ?

— Si on n'a pas de veine, dit Ford, lugubre, le capitaine pourrait bien mettre à exécution sa menace de nous lire auparavant quelques-uns de ses poèmes... »

# Chapitre 7

La poésie vogone est sans conteste la troisième en exécrabilité dans tout l'univers. La seconde étant celle des Azgoths de Kria. Lors d'une déclamation par le maître Grunthos le Flatulent de son poème intitulé « Ode à la boulette de mastic vert trouvée sous mon aisselle par un riant matin d'été », quatre de ses auditeurs devaient succomber à des hémorragies internes tandis que le médio-président de la Société galactique d'encouragement à la corruption des arts ne survécut qu'en dévorant l'une de ses propres jambes. On dit que Grunthos, s'estimant « déçu » par l'accueil fait à son poème, était sur le point de s'embarquer dans la lecture de son épopée en douze volumes intitulée *Florilèges de mes gargouillis dans ma baignoire* lorsque son propre gros intestin, dans un sursaut désespéré pour sauver la vie et la civilisation lui sauta au cou et l'étrangla pour le compte.

La plus exécrable de toutes les poésies disparut en même temps que son créateur, Mme Paula

Nancy Millstone Jennings de Greenbridge, Essex, Angleterre, lors de la destruction de la Terre.

Prostetnic Vogon Jeltz sourit très lentement — non pas tant pour ménager un effet que parce qu'il essayait de se rappeler la séquence des mouvements musculaires impliqués. Il avait déjà poussé un hurlement terriblement thérapeutique devant ses prisonniers et se sentait à présent parfaitement détendu et prêt à faire montre d'un rien de cynisme.

Les prisonniers étaient assis sur des fauteuils de jury poétique — enfin, ils y étaient ligotés : les Vogons ne se faisaient aucune illusion quant à la réputation de leurs œuvres. Leurs premiers balbutiements dans le domaine de la composition leur avaient en partie servi d'alibi pour réclamer — avec une lourde insistance — leur entrée dans le concert des races évoluées et cultivées ; mais aujourd'hui, s'ils n'en ressortaient pas, c'était rien que pour emmerder le monde.

Une sueur glacée perlait au front de Ford Prefect, contournant les électrodes collées à ses tempes. Celles-ci se trouvaient reliées à une batterie d'équipements électriques — intensificateurs d'images, modulateurs de rythme, résidulateurs d'allitérations et collecteurs de métaphores — tous dispositifs destinés à renforcer l'expérience poétique du sujet en empêchant que la moindre nuance de la pensée de l'auteur ne se perde.

Arthur Dent tremblait sur son siège. Il n'avait pas la moindre idée de ce qui l'attendait, mais il savait qu'il n'avait guère apprécié jusqu'à maintenant ce qui lui était arrivé, et il n'avait pas l'impression que les choses aient des chances d'évoluer favorablement.

Le Vogon se mit à lire un fétide extrait d'une œuvre de son cru :

*O blas bougriot glabouilleux…*, commença-t-il, et des spasmes ébranlèrent le corps de Ford — c'était pire que tout ce qu'il avait pu craindre.

*.. Tes micturations me touchent*
*Comme des flatouillis slictueux*
*Sur une blotte mouche*

« Aaaaaaaaeeeeeerrrrggggghhhh ! » lança Ford Prefect, la tête rejetée en arrière, sous les coups de boutoir de la douleur. Dans une brume, il put apercevoir Arthur qui se débattait et gigotait sur son siège. Il grinça des dents.

Impitoyable, le Vogon poursuivait :

*Grubeux, je t'implore,*
*Car mes fontins s'empalindroment…*

(Sa voix montait à présent vers d'épouvantables sommets de stridence passionnée.)

*Et surrénalement me sporent*
*De croinçantes épiquarômes.*
*Ou sinon… nous t'échierons dans*
*les gobinapes*
*Du fond de notre patafion*
*Tu verras si j'en suis pas cap !*

« Nnnnnnnnyyyyyaaaaaarrrrrgggggghhhhhh ! » éructa Ford Prefect dans un spasme ultime, comme l'amplification électronique de ces derniers vers le cueillait en pleine tempe. Il s'affaissa.

Arthur était avachi.

« Et maintenant, Terriens… », gronda le Vogon (il ignorait que Ford Prefect était en fait originaire d'une petite planète quelque part aux confins de Bételgeuse et de toute façon il s'en foutait), « je vous mets devant un choix simple : soit périr dans le vide de l'espace, soit… (il marqua une pause mélodramatique) soit me dire tout le bien que vous pensez de mon poème ! »

Il s'enfonça dans un vaste fauteuil de cuir en forme de chauve-souris et les contempla. Il avait retrouvé son sourire.

Ford cherchait encore son souffle. Haletant, il passa une langue pâteuse sur ses lèvres craquelées et gémit.

Arthur quant à lui lança d'un air dégagé : « À vrai dire, moi j'ai bien aimé. »

Ford se tourna, bouche bée. Voilà une approche qu'il n'avait tout simplement même pas envisagée.

Le Vogon haussa un sourcil surpris, mouvement qui eut pour effet de plonger son nez dans l'ombre, ce qui n'était pas vraiment une mauvaise chose.

« Allons bon, vrombit-il, considérablement étonné.

— Mais oui, poursuivit Arthur. J'y ai trouvé que certaines images métaphysiques s'avéraient particulièrement frappantes. »

Ford continuait de le dévisager tout en réorganisant lentement ses pensées autour de ce concept radicalement neuf. Allaient-ils vraiment parvenir à s'en tirer d'une manière aussi éhontée ?

« Oui, continuez, je vous en prie..., invita le Vogon.

— Oh... et euh... la construction rythmique n'est pas inintéressante non plus, continua Arthur, établissant une manière de contrepoint à... » Il pataugeait. Se lançant à sa rescousse, Ford hasarda : « ... de contrepoint au surréalisme latent de cette métaphore sous-jacente de... euh... » Il s'empêtrait à son tour mais Arthur était à nouveau prêt à prendre le relais :

« ... de l'humanité de...

— La *vogonité*, lui siffla Ford.

— Ah ! oui (pardon), la vogonité de l'âme compatissante du poète (Arthur se sentait à nouveau bien lancé), laquelle tend, par le biais de la structure des vers, à sublimer ceci, transcender cela, bref enfin s'affranchir des dichotomies fondamentales du reste (il atteignit un crescendo triomphal...) offrant au lecteur une profonde autant que vivace perception de... de... euh... » (... qui soudain tourna court). Ford bondit alors, portant le *coup de grâce* : « de tout ce dont il pourrait être question dans le poème ! » lança-t-il tout en glissant à voix basse à Arthur : « Bien joué. C'était vraiment très bien. »

Le Vogon les considéra attentivement. Durant un moment, sa conscience de race aigrie s'était laissé toucher mais il se ravisa : non, c'était trop peu, et trop tard. Il prit une voix qui évoquait un chat en train de faire ses griffes sur un morceau de nylon : « Donc, ce que vous êtes en train de me dire, c'est que j'écris des poèmes parce que sous mes dehors de brute épaisse et sans cœur j'aurais envie d'être aimé ? » Il fit une pause. « C'est bien ça ? »

Ford eut un rire nerveux. « Eh bien, je pense que oui. N'est-ce pas le cas pour nous tous, au plus profond de nous-mêmes, vous savez, euh… »

Le Vogon se leva :

« Eh bien, non, vous vous gourez complètement. Je n'écris des poèmes que pour mieux mettre en valeur mes dehors de brute épaisse et sans cœur. Je m'en vais vous balancer hors de ce vaisseau, malgré tout. Garde ! Emmenez les prisonniers au sas n° 3 et foutez-les-moi dehors !

— Quoi ? » s'indigna Ford.

Un jeune garde vogon énorme, s'avança et les éjecta de leur siège avec ses grosses paluches blêmes.

« Vous ne pouvez quand même pas nous jeter dans l'espace, glapit Ford. Nous essayons d'écrire un livre !

— Toute résistance est inutile ! » lui rétorqua le Vogon. C'était la première phrase qu'il avait apprise en entrant dans la garde vogone.

Le capitaine observa la scène avec un détachement amusé puis il se détourna.

Arthur regardait autour de lui, paniqué. Il glapissait : « Je ne veux pas mourir tout de suite ! J'ai encore la migraine ! Je ne veux pas aller au ciel avec une migraine, ça me fiche de mauvaise humeur et je pourrai pas en profiter ! »

Le garde les prit tous les deux fermement par le cou puis, après avoir respectueusement salué le dos tourné de son maître, les emmena hors de la passerelle, malgré leurs véhémentes protestations. Une porte d'acier se referma et le capitaine se retrouva livré à lui-même. Il fredonna doucement, pensif, feuilletant d'un doigt léger son carnet de poèmes. « Hmmm... *une manière de contrepoint au surréalisme latent de cette métaphore sous-jacente...* » Il considéra quelques instants la chose puis referma le livret, avec un sourire sardonique.

« La mort, voilà qui est encore trop doux pour eux. »

Le long couloir recouvert d'acier résonnait des efforts dérisoires des deux humanoïdes solidement calés sous chacune des rugueuses aisselles du Vogon.

« Ça c'est fort, bredouillait Arthur. C'est vraiment trop fort. Voulez-vous bien me lâcher, grande brute ! »

Le garde vogon continua.

« T'inquiète pas, dit Ford. Je trouverai bien quelque chose. » Il n'avait pas l'air débordant d'espoir.

« Toute résistance est inutile ! gueula le garde.

— Mais arrêtez donc de dire des choses pareilles ! bégaya Ford. Comment voulez-vous garder une attitude mentale constructive quand on vous répète des choses comme ça ?

— Mon Dieu, gémit Arthur, tu peux parler d'attitude mentale constructive, tu ne t'es pas fait démolir ta planète aujourd'hui, toi ! En me réveillant ce matin, je comptais passer une bonne journée bien peinarde, bouquiner un peu, peigner la girafe... Il est à peine quatre heures de l'après-midi et je me retrouve déjà expulsé d'un astronef extraterrestre à six années-lumière des décombres fumants de la Terre ! » Il s'étrangla, gargouilla comme le Vogon resserrait son étreinte.

« Ça va, dit Ford. Arrête un peu de paniquer !

— Qui parle de panique ? coupa Arthur. Ce n'est qu'une simple affaire de choc culturel. Attends un peu que je me sois fait à la situation et que j'aie fait le point. *Alors là*, oui, je commencerai à paniquer !

— Arthur, tu deviens hystérique ! Ferme-la un peu ! » Ford essayait désespérément de réfléchir mais il fut interrompu de nouveau par les cris du garde :

« Toute résistance est inutile !

— Et vous aussi, vous pouvez la boucler ! coupa Ford.

— Toute résistance est inutile !

— Oh ! Arrête ton char ! » Il baissa la tête pour regarder droit dans les yeux de son ravisseur. Une idée le frappa.

« Est-ce que ça vous plaît vraiment de faire ce genre de truc ? » lui demanda-t-il soudain.

Le Vogon s'arrêta net, tandis qu'une expression d'intense stupidité gagnait lentement ses traits.

« Me plaire ? tonna-t-il. Qu'est-ce que vous voulez dire ?

— Ce que je veux dire, expliqua Ford, c'est : est-ce que vous trouvez là-dedans une vie pleinement satisfaisante ? À piétiner de la sorte, à hurler, à jeter les gens hors des astronefs... »

Le Vogon leva les yeux vers la tôle basse du plafond et ses sourcils faillirent se chevaucher. Sa bouche béait. Il finit par articuler : « Ben, on passe de bonnes heures...

— Ça vaut mieux », agréa Ford.

Arthur se démonta le cou pour le regarder. « Ford, mais qu'est-ce que tu fais ? murmura-t-il, étonné.

— Oh ! j'essaie juste de m'intéresser au monde qui m'entoure, vu ? » Il reprit : « Alors comme ça, vous passez de bonnes heures, hein ? »

Le Vogon le contempla avec de grands yeux tandis que de molles pensées cheminaient avec peine dans le sombre tréfonds de son crâne : « Ouais, maintenant que vous me le dites, je reconnais que la plupart des minutes sont carrément chiantes. Quoique... (nouvelle réflexion — ce qui requit une nouvelle contemplation du plafond) ... quoique... il y a certains hurlements que j'aime bien. » Il s'emplit les poumons et beugla : « Toute résistance est...

— Oui, sans doute, se hâta de l'interrompre Ford, j'ai pu apprécier vos talents en ce domaine. Mais c'est quand même chiant la plupart du temps », insista-t-il en donnant à ses paroles le temps d'atteindre leur but. « Alors, pourquoi faire ça ? À quoi ça rime ? C'est pour les filles ? Le cuir ? Le *machisme* ? Ou bien parce que selon vous le simple fait de s'accommoder d'une routine stupide procure un exaltant défi ? »

Le regard d'Arthur allait de l'un à l'autre avec ahurissement.

« Euh..., dit le garde, euh... euh... chsais pas. Je crois que... ben disons... je le fais, c'est tout. Ma tante disait que la Garde spatiale ça faisait une bonne carrière pour un jeune Vogon — vous savez : l'uniforme, le paralyseur dans le baudrier en bandoulière, la routine stupide...

— Nous y voilà, Arthur, dit Ford avec l'air de celui qui débouche sur la conclusion de son raisonnement. Et toi qui trouves que t'as des problèmes. »

Un peu, qu'il en avait, estimait Arthur. En plus de cette histoire embêtante avec sa planète natale, le garde vogon l'avait déjà plus qu'à moitié étranglé et il n'envisageait pas d'un œil serein l'éventualité d'être jeté dans l'espace.

« Essaie un peu de comprendre *son* problème, insista Ford. Regarde ce pauvre gars, toute sa vie se passe à piétiner en rond, à balancer les gens hors des astronefs...

— Et à hurler, ajouta le garde.

— Et à hurler, bien sûr, dit Ford en tapotant le bras livide qui lui enserrait le cou avec une amicale condescendance. Et il ne sait même pas pourquoi il le fait ! »

Arthur reconnut que tout cela était fort triste. Il l'admit avec l'esquisse d'un faible hochement de tête, vu qu'il était trop asphyxié pour parler.

Le garde laissa échapper de profonds grognements de surprise : « Ben… en voyant maintenant les choses comme ça, je suppose…

— Brave garçon ! l'encouragea Ford.

— Mais, bon…, continua-t-il de grommeler. Qu'est-ce que vous voyez comme solution ?

— Eh bien, dit joyeusement (mais lentement) Ford, mais d'arrêter de faire ça, bien sûr ! » Et il enchaîna : « Allez leur dire que vous ne le ferez plus. » Il sentait qu'il lui fallait ajouter quelque chose à ça mais pour l'heure, le garde semblait avoir l'esprit suffisamment occupé à peser cette première suggestion.

« Euuuuuuhhhhhrrrrrrrmmmmmmm, dit le garde, euhrm, eh bien ça ne m'a pas l'air si bon que ça… »

Ford sentit soudain la chance lui échapper : « Bon, attendez une minute… ce n'est qu'un début, voyez-vous, il y a encore d'autres choses… »

Mais à ce moment le garde renforça sa prise et poursuivit son propos originel qui était de fourrer les prisonniers dans le sas. Il était à l'évidence tout à fait ébranlé.

« Non, je crois que finalement pour vous c'est du pareil au même, leur dit-il. Je ferais mieux de vous balancer tous les deux dans ce sas avant d'aller finir de pousser les hurlements qu'il me reste encore à pousser. »

Ce n'était pas du tout du pareil au même pour Ford Prefect : « Allons donc !… Mais écoutez ! rétorqua-t-il moins joyeusement (et moins lentement).

— Aaaarrrrrgggggghhhhhhmmmmmm..., dit Arthur sur un ton difficilement définissable.

— Mais enfin, attendez ! poursuivait Ford. Je ne vous ai pas encore parlé de la musique et de l'art et de... aaarrgghh !

— Toute résistance est inutile », beugla le garde, qui ajouta : « Vous voyez, en continuant dans cette voie, je peux terminer promu au rang de Grand Officier de la Légion des hurleurs et comme en général des places d'officier sont rares pour les non-hurleurs ou non-balanceurs-de-gens-dehors, j'aime autant me cantonner à ce que je sais faire. »

Ils avaient à présent atteint le sas — une lourde porte circulaire en acier massif, encastrée dans l'épaisseur du revêtement intérieur du vaisseau. Le garde manœuvra une commande et le sas s'ouvrit en douceur.

« Mais merci quand même de votre intérêt, ajouta le garde vogon. Eh bien salut ! » Et il balança Arthur et Ford à l'intérieur du petit sas.

Arthur resta étendu, cherchant à reprendre son souffle. Ford se retourna d'un bond pour donner vainement de l'épaule contre la lourde porte qui se refermait.

« Mais écoutez ! cria-t-il au garde, il existe tout un univers dont vous ignorez tout... Tenez, qu'est-ce que vous dites de ça ? » Et, en désespoir de cause, il se raccrocha à l'unique fragment de culture qui lui revenait à l'esprit : il lui fredonna les premières mesures de la *Cinquième* de Beethoven :

« *Po-Po-Po-Pom !* Cela ne remue-t-il pas une fibre au-dedans de vous ?

— Non, dit le garde. Pas vraiment. Mais j'en parlerai à ma tante. »

S'il rajouta quelque chose, cela leur échappa : la porte du sas se referma hermétiquement et tous les sons s'évanouirent, en dehors du faible et lointain murmure des propulseurs du vaisseau.

Ils se trouvaient à l'intérieur d'une chambre cylindrique impeccablement polie, longue d'environ trois mètres, sur deux de diamètre. Ford parcourut les lieux du regard, essoufflé.

« Un type potentiellement brillant, j'ai trouvé », remarqua-t-il avant de se laisser glisser contre la paroi courbe.

Arthur gisait toujours au fond du sas, à l'endroit où il était tombé. Il ne leva pas les yeux. Se contentant de haleter.

« On est coincés, hein ?

— Effectivement, confirma Ford. Nous sommes coincés.

— Eh bien, tu n'as pas une idée quelconque ? J'avais cru comprendre que tu en cherchais une. À moins que tu ne l'aies déjà trouvée sans que je m'en sois aperçu.

— Oh ! oui, j'ai bien pensé à quelque chose », haleta Ford. Arthur leva les yeux, dans l'expectative. « Mais malheureusement, poursuivit Ford, cela exigerait plutôt que nous soyons de l'autre côté de ce sas étanche. » Il donna un coup de pied dans la porte par laquelle on venait de les jeter.

« Mais c'était une bonne idée, quand même ?

— Oh ! oui, très chouette !

— Et laquelle ?

— Eh bien, je n'en avais pas encore étudié les détails. Ça n'a plus guère d'intérêt maintenant, pas vrai ?

— Bon alors, quel est le programme à présent ? demanda Arthur.

— Oh ! euh, eh bien, le sas qui est devant nous va s'ouvrir automatiquement dans quelques instants et je suppose que nous serons propulsés dans les profondeurs de l'espace où nous serons asphyxiés. À condition de retenir ta respiration, tu peux espérer tenir jusqu'à trente secondes, bien entendu... », ajouta Ford. Il croisa les mains derrière le dos, haussa les sourcils et se mit à fredonner un vieux chant de guerre bételgeusien. Aux yeux d'Arthur, il paraissait soudain véritablement étrange.

« Eh bien, voilà, constata Arthur. Nous allons mourir.

— Oui, admit Ford, sauf que... non ! Attends une minute ! » Et soudain, le voilà qui se précipite à travers le sas en direction de quelque chose situé en dehors du champ de vision d'Arthur. « Qu'est-ce que c'est que cet interrupteur ?

— Quoi ? Où ça ? s'écrie Arthur en se retournant.

— Mais non, je plaisantais ! dit Ford. Nous allons effectivement mourir. » Et se radossant contre le mur, il reprit sa chansonnette là où il l'avait laissée.

« Tu sais, remarqua Arthur, c'est en de tels moments, quand je me retrouve coincé dans un sas vogon en compagnie d'un natif de Bételgeuse, au seuil d'une mort imminente par asphyxie dans les profondeurs de l'espace, que je regrette de ne pas avoir écouté ce que me disait ma mère quand j'étais petit.

— Eh bien, que te disait-elle ?

— Je sais pas. J'ai pas écouté.

— Oh ! » Ford continua de fredonner.

« C'est terrible, se dit Arthur, la Colonne de Nelson a disparu, les McDonalds ont disparu, tout ce qui reste, c'est moi et les mots *pratiquement inoffensive*. Et d'une seconde à l'autre ne subsistera plus que la mention *pratiquement inoffensive*. Et dire qu'hier encore la planète semblait tourner si rond. »

Un moteur bourdonna.

Il y eut un léger sifflement qui se mua en un rugissement assourdissant comme la porte extérieure s'ouvrait sur un vide ténébreux clouté d'impossibles minuscules points de lumière. Arthur et Ford furent propulsés à l'extérieur comme les bouchons de pistolets de gosse.

# Chapitre 8

Le Guide du voyageur galactique *est un ouvrage en tout point remarquable. Il a fait l'objet de bien des remaniements et mises à jour depuis bien des années et sous l'égide de bien des équipes de rédacteurs. Il recueille les contributions d'innombrables voyageurs et chercheurs.*

*Son introduction commence ainsi :*

*« L'espace, nous dit-il, est immense. Vraiment immense. On n'a franchement pas idée de sa stupéfiante et considérablement gigantesque immensité. Je veux dire qu'on peut croire qu'en gros ça fait loin comme d'ici au bistrot du coin mais en fait c'est de la gnognote comparé aux dimensions de l'espace. Tenez… »,*

*et ainsi de suite.*

*(Après un moment, le style s'assagit quelque peu et* Le Guide *commence à vous dire des choses que vous avez réellement besoin de savoir telles que le fait que Bethselamine, cette planète fabuleusement belle, est aujourd'hui tellement préoccupée par l'effet cumulatif de l'érosion provoquée par la visite*

*annuelle de dix milliards de touristes que tout déficit net entre les quantités ingérées et celles excrétées durant votre séjour y sera récupéré par ablation chirurgicale au moment de votre départ : aussi, chaque fois que l'on se rend aux toilettes, est-il d'une importance vitale de se faire délivrer un reçu.)*

*Pour être juste, face à l'absolu gigantisme des distances interstellaires, les meilleurs esprits n'ont pas été plus inspirés que l'auteur de cette introduction au* Guide *: ainsi, d'aucuns vous invitent à considérer un instant une cacahuète posée à Reading par rapport à une petite noisette située elle à Johannesburg. Ou autres vertigineuses comparaisons.*

*La simple vérité est que l'imagination humaine est totalement incapable d'appréhender les distances interstellaires.*

*Même la lumière — qui voyage si vite qu'il faut à la plupart des races intelligentes plusieurs millénaires rien que pour réaliser simplement qu'elle se déplace —, eh bien, même la lumière met du temps pour se déplacer entre les étoiles : il lui faut huit minutes pour se rendre de l'étoile Sol à l'endroit où la Terre avait coutume de se trouver et quatre ans de plus pour gagner son plus proche voisin stellaire, à savoir Alpha de Proxima.*

*Et pour qu'elle atteigne l'autre côté de la Galaxie — Damogra par exemple — cela prend encore plus longtemps : cinq cent mille ans.*

*Le record sur cette distance en astrostop est d'un peu moins de cinq ans mais autant dire qu'on ne risque guère alors de contempler le paysage.*

Le Guide du voyageur galactique *précise qu'à condition de retenir sa respiration, il est possible de survivre une trentaine de secondes dans le vide absolu de l'espace. Toutefois, compte tenu des dimensions proprement ahurissantes de celui-ci, cela revient à évaluer les chances d'être recueilli par un autre vaisseau durant ce court laps de temps à deux puissance deux cent soixante-sept mille sept cent neuf contre un.*

*Par une coïncidence proprement ahurissante, ce chiffre est également le numéro de téléphone d'un appartement d'Islington où Arthur, invité à une soirée, avait pu faire la connaissance d'une fort charmante jeune fille qu'il avait été totalement infoutu de raccompagner : elle s'était fait emballer par un vulgaire pique-assiette.*

*Bien que la planète Terre, l'appartement d'Islington et le téléphone soient aujourd'hui démolis, il est réconfortant de se dire que tous ces éléments ont en quelque modeste manière été commémorés par le fait que vingt-neuf secondes plus tard exactement Arthur et Ford devaient être sauvés.*

# Chapitre 9

Un ordinateur baragouinait tout seul, mis en alerte par une porte de sas qui s'était ouverte et refermée sans raison apparente.

En fait, c'était parce que la Raison s'était mise à débloquer.

Un trou venait d'apparaître dans la Galaxie. Pour être précis, durant un poil de seconde, un trou large d'un poil de pouce et long d'un bon paquet de millions d'années-lumière d'une extrémité à l'autre.

Lorsqu'il se referma, tout un tas de ballons publicitaires et de chapeaux en papier s'en déversèrent pour dériver dans l'univers. Une équipe de sept experts financiers hauts comme trois pommes en jaillirent et moururent aussitôt, en partie d'asphyxie, en partie de surprise.

Deux cent trente-neuf mille œufs mollets en jaillirent également, se matérialisant sous la forme d'un vaste amoncellement glaireux sur le territoire des Poghrils que frappait alors la famine, dans le système de Pansu.

Toute la tribu des Poghrils avait succombé à ladite famine, à l'exception d'un ultime survivant qui devait pour sa part décéder d'une crise aiguë de cholestérol quelques semaines plus tard.

Le poil de seconde durant lequel exista le trou ricocha d'une manière des plus improbables, d'un bout à l'autre de l'échelle du temps. Quelque part dans le tréfonds du passé, il traumatisa sérieusement un petit groupe d'atomes quelconques à la dérive dans le vide stérile de l'espace et les fit se réunir selon les structures les plus extraordinairement improbables, lesquelles structures ne tardèrent pas à apprendre à se copier toutes seules (c'était en partie là ce qui les rendait aussi extraordinaires) avant de se révéler être la cause de troubles considérables sur toutes les planètes où elles devaient échouer. C'est ainsi que commença la vie dans l'univers.

Cinq maelströms d'événements déchaînés voltigèrent en vicieuses tempêtes de folie et se déversèrent sur un trottoir.

Sur le trottoir gisaient Ford Prefect et Arthur Dent, haletant comme des poissons à demi crevés.

« Eh bien, voilà », haleta Ford tout en cherchant à s'agripper d'un doigt au trottoir qui traversait présentement les Mystères du Troisième Prêche.

« Je t'avais bien dit que je trouverais quelque chose.

— Mais bien sûr, dit Arthur, bien sûr.

— Belle idée que j'ai eue, reprit Ford, de trouver un astronef de passage et de nous faire recueillir par lui. »

L'univers réel disparut en se cabrant horriblement derrière eux. Diverses imitations d'icelui passèrent en voltigeant silencieusement, agiles comme des cabris. Une explosion de lumière primordiale éclaboussa l'espace-temps comme des gouttelettes de lait caillé. Le temps s'épanouit. La matière se ratatina. Le plus grand des nombres premiers se recroquevilla tranquillement dans un coin et se laissa définitivement oublier.

« Oh ! arrête ta frime, dit Arthur : les chances contraires étaient astronomiques.

— Râle pas : ça a marché, non ? remarqua Ford.

— Dans quel genre de vaisseau sommes-nous ? s'enquit Arthur tandis que le gouffre de l'éternité béait derrière eux.

— Je l'ignore, dit Ford. Je n'ai pas encore ouvert les yeux.

— Non, moi non plus », dit Arthur.

L'univers tressauta, se figea, frémit puis se répandit dans plusieurs directions fort inattendues.

Arthur et Ford ouvrirent les yeux et regardèrent autour d'eux avec une considérable surprise.

« Bon Dieu, dit Arthur, on dirait exactement le front de mer à Southend.

— Diable. Je suis soulagé de te l'entendre dire.

— Pourquoi ?

— Parce que je me demandais si je n'étais pas devenu fou.

— Peut-être bien que si. Peut-être que tu as juste imaginé que je te le disais. »

Ford réfléchit à la chose.

« Enfin, tu l'as dit, ou pas ? reprit-il.

— Je crois que oui.

— Alors peut-être bien que nous sommes en train de devenir fou tous les deux.

— Oui, dit Arthur. Tout bien considéré, nous serions fous de nous croire à Southend.

— Bon alors, tu crois que c'est bien Southend ?

— Oh ! oui.

— Eh bien, moi aussi.

— Donc nous devons être fous.

— Belle journée pour ça.

— Effectivement, dit un fou de passage.

— Qui était-ce ? demanda Arthur.

— Qui ça ? Le type avec cinq têtes et le bouquet en bois de sureau plein de harengs fumés ?

— Oui.

— Je ne sais pas. Un type, c'est tout.

— Ah ! »

Ils étaient l'un et l'autre assis sur le trottoir à contempler non sans un certain malaise le spectacle de gros enfants en train de gambader pesamment sur le sable tandis que vrombissaient dans le ciel les hordes de chevaux sauvages qui transportaient des renforts de Rambardes à destination des Passages Difficiles.

« Tu sais, remarqua Arthur avec une toux discrète, s'il s'agit bien de Southend, il s'y passe quelque chose de très bizarre.

— Tu veux parler de cette façon qu'à la mer de rester prise comme du béton alors que les immeubles ne cessent pas de déferler ? dit Ford. Moi aussi, j'ai trouvé ça bizarre. En fait, continua-t-il au moment où dans une énorme explosion

Southend se fracturait en six parts égales qui se mirent illico à mener une danse saccadée, organisant une sarabande effrénée en formations lubriques et licencieuses, il se passe effectivement des choses extrêmement étranges. »

Des piaillements stridents de flûtes et de violons perçaient le vent, des beignets fumants jaillissaient de la chaussée à dix pence pièce, d'affreux poissons dégringolaient maintenant des cieux, et Arthur et Ford décidèrent à ce moment de décamper.

Ils traversèrent d'épaisses murailles sonores, des montagnes de pensées archaïques, des vallées de musique d'ambiance, des piles de mauvais quarts d'heure et de toquades futiles et puis soudain ils entendirent une voix de jeune fille.

Une voix parfaitement normale mais qui se contenta de dire : « Deux puissance cent mille contre un, en baisse », et ce fut tout.

Ford dégringola un rayon lumineux et fureta alentour, cherchant une source à cette voix mais sans parvenir à dégotter quelque chose de crédible.

« Qu'est-ce que c'était ? hurla Arthur.

— Je ne sais pas, cria Ford. Je ne sais pas. On aurait dit un taux de probabilité.

— De probabilité ? Comment ça ?

— De probabilité : tu vois, comme deux contre un, trois contre un, cinq contre quatre. Elle disait : deux puissance cent mille contre un. Ce qui est vachement improbable, tu sais. »

Une cuve de quarante mille hectolitres de crème anglaise se déversa sur eux à l'improviste.

« Mais qu'est-ce que ça signifie ?

— Quoi ? La sauce anglaise ?

— Non. Ce taux de probabilité !

— Je ne sais pas. Je ne sais pas du tout. Je crois que nous devons être à bord d'une espèce d'astronef.

— Tout ce que je peux dire, remarqua Arthur, c'est que ça ne doit sûrement pas être la cabine des premières. »

Des boursouflures apparurent sur la trame même de l'espace-temps. Des boursouflures proprement immondes.

« Aaaaaarrrrgggggghhh... ! dit Arthur en sentant son corps se ramollir et se tordre dans d'inhabituelles directions. On dirait que Southend est en train de fondre... les étoiles virevoltent... un tourbillon de poussière... mes jambes commencent à dériver vers le crépuscule... et voilà mon bras gauche qui se détache à son tour... » Une pensée terrifiante le frappa : « Diable, comment vais-je m'y prendre pour manipuler ma montre à quartz à présent ? » Il tourna vers Ford un regard désespéré. « Ford, tu es en train de te transformer en pingouin. Arrête tout de suite ! »

De nouveau, la voix se fit entendre : « Deux puissance soixante-quinze mille contre un, en baisse. »

Ford pataugeait furieusement en rond dans sa mare.

« Eh, qui est là ? cancana-t-il. Où êtes-vous donc ? Que se passe-t-il et y aurait-il moyen d'arrêter ça ?

— Je vous en prie, détendez-vous, lui répondit-on avec la voix plaisante d'une hôtesse de l'air dans un avion auquel il ne serait resté qu'une seule aile et deux moteurs dont un en feu, vous êtes parfaitement en sécurité.

— Mais là n'est pas la question ! ragea Ford. La question est que je suis à présent un pingouin parfaitement conformé et que mon collègue ne va pas tarder à être à court de membres !

— Tout va bien, je les ai récupérés maintenant, précisa Arthur.

— Deux puissance cinquante-cinq mille contre un, en baisse, poursuivit la voix.

— D'accord, dit Arthur, ils sont plus longs qu'à mon goût mais enfin…

— Auriez-vous quelque chose à nous dire, couina Ford avec une furie toute volatile, qui vous paraisse intéressant ? »

La voix se racla la gorge. Un *petit four*[1] géant gambada dans le lointain.

« Bienvenue, reprit la voix, à bord du vaisseau spatial *Cœur-en-Or.* »

La voix poursuivit :

« Ne soyez pas alarmés, je vous prie, par ce que vous pourriez éventuellement entendre ou voir autour de vous. Il est tout à fait normal que vous ressentiez quelques effets désagréables dus au fait que vous venez d'être sauvés d'une mort certaine avec un niveau d'improbabilité de deux puissance deux cent soixante-seize mille contre un — et peut-être même beaucoup plus. Nous naviguons à

1. En français dans le texte.

l'heure actuelle à un niveau de deux puissance vingt-cinq mille contre un et nous continuons de baisser, nous devrions donc bientôt restaurer la normalité du moins dès que nous serons certains de ce qui est normal ou pas. Merci. Deux puissance vingt mille contre un, en baisse. »

La voix s'interrompit.

Arthur et Ford se trouvaient dans un petit cagibi rose et lumineux. Ford était complètement excité. Il s'écria :

« Arthur, c'est fantastique ! Nous avons été recueillis par un vaisseau propulsé par un générateur d'improbabilité infinie ! C'est incroyable ! J'avais bien entendu déjà des rumeurs là-dessus mais elles avaient toujours été démenties ! Et pourtant ils y sont arrivés ! Ils ont construit le générateur d'improbabilité ! Arthur, c'est... Arthur ? Que se passe-t-il ? »

Arthur s'était précipité contre la porte du cagibi et cherchait à la maintenir fermée mais elle joignait mal. Par les fissures se faufilaient tout plein de minuscules menottes velues aux doigts maculés d'encre ; on entendait venant du dehors un incroyable brouhaha de petites voix.

Arthur leva les yeux.

« Ford, il y a là-dehors un nombre infini de singes qui aimeraient bien nous parler de ce scénario de *Hamlet* qu'ils viennent de pondre. »

# Chapitre 10

Le générateur d'improbabilité infinie est un merveilleux nouveau moyen de franchir les vastes distances interstellaires en un poil de seconde sans avoir besoin d'aller se faire suer dans l'hyperespace.

Sa découverte était l'effet d'un heureux hasard et sa concrétisation était l'œuvre de l'équipe de recherche du gouvernement galactique sur Damogra.

Voici en quelques mots l'historique de cette découverte.

Le principe de la génération de petites quantités d'improbabilité *finie* par simple raccordement des circuits logiques d'un cerveau submagnétique Patastis 51 avec un conspirateur vectoriel mis en suspension dans un puissant émetteur de mouvement brownien (mettons, par exemple, une bonne tasse de thé brûlant), ce principe était certes parfaitement maîtrisé : on utilisait d'ailleurs souvent de tels générateurs pour briser la glace au cours des soirées en faisant glisser en bloc de trente centimètres sur la gauche les molécules des sous-vêtements de l'hôtesse, cela en accord avec le principe d'indétermination.

Plus d'un physicien respectable estimait ne pouvoir encaisser une telle chose, en partie parce que c'était rabaisser la science, et en partie parce qu'ils n'étaient jamais invités à ce genre de soirées.

Autre point qu'ils ne pouvaient encaisser, les échecs répétés qu'ils rencontraient dans leurs tentatives pour construire une machine susceptible de générer le champ d'improbabilité *infinie* nécessaire pour projeter un astronef à travers les distances ahurissantes qui séparent les plus lointaines étoiles, si bien qu'ils finirent par annoncer en bougonnant qu'une telle machine était virtuellement impossible.

Et puis, un beau jour, un étudiant qu'on avait laissé dans le labo pour balayer, le soir d'une séance particulièrement infructueuse, se retrouva en train de raisonner de la sorte :

Si, se dit-il, une telle machine est *virtuellement* impossible… alors elle doit logiquement représenter une improbabilité *finie.* Donc, tout ce qu'il me reste à faire pour en monter une, c'est de déterminer avec précision son degré d'improbabilité, de faire entrer cette donnée dans le générateur d'improbabilité finie, d'y rajouter une bonne tasse de thé brûlant… et de mettre en route !

Ce qu'il fit et, quelle ne fut pas sa surprise en découvrant qu'il était enfin parvenu à créer à partir de rien ce fameux générateur d'improbabilité infinie si longtemps recherché.

Sa surprise fut plus grande encore lorsque juste après s'être vu décerner le prix d'Extrême Habileté de l'Institut galactique, il se retrouva lynché par une foule déchaînée de physiciens respectables enfin conscients du fait que s'il y avait une chose qu'ils ne pouvaient encaisser, c'était bien les petits futés.

# Chapitre 11

Le poste de pilotage à l'épreuve des improbabilités du *Cœur-en-Or* ressemblait en tout point à celui d'un astronef conventionnel hormis sa propreté immaculée, puisqu'il était tout neuf : une partie des sièges étaient encore munis de leur housse en plastique. La cabine était presque entièrement blanche, oblongue et de la taille d'une petite salle de restaurant. En fait, elle n'était pas parfaitement oblongue : les deux parois longitudinales s'inclinaient légèrement en décrivant deux courbes parallèles tandis que angles et moindres recoins étaient soulignés de moulures aux formes voluptueusement rebondies. Le fond de l'affaire est qu'il aurait été certes considérablement plus facile et pratique de construire la cabine comme une banale salle tridimensionnelle oblongue mais que ses concepteurs se seraient sentis seuls. Telle quelle, elle semblait superbement bien pensée, avec ses grands écrans vidéo surplombant panneaux de contrôle et systèmes de guidage sur la paroi concave et ses imposantes batteries d'ordinateurs encastrés dans le mur convexe. Dans un coin se trouvait un robot assis, avachi, sa tête d'acier brossé brillant ballant mollement entre ses genoux d'acier brossé brillant. Lui aussi, il était flambant neuf mais, nonobstant sa construction magnifique et son poli sans défaut, il donnait vaguement l'impression que certains éléments de son corps plus ou moins humanoïde ne collaient pas tout à fait. En fait, ils collaient parfaitement bien mais quelque chose dans son port suggérait qu'ils auraient pu coller mieux.

Zaphod Beeblebrox arpentait nerveusement la cabine en effleurant les accessoires luisants avec des gloussements d'excitation.

Trillian était assise, penchée sur un tas d'instruments dont elle déchiffrait les indications. La sonorisation transmettait sa voix dans tout le vaisseau : *Cinq contre un, en baisse... quatre contre un en baisse... trois contre un... deux... un... facteur d'improbabilité ramené à un contre un... nous avons regagné la normalité, je répète : nous avons regagné la normalité.*

Elle coupa son microphone — puis le ralluma, avec un léger sourire, et rajouta : *Tout ce à quoi vous pourrez donc être désormais confronté sera votre problème personnel. Détendez-vous, je vous prie. On va venir incessamment vous rechercher.*

Zaphod s'exclama, embêté : « Qui est-ce, Trillian ? »

L'intéressée pivota sur son siège pour lui faire face et répondit : « Rien que deux mecs que nous avons apparemment ramassés en plein espace. Section ZZ/9 du Pluriel Z d'Alpha.

— Ouais, eh bien, c'est une fort charmante attention, Trillian, se plaignit Zaphod, mais pensez-vous franchement qu'elle soit appropriée, compte tenu des circonstances ? Je veux dire, on est en fuite et tout ça, on doit avoir aux trousses à l'heure qu'il est la moitié des flics de la Galaxie, et on s'arrête pour ramasser des stoppeurs. O.K. : pour le panache, dix sur dix, mais question jugeote : c'est dix millions en dessous de zéro, non ? »

Il frappa le tableau des commandes avec humeur. Trillian écarta doucement sa main avant qu'il écrase quelque chose d'important. Quelles que puissent être les qualités d'esprit de Zaphod — frime, suffisance, vanité —, il était fonctionnellement stupide et n'aurait pas eu de mal à faire sauter le vaisseau avec un geste maladroit. Trillian en était venue à soupçonner que toute la réussite de sa folle existence provenait surtout de ce qu'il n'avait jamais bien saisi la signification de ses actes.

« Zaphod, expliqua-t-elle avec patience, ils étaient en train de flotter sans aucune protection dans l'espace... vous n'auriez pas voulu qu'ils meurent, quand même ?

— Eh bien, vous savez... non. Non, pas exactement mais...

— Pas exactement ? Qu'ils ne meurent pas exactement ? Mais... ? » Trillian pencha la tête.

« Ben, peut-être que quelqu'un d'autre aurait pu les ramasser plus tard.

— Une seconde de plus et ils étaient morts.

— Ouais, il aurait suffi que vous réfléchissiez un peu plus au problème pour qu'il se trouve réglé.

— Vous auriez été content de les laisser mourir ?

— Ben, enfin, pas exactement content, non, mais...

— De toute façon, reprit Trillian en se retournant vers les commandes, je ne les ai pas ramassés.

— Comment ça ? Mais alors, qui les a ramassés ?

— Le vaisseau.

— Hein ?

— Le vaisseau. Tout seul.

— Hein ?

— Pendant que nous étions en phase de génération d'improbabilité.

— Mais c'est impossible.

— Non, Zaphod : simplement très très improbable.

— Euh, ouais.

— Écoutez, Zaphod, lui dit-elle en lui tapotant le bras, ne vous inquiétez pas au sujet de ces étrangers. Ce ne sont que deux pauvres types, je suppose. Je vais envoyer le robot les chercher et nous les remonter. Eh ! Marvin ! »

Dans le coin, la tête du robot se releva en sursaut mais se mit alors à branler imperceptiblement. Puis l'androïde se dressa en donnant l'impression de peser cinq livres de plus que son poids réel et fit un effort, que tout observateur extérieur aurait qualifié d'héroïque, pour traverser la pièce. Il s'immobilisa devant Trillian, avec l'air de regarder à travers son épaule gauche.

« Je crois de mon devoir de vous informer que je me sens extrêmement déprimé, annonça-t-il d'une voix basse et désespérée.

— Ô seigneur ! marmonna Zaphod en s'effondrant dans un fauteuil.

— Eh bien, compatit Trillian sur un ton enjoué, voilà de quoi vous occuper l'esprit en l'empêchant de vagabonder.

— Ça ne marchera jamais : je suis d'une ouverture d'esprit exceptionnelle. » C'était dit sur un ton parfaitement monocorde.

« Marvin ! menaça Trillian.

— Bon, ça va. Qu'est-ce que vous voulez que je fasse ?

— Que vous descendiez au sas d'accès n° 2 pour nous ramener sous bonne garde les deux étrangers. »

Une simple pause d'une microseconde suivie d'une infime modulation du ton et du timbre de sa voix (oh ! rien de formellement répréhensible !) suffirent à Marvin pour exprimer son mépris total et son horreur de toutes les entreprises humaines.

« Ce sera tout ?

— Oui, dit formellement Trillian.

— Je doute que ça me plaise », remarqua Marvin.

Zaphod jaillit de son siège et hurla : « Elle ne vous a pas demandé de trouver ça plaisant. Faites ce qu'on vous dit de faire, un point c'est tout, voulez-vous ?

— Bon, bon, dit Marvin d'une voix qui résonnait comme un grand glas fêlé. J'y vais.

— Bien, dit Zaphod, sèchement. Parfait. Merci… »

Marvin se tourna et ouvrit de grands yeux rouges en forme de triangle renversé : « J'espère que je ne vous ai pas fait de peine, n'est-ce pas ? » Son ton était pathétique.

« Mais non, mais non, Marvin, chantonna Trillian. Tout est pour le mieux. Franchement.

— Parce que je ne voudrais pas avoir à me dire que je vous ai fait de la peine.

— Mais non. Ne vous inquiétez pas pour ça, continuait la chanson, comportez-vous avec naturel et tout se passera parfaitement bien.

— Vous êtes bien sûre que ça ne vous fait rien ? hasarda Marvin.

— Non, non, Marvin, chantonnait toujours Trillian, tout va pour le mieux ; sincèrement… C'est la vie, c'est tout… »

Marvin lui lança un lourd regard électronique : « La vie… ne me parlez pas de la vie. »

Il tourna les talons, désespéré, et se traîna hors de la cabine. Avec un bourdonnement satisfait, la porte coulissa pour se reverrouiller en claquant derrière lui.

« Je ne crois pas que je pourrai supporter encore longtemps ce robot, Zaphod », dit Trillian.

L'Encyclopædia galactica *définit le robot comme un dispositif mécanique conçu dans le but d'effectuer le travail d'un homme. Le service commercial de la Compagnie cybernétique de Sirius le définit pour sa part comme « le véritable compagnon en plastique de vos meilleurs instants ».*

Le Guide du voyageur galactique *définit le service commercial de la Compagnie cybernétique de Sirius comme « un ramassis de branleurs stupides qui finiront par se retrouver les premiers contre le mur le jour de la révolution », avec une note indiquant que la rédaction du* Guide *était intéressée par toute candidature pour reprendre le poste de spécialiste en robotique.*

*Fait passablement curieux, une édition de l'*Encyclopædia galactica *que l'heureux hasard d'une distorsion temporelle avait rejetée du prochain millénaire définissait le service commercial de la Compagnie cybernétique de Sirius comme « un ramassis de branleurs stupides qui ont fini par se retrouver les premiers contre le mur le jour de la révolution ».*

Le cagibi rose s'était volatilisé en un clin d'œil, les singes s'étaient fondus dans une meilleure dimension : Arthur et Ford se retrouvèrent dans la soute d'embarquement du vaisseau. Plutôt chouette.

« J'ai l'impression que ce vaisseau est tout neuf, dit Ford.

— À quoi tu vois ça ? Aurais-tu quelque dispositif spécial pour mesurer l'âge du métal ?

— Non, mais je viens juste de trouver par terre ce prospectus. Un laïus du style "Si vous le voulez, l'Univers peut vous appartenir". Ah ! Regarde : j'avais raison. » Ford tapota l'une des pages et la montra à Arthur.

On y lisait : *Un sensationnel progrès dans le domaine de la physique de l'improbabilité... Sitôt que le propulseur du vaisseau atteint le niveau d'improbabilité infinie, il franchit alors tous les points de l'univers... Soyez l'envie de tous les autres gouvernements.*

« Hou là, m'est avis qu'on est tombés sur un gros morceau ! » Ford feuilleta rapidement le chapitre des caractéristiques techniques du vaisseau, non sans quelques exclamations de surprise à leur lecture : indubitablement, l'astrotechnique galactique avait accompli un bond considérable durant les années de son exil.

Arthur l'écouta un petit moment mais, incapable de comprendre la grande majorité des propos de Ford, il laissa vagabonder son esprit tandis que ses doigts couraient négligemment sur une incompréhensible batterie d'ordinateurs pour venir presser un bien tentant gros bouton rouge sis sur un panneau proche. Le panneau s'éclaira avec ces mots :

NE PAS RAPPUYER SUR CE BOUTON SVP

Il s'ébroua.

« Écoute ça, lui dit Ford, toujours plongé dans son prospectus publicitaire. Ils font tout un plat de l'électronique embarquée : *La nouvelle génération de robots et d'ordinateurs de la Compagnie cybernétique de Sirius, équipés du tout nouveau dispositif* P.H.V.

— Le dispositif P.H.V. ? Qu'est-ce que c'est ?

— Oh ! c'est expliqué : *Personnalité Humaine Véritable.*

— Ah ! dit Arthur. Ça paraît plutôt sordide. »

Une voix derrière eux énonça : « Ça l'est effectivement. »

La voix, basse et désespérée, était accompagnée d'un léger bruit de ferraille. Se retournant, ils découvrirent un abject bonhomme d'acier qui se tenait, voûté, dans l'encadrement de la porte.

« Quoi ? dirent-ils.

— Sordide, poursuivit Marvin. C'est le mot. Tout est sordide. Absolument sordide. Ne m'en parlez même pas. Tenez, regardez plutôt cette porte », leur dit-il en la franchissant. Les circuits d'ironie s'intercalèrent dans son modulateur vocal comme il imitait le style du prospectus : *Toutes les portes de cet astronef font montre d'une disposition d'esprit radieuse et enjouée. C'est leur plaisir de s'ouvrir pour vous et leur bonheur de se refermer avec la satisfaction que procure un travail bien fait.*

Alors que derrière eux se refermait la porte, il apparut effectivement manifeste que c'était avec comme un soupir satisfait : *Haaaaaammmmmmmmmmmmm ouiiiiiiiii !* fit-elle.

Marvin la considéra avec un total mépris tandis que ses circuits logiques crépitaient de dégoût en caressant l'idée d'exercer contre elle des représailles physiques. D'autres circuits s'interposèrent, affirmant : « Pourquoi s'en soucier ? Quel intérêt ? Rien ne justifie que l'on prenne parti. » De nouveaux circuits s'amusèrent alors à faire l'analyse moléculaire des composants de la porte puis celle des cellules du cerveau de l'humanoïde. Pour faire bonne mesure, ils calculèrent vite fait le niveau du rayonnement de l'hydrogène dans le parsec cubique d'espace environnant avant de se déconnecter à nouveau, pleins d'ennui. Un spasme de désespoir ébranla le corps du robot quand il se retourna. « Venez, grommela-t-il, j'ai reçu l'ordre de vous conduire à la passerelle. Regardez-moi : un cerveau de la capacité d'une planète et tout ce qu'on me demande, c'est de vous conduire à la passerelle. Parlez-moi de *satisfaction professionnelle* ! Moi, je n'en vois pas. » Et, se retournant, il se dirigea de nouveau vers la porte tant détestée.

« Euh, excusez-moi, dit Ford en lui emboîtant le pas, mais à quel gouvernement ce vaisseau appartient-il ? »

Marvin l'ignora.

« Regardez bien cette porte, marmonna-t-il : elle va se rouvrir, je le vois bien à l'intolérable air de suffisance qu'elle vient d'affecter. »

Avec un petit chuintement insinuant, la porte se rouvrit et Marvin la franchit à pas lourds.

« Venez », intima-t-il.

Les deux hommes s'empressèrent de le suivre, et la porte se referma en coulissant avec force petits cliquetis et ronronnements satisfaits.

« Et merci encore au service commercial de la Cybernétique de Sirius », railla Marvin en remontant d'un pas lourd et désolant la longue coursive inclinée qui s'étendait, immaculée, droit devant eux. « *Construisons des robots avec personnalité humaine véritable*, qu'ils disaient. Alors, ils ont essayé avec moi. Je suis un prototype doué de personnalité. Ça se remarque, non ? »

Arthur et Ford esquissèrent des murmures de dénégation embarrassés.

« Je déteste cette porte..., poursuivait Marvin. Je ne vous fais pas de peine, j'espère ?

— À quel gouvernement..., voulut redemander Ford.

— Aucun, coupa le robot. Ce vaisseau a été volé.

— Volé ?

— Volé ? le singea Marvin.

— Par qui ? demanda Ford.

— Zaphod Beeblebrox. »

Quelque chose d'extraordinaire se produisit sur les traits de Ford : pour le moins cinq expressions distinctes de choc et d'étonnement s'y inscrivirent simultanément en une épouvantable superposition. Sa jambe gauche qui était levée à mi-pas donna l'impression d'avoir des difficultés à retrouver le sol. Ford dévisagea le robot tout en essayant de maîtriser quelques-uns de ses muscles dardoïdes.

« *Zaphod Beeblebrox ?* dit-il d'une voix faible.

— Désolé... aurais-je dit quelque chose de mal ? fit Marvin, sans se retourner. Pardonnez-moi si je respire — ce que d'ailleurs je ne fais jamais, aussi je me demande bien pourquoi je vous dis ça. Ô Seigneur, ce que je peux être déprimé !

Tiens, voilà encore une de ces portes autosatisfaites. La *vie* ! Ne me parlez pas de la vie !

— Personne n'y a même fait allusion », grommela Arthur, irrité. « Ford, tout va bien ? »

Ford le dévisageait, ahuri : « Ce robot a-t-il bien dit Zaphod Beeblebrox ? »

# Chapitre 12

Un tintamarre de musique merdique envahit la cabine du *Cœur-en-Or* tandis que Zaphod balayait les gammes d'ondes de la subétha radio, à la recherche de nouvelles se rapportant à lui. L'appareil se révélait d'un maniement plutôt délicat : des années durant, on avait manipulé la radio en pressant des boutons et en tournant des cadrans ; puis avec l'évolution technique, on était passé aux touches microsensibles qu'il vous suffisait d'effleurer du bout des doigts ; à présent, vous n'aviez plus qu'à faire un vague signe de main dans la direction approximative de l'appareil et qu'à espérer. Certes, cela vous épargnait pas mal d'efforts musculaires mais c'était également synonyme d'une immobilité crispante et forcée si l'on voulait rester à l'écoute du même programme.

Zaphod fit un vague signe de main et l'appareil changea encore de canal. Toujours la même musique merdique mais cette fois, comme fond sonore à un bulletin d'informations. Les nouvelles étaient toujours sérieusement tronquées afin de mieux coller au rythme de la musique... *et maintenant avec vous sur la gamme des subétha, notre journal, diffusé vingt-quatre heures sur vingt-quatre dans toute la Galaxie*, caqueta la voix, *mais tout d'abord un grand bonjour à toutes les races intelligentes qui nous écoutent, le secret, rappelez-vous, c'est de vibrer ensemble, belle jeunesse. Et bien sûr, tout de suite, la grande nouvelle de la soirée, c'est avant tout le vol sensationnel de ce tout nouveau prototype d'astronef à générateur d'improbabilité, vol dont l'auteur n'est autre que le Président galactique lui-même, Zaphod Beeblebrox. Et la question que tout le monde se pose à cette heure, c'est... le Grand Z aurait-il donc fini par craquer ? Beeblebrox, cet homme qui, rappelons-le, inventa le gargle blaster pan-galactique, cet ex-échotier à scandales jadis surnommé par Téraroplopla Eccentrica le « Best Baiseur depuis le Big Bang », et récemment élu, pour la septième fois consécutive, « l'Être le Plus Mal Fagoté de Tout l'Univers Connu »... La réponse serait-elle pour cette fois ? Nous avons posé la question à son neurologue personnel, Gag Halfrunt...*

La musique décrivit encore quelques arabesques puis une voix jaillit, sans doute celle de Gag Halfrunt, disant : ... *Eh pien, foyez-fous, Zabbod, z'est d'un dype, n'est-ze bas, qui...* mais il n'alla pas plus loin car un crayon électrique vola à travers la cabine et traversa le faisceau de l'interrupteur du poste.

Zaphod se retourna, fusillant Trillian du regard — c'était elle qui avait lancé le crayon.

« Eh ? Pourquoi vous avez fait ça ? »

Trillian tapa du doigt sur un écran couvert de chiffres.

« Je viens juste de penser à quelque chose...

— Ah ouais ? Et ça vaut le coup d'interrompre un bulletin d'informations qui parle de moi ?

— Vous avez suffisamment déjà entendu parler de vous.

— Mais je ne me sens pas du tout en sécurité, vous le savez bien.

— Serait-il possible de laisser tomber votre moi quelques instants ? C'est important.

— S'il y a quelque chose de plus important que mon moi dans les parages, je veux qu'on le prenne et qu'on l'abatte sur-le-champ. » Il lui lança encore un regard incendiaire puis il rit.

« Écoutez, reprit-elle, on a ramassé ces deux types...

— Quels deux types ?

— Les deux types qu'on a ramassés.

— Ah ! ouais, dit Zaphod. Les deux types.

— On les a ramassés dans le secteur ZZ/9 du Pluriel Z d'Alpha.

— Ouais ? » dit Zaphod en clignant les yeux.

Trillian poursuivit calmement : « Est-ce que cela vous dit quelque chose ?

— Hmmmmmmm, fit Zaphod, ZZ/9 du Pluriel Z d'Alpha... ZZ/9 du Pluriel Z d'Alpha...

— Eh bien ?

— Euh... que veut dire au juste le Z ?

— Lequel ?

— N'importe lequel. »

L'une des difficultés majeures éprouvées par Trillian dans ses relations avec Zaphod avait été d'apprendre à distinguer entre les moments où il faisait l'idiot pour tromper l'adversaire, ceux où il faisait l'idiot par pure flemme en se déchargeant sur les autres du souci de penser à sa place, ceux où il faisait outrageusement l'idiot pour dissimuler le fait qu'il ne pigeait effectivement rien et ceux enfin où il était manifestement et complètement idiot. Il était réputé pour sa surprenante intelligence et c'était assurément justifié — mais pas tout le temps : ce qui l'ennuyait bien évidemment, d'où ces simagrées. Il préférait être source de perplexité que de mépris. Cela, plus que tout, semblait à Trillian franchement idiot mais elle ne pouvait plus se permettre de discuter là-dessus.

Avec un soupir, elle appela sur le vidécran une carte céleste afin de simplifier pour lui ses explications — quelles que puissent être les raisons de son attitude.

« Là, désigna-t-elle, juste là.

— Eh... ouais ! dit Zaphod.

— Alors ?

— Alors quoi ? »

Une partie du dedans de sa tête se mit à gueuler contre une autre partie dudit dedans. Très calmement, elle expliqua : « C'est exactement le même secteur que celui où vous m'avez ramassée la première fois. »

Il leva les yeux vers elle puis regarda de nouveau l'écran.

« Eh ouais, ça c'est dingue ! On aurait dû foncer droit dans la Nébuleuse à Tête de Cheval. Comment a-t-on fait pour être là ? On est vraiment nulle part ! »

Elle ne releva pas.

« Le générateur d'improbabilité, expliqua-t-elle patiemment. Vous me l'avez expliqué vous-même. Nous traversons chaque point de l'univers, vous le savez bien.

— Ouais, n'empêche que c'est une putain de coïncidence, non ?

— Oui.

— Ramasser quelqu'un à ce point précis ? Parmi tout le choix qu'offre l'ensemble de l'univers ! C'est simplement trop… J'en aurai le cœur net. Ordinateur ! »

L'ordinateur embarqué cybernétique de Sirius qui imprégnait et contrôlait la moindre particule du vaisseau se commuta en mode interactif.

« Salut la compagnie ! » lança-t-il avec entrain tout en crachant simultanément un mince ruban de papier pour les archives. Sur le papier, on pouvait lire : *Salut la compagnie !*

« Ô Seigneur ! » dit Zaphod. Il n'avait pas eu l'occasion de travailler longtemps sur cet ordinateur, mais il avait déjà appris à le détester.

L'ordinateur poursuivit, avec autant de bagou que s'il vendait de la lessive : « Je veux que vous sachiez que, quel que soit votre problème, je suis là pour vous aider à le résoudre.

— Ouais, bon, dit Zaphod. Écoute, je crois que je vais me contenter d'un simple bout de papier.

— Bien sûr, dit l'ordinateur tout en continuant de vomir ses messages dans une poubelle. Je comprends. Si jamais vous désiriez…

— La ferme ! » dit Zaphod et, s'emparant d'un crayon, il vint s'asseoir près de Trillian à la console.

« O.K., O.K. », dit l'ordinateur sur un ton blessé avant de couper sa communication vocale.

Zaphod et Trillian se penchèrent sur les chiffres que l'analyseur de vol du générateur d'improbabilité faisait silencieusement défiler devant eux.

« Peut-on calculer, demanda Zaphod, quel était, de leur point de vue, le taux d'improbabilité d'un sauvetage ?

— Oui, c'est une constante, dit Trillian : deux puissance deux cent soixante-seize mille sept cent neuf contre un.

— Ça fait beaucoup. Ces deux types ont une sacrée veine.

— Voui.

— Et maintenant, par rapport à ce que nous faisions au moment où le vaisseau les a recueillis ? »

Trillian introduisit les chiffres. L'écran fit apparaître deux puissance l'infini moins un contre un (un nombre totalement irrationnel qui n'a qu'une simple valeur conventionnelle en physique de l'improbabilité).

Zaphod siffla doucement puis constata : « Ça fait plutôt bas.

— Oui, dit Trillian en le regardant avec perplexité.

— Ça fait une foutue dose d'improbabilité à prendre en compte. Il faut que quelque chose de sacrément improbable se manifeste pour équivaloir une pareille somme. » Il griffonna quelques additions, les barra, puis jeta le crayon. « Foutrepute, pas moyen de le calculer !

— Et alors ? »

Zaphod cogna ses deux têtes ensemble avec irritation en grinçant des dents : « O.K... Ordinateur ! »

Les circuits vocaux reprirent vite.

« Eh bien, salut tout le monde ! dirent-ils (petit papier, petit papier). Mon seul désir, c'est de rendre votre journée encore plus agréable, de plus en plus en plus...

— Ouais, bon, alors ferme-la et calcule-moi quelque chose.

— Mais avec plaisir, caqueta l'ordinateur, vous désirez une prévision de probabilité fondée sur...

— Des données improbables, c'est ça.

— O.K., poursuivit l'ordinateur. Eh bien, voici une petite indication non dénuée d'intérêt : avez-vous jamais remarqué que l'existence de la plupart des gens est gouvernée par des numéros de téléphone ? »

Une expression douloureuse s'inscrivit lentement sur l'un des visages de Zaphod avant de gagner le second : « Tu craques, ou quoi ?

— Moi, non mais vous, si, une fois que je vous aurai dit que... »

Trillian s'exclama. Elle pianota frénétiquement sur les boutons du contrôleur de vol du générateur d'improbabilité. « Des numéros de téléphone ?

dit-elle. Cette chose a bien dit : *numéros de téléphone ?* »

Des chiffres scintillèrent sur l'écran.

L'ordinateur avait marqué une pause polie mais il reprenait maintenant : « Ce que j'étais sur le point de vous dire, c'est que...

— Pas la peine, coupa Trillian.

— Écoutez, que se passe-t-il ? dit Zaphod.

— Je ne sais pas, dit Trillian. Mais nos intrus... ils se dirigent vers la passerelle en compagnie de ce foutu robot. Y a-t-il une caméra de contrôle pour les suivre ? »

# Chapitre 13

Marvin se traînait dans la coursive sans cesser de grommeler : « ... et, bien entendu, j'ai toujours cette douleur épouvantable dans toutes mes diodes sur tout le côté gauche...

— Non ? dit Arthur, l'air mécontent. Vraiment ?

— Oh ! oui, dit Marvin. Et ce n'est pas faute d'avoir demandé qu'on les remplace mais personne ne m'écoute jamais.

— Je veux bien l'imaginer. »

De vagues bruits de murmures et de sifflements provenaient du côté de Ford : « Eh ben, eh ben, ne cessait-il de répéter. Zaphod Beeblebrox... »

Soudain Marvin s'immobilisa, la main levée.

« Vous savez sans doute ce qu'il vient de se produire ?

— Non, quoi ? » dit Arthur qui n'avait aucune envie de le savoir.

« Nous sommes encore arrivés devant une de ces portes. »

Il y avait en effet une porte coulissante dans la

paroi du couloir. Marvin la considérait d'un œil soupçonneux.

« Eh bien, dit Ford en s'impatientant. On la franchit ?

— *On la franchit ?* singea Marvin. Oui, c'est l'entrée de la passerelle. On m'a dit de vous conduire à la passerelle. D'ici que ce soit le maximum qu'on aura exigé de mes capacités intellectuelles pour la journée que ça ne m'étonnerait pas. »

Lentement, avec une considérable répulsion, il s'avança vers la porte, comme le chasseur traquant sa proie. Elle s'ouvrit soudain : *« Merci,* dit-elle, *de faire le bonheur d'une simple porte. »*

Au tréfonds du thorax de Marvin, on entendit grincer des rouages : « Marrant, entonna-t-il sur un mode funèbre, comment il suffit de se dire que la vie ne pourrait pas être pire pour qu'elle le devienne effectivement soudain. »

Il franchit pesamment le seuil, laissant Arthur et Ford se dévisager, perplexes, en haussant les épaules. À l'intérieur ils entendirent à nouveau la voix de Marvin.

« Je suppose que vous voulez voir maintenant les étrangers ? disait-il. Préférez-vous que je reste assis à rouiller dans mon coin ou bien simplement que je finisse de tomber en morceaux à rester debout ?

— C'est ça, faites-les simplement entrer, voulez-vous, Marvin ? » leur parvint une nouvelle voix.

Arthur regarda Ford et fut étonné de le voir rire :

« Qu'est-ce que...

— Chhhhht ! Entre donc ! »

Et il pénétra dans le poste de commandement. Arthur le suivit, nerveux, et découvrit avec surprise un homme en train de se balancer sur une chaise, les pieds posés sur une console, tout en se curant de la main gauche les dents de sa tête droite. Si cette dernière semblait entièrement absorbée par sa tâche, la tête gauche en revanche lui adressait un grand sourire nonchalant et détendu : vision où le nombre d'éléments auxquels Arthur se sentait hors d'état de croire était absolument considérable.

Sa mâchoire en resta béante un bon moment.

Cet homme étrange adressa paresseusement un signe de main à Ford puis dit, avec une nonchalance épouvantablement outrée : « Ford… salut ! Comment va ? Heureux que tu aies pu te libérer. »

Ford ne comptait pas se laisser démonter.

« Zaphod, dit-il d'une voix traînante, content de te voir, tu m'as l'air en pleine forme… ce bras supplémentaire te va à merveille. Très chouette aussi, le vaisseau que tu as piqué. »

Arthur le regarda, les yeux ronds : « Tu veux dire que tu connais ce type ? » et il pointa un doigt tremblant vers Zaphod.

« Le connaître ! s'exclama Ford. Mais c'est… » Il marqua une pause, puis décida de faire les présentations dans l'autre sens : « Oh ! Zaphod, voici l'un de mes amis, Arthur Dent. Je l'ai sauvé quand sa planète a sauté.

— Oh ! mais bien sûr, dit Zaphod, salut Arthur ! Heureux de voir que vous vous en êtes tiré ! » Sa tête droite se détourna négligemment, lança un « salut » et se remit à se curer les dents.

Ford continuait : « Et, Arthur, voici mon demi-cousin Zaphod Beeb...

— On s'est déjà vus », dit sèchement Arthur.

Lorsque vous êtes en train de rouler, peinard, sur la file de gauche en dépassant, plutôt content de vous, les chignoles des autres, et que, malencontreusement, vous rétrogradez en passant la première au lieu de la troisième avec pour conséquence de faire passer le moteur à travers le capot, provoquant un assez sale gâchis, voilà de quoi vous faire perdre les pédales tout autant que Ford Prefect en entendant cette remarque :

« Hein... quoi ?

— J'ai dit qu'on s'est déjà vus. »

Zaphod esquissa un geste de surprise malencontreux et se tordit la mâchoire : « Hein... eh... non ? Eh... euh... »

Ford se tourna vers Arthur, une lueur de colère dans les yeux. Maintenant qu'il se sentait de nouveau chez lui, voilà qu'il regrettait soudain d'avoir dû s'encombrer de ce primitif ignorant qui en savait autant sur les affaires de la Galaxie qu'un pou d'Hing-Mou de la vie à Pékin.

« Comment ça, tu l'as déjà vu ? C'est Zaphod Beeblebrox, de Bételgeuse Cinq, vois-tu et pas n'importe quel Jean-Pierre Dupont de Charenton...

— Je m'en fous, dit froidement Arthur, on s'est déjà vus ; n'est-ce pas, Zaphod Beeblebrox — ou bien devrais-je plutôt dire... Phil ?

— Quoi ? s'écria Ford.

— Vous allez devoir me rafraîchir la mémoire, dit Zaphod, j'ai une très mauvaise mémoire des espèces...

— C'était au cours d'une soirée, persistait Arthur.

— Ouais, eh bien, moi j'en doute, observa Zaphod.

— Doucement les basses, Arthur, veux-tu ? » lui intima Ford. Mais Arthur ne se laissait pas démonter. Il poursuivit : « Une soirée, il y a six mois... Sur Terre... en Angleterre... »

Zaphod hocha la tête avec un sourire crispé.

« À Londres, insista Arthur. À Islington.

— Oh ! dit Zaphod avec un sursaut coupable. *Cette* soirée-là ! »

Ça n'était pas du tout sympa pour Ford : Son regard passait alternativement d'Arthur à Zaphod. « Quoi, dit-il à ce dernier, tu vas pas me dire que t'as séjourné toi aussi sur cette misérable petite planète, non ?

— Non, bien sûr que non, se hâta de dire Zaphod. Disons, eh bien, que j'y ai fait juste un saut, en vitesse, lors de je ne sais plus quel déplacement...

— Mais moi j'y suis resté coincé quinze ans !

— Eh bien, moi je n'en savais rien, n'est-ce pas.

— Mais qu'est-ce que tu es allé y foutre ?

— Oh ! juste visiter, comme ça...

— Il s'est invité à une soirée, intervint Arthur, frémissant de colère, une soirée costumée...

— Ça, il n'avait guère le choix, pas vrai ? remarqua Ford.

— À cette soirée, persistait Arthur, se trouvait une jeune fille... oh ! bon, ça ne doit plus guère avoir d'importance à présent. Tout est parti en fumée de toute façon…

— Je souhaiterais que tu cesses de ruminer à propos de cette foutue planète, dit Ford. Qui était cette jeune personne ?

— Oh ! quelqu'un, c'est tout. Bon d'accord, ça ne marchait pas des masses avec elle. J'avais essayé toute la soirée. Bon Dieu… elle était pas mal, n'empêche… Belle, pleine de charme, d'une intelligence dévastatrice… bref, j'arrive finalement à me la coincer un moment et je commence à lui faire un brin de conversation quand voilà que se radine ton copain qui lui sort : *Eh ! poupée, ce type vous ennuie ? Pourquoi ne pas causer avec moi, plutôt ? Je suis d'une autre planète.* Je ne devais plus jamais la revoir.

— Zaphod ? s'exclama Ford.

— Oui, dit Arthur, l'œil enflammé, en essayant de ne pas se sentir ridicule. À l'époque, il n'avait que deux bras et une seule tête et il se faisait appeler Phil mais…

— Mais vous devez reconnaître qu'il était effectivement d'une autre planète », termina Trillian en faisant son apparition à l'autre bout de la passerelle. Elle gratifia Arthur d'un sourire charmeur qui s'abattit sur lui comme une tonne de briques avant de reporter son attention sur les commandes du vaisseau.

Il y eut un silence de quelques secondes et puis, de la bouillie qu'était devenue la cervelle d'Arthur émergèrent ces quelques mots : « Tricia McMillan ? Que faites-vous ici ?

— La même chose que vous. J'ai fait du stop. Après tout, avec une licence en maths et une autre en astrophysique, qu'y avait-il d'autre à faire ? C'était ça ou retourner pointer tous les lundis.

— L'infini moins un, pépia l'ordinateur. Sommation de l'improbabilité terminée. »

Zaphod regarda autour de lui : Ford, Arthur puis Trillian. Il s'adressa à cette dernière : « Trillian, ce genre de chose est-il en passe de se reproduire chaque fois que nous emploierons le générateur d'improbabilité ?

— C'est très probable, j'en ai peur », répondit-elle.

# Chapitre 14

Le *Cœur-en-Or* volait en silence à travers la nuit de l'espace, utilisant à présent sa propulsion photonique conventionnelle. Ses quatre passagers éprouvaient comme un malaise à l'idée que leur réunion n'était le fait ni de leur volonté ni d'une simple coïncidence mais le résultat de quelque curieuse perversion de la physique — comme si les relations entre les gens étaient soumises aux mêmes lois que celles gouvernant les relations entre atomes et molécules.

Lorsque tomba la nuit artificielle du vaisseau, chacun fut ravi de se retirer dans sa cabine pour essayer de mettre de l'ordre dans ses idées.

Trillian était incapable de dormir : assise sur sa couchette, elle s'abîma dans la contemplation de la petite cage qui contenait ses uniques — et ultimes — liens désormais avec la Terre : deux souris blanches qu'elle avait persuadé Zaphod de lui laisser emporter. Elle s'était attendue à ne plus jamais revoir sa planète et pourtant elle était surprise de son absence de réaction à l'annonce de sa destruction. Tout cela semblait irréel et lointain, elle ne trouvait rien qui pût l'évoquer. Elle regarda les rongeurs en train de tournoyer dans leur cage, de galoper furieusement dans leur petit manège en plastique, jusqu'à se laisser entièrement absorber par ce spectacle. Brusquement, elle se secoua et décida de retourner sur la passerelle surveiller la danse des chiffres et des voyants minuscules qui balisaient la progression du vaisseau dans le vide. Elle aurait bien voulu savoir ce à quoi elle essayait de ne plus penser.

Zaphod était incapable de dormir : lui aussi, il aurait bien voulu savoir ce à quoi il refusait de penser. D'aussi loin qu'il se souvienne, il avait toujours éprouvé cette impression vague et lancinante de ne pas être là du tout. La plupart du temps, il parvenait à mettre cette idée de côté pour ne plus s'en soucier mais elle lui était revenue avec cette irruption aussi soudaine qu'inattendue de Ford Prefect et d'Arthur Dent. En un sens, cela lui semblait s'insérer dans quelque schéma qu'il ne parvenait à discerner.

Ford était incapable de dormir : il était trop excité à l'idée d'avoir enfin repris la route. Quinze années d'emprisonnement virtuel étaient à présent derrière lui, juste quand il commençait à perdre espoir. Bourlinguer quelque temps en compagnie de Zaphod laissait augurer de bons moments — même s'il lui avait semblé trouver chez son demi-cousin un petit quelque chose de vaguement bizarre sur lequel il ne parvenait pas à mettre le doigt. Le fait qu'il soit devenu Président de la Galaxie était franchement étonnant, tout comme l'avait été sa manière de quitter ces fonctions. Y avait-il une raison là-dessous ? Il aurait été inutile de le demander à Zaphod : ses actes révélaient n'avoir en fin de compte jamais la moindre raison. Il avait élevé l'imprévisibilité au rang d'une œuvre d'art. Il s'attaquait à toutes les choses de la vie avec un mélange d'extraordinaire génie et de naïve incompétence et bien souvent il était difficile de distinguer l'un de l'autre.

Arthur dormait : il était terriblement fatigué.

On frappa à la porte de Zaphod. Elle s'ouvrit.

« Zaphod... ?

— Ouais ? » La silhouette de Trillian se découpait dans l'ovale de lumière. « Je crois bien qu'on a trouvé ce que vous étiez parti chercher.

— Hein, ah ! ouais ? »

Ford renonça à tenter de dormir. Dans le coin de sa cabine se trouvait un petit terminal d'ordinateur. Il s'y assit et tenta durant quelques instants de taper pour *Le Guide* un nouvel article sur les Vogons mais, faute de trouver quelque chose de suffisamment venimeux, il renonça aussi, se drapa dans une robe de chambre et partit faire un tour sur la passerelle.

Lorsqu'il entra, quelle ne fut pas sa surprise d'y découvrir deux silhouettes penchées avec exultation au-dessus des instruments.

« Vous voyez ? Le vaisseau s'apprête à entrer en orbite, disait Trillian. Il y a une planète, par là-bas. Exactement aux coordonnées que vous aviez prévues. »

Zaphod entendit un bruit et détourna les yeux : « Ford ! siffla-t-il. Eh ! viens donc jeter un coup d'œil à ça ! »

Ford vint jeter un coup d'œil : une série de chiffres qui clignotaient sur un écran.

« Tu reconnais ces coordonnées galactiques ? demanda Zaphod.

— Non.

— Je vais te donner un indice. Ordinateur !

— Salut tout le monde ! lança la machine avec force entrain. Ça devient franchement sympa, pas vrai ?

— La ferme ! dit Zaphod. Et montre-nous les écrans. »

La lumière décrut sur la passerelle. Les points lumineux qui parcouraient la console se reflétèrent dans quatre paires d'yeux levés vers les écrans de contrôle extérieur.

Il n'y avait absolument rien sur les écrans.

« Tu reconnais ? » murmura Zaphod.

Ford fronça les sourcils : « Euh... non.

— Qu'est-ce que tu vois ?

— Rien.

— Alors, tu reconnais ?

— Mais de quoi parles-tu donc ?

— Nous sommes à l'intérieur de la Nébuleuse à Tête de Cheval. Rien qu'un immense nuage obscur.

— Et j'étais censé la reconnaître à partir d'un écran vide ?

— Dans toute la Galaxie, il n'y a qu'à l'intérieur d'une nébuleuse noire qu'on peut voir un écran blanc.

— Ah ! très bien ! »

Zaphod éclata de rire. Il était à l'évidence très excité par quelque chose. C'en était presque puéril : « Eh ! c'est vraiment super, non ? C'est trop fort !

— Qu'y a-t-il de si formidable à être plantés dans un nuage de poussière ? demanda Ford.

— Tu t'attendais à trouver quoi ? insista Zaphod.

— Rien.

— Pas d'étoiles ? Pas de planètes ?

— Non.

— Ordinateur ! cria Zaphod. Bascule l'angle de vision de cent quatre-vingts degrés et surtout ne dis rien ! »

Durant un instant, rien ne sembla se passer puis une lueur brilla sur le bord de l'écran gigantesque. Une étoile rouge de la taille d'une assiette à dessert apparut, rapidement suivie d'une autre : un système binaire ! Puis un vaste croissant se découpa dans un coin de l'image — éclat rouge qui se fondait dans l'obscurité : la face obscure d'une planète.

« Je l'ai trouvée ! s'écria Zaphod en martelant du poing la console. Je l'ai trouvée ! »

Ford considérait l'objet avec étonnement.

« Qu'est-ce que c'est ?

— Ça, expliqua Zaphod, c'est la planète la plus improbable qui ait jamais existé. »

# Chapitre 15

(Extrait du *Guide du voyageur galactique*, page 634 784 section 5a. Article : Magrathéa.)

*Très loin dans les brumes de l'Antiquité, aux grands et glorieux jours de l'ancien empire galactique, la vie était sauvage, riche et largement exempte d'impôts.*

*De puissants astronefs se frayaient leur route entre des soleils exotiques, en quête d'aventure et de butins aux plus extrêmes confins de l'espace galactique car en ces jours, les esprits étaient braves, les enjeux élevés, les hommes de vrais hommes, les femmes de vraies femmes, et les petites bestioles fourrées d'Alpha du Centaure de vraies petites bestioles fourrées d'Alpha du Centaure. Et toutes et tous étaient prêts à braver des terreurs inconnues, accomplir d'héroïques exploits et construire hardiment des phrases interminables comme nul homme jamais n'avait osé en construire auparavant : et ce fut ainsi que se forgea l'empire.*

*Bien des hommes bien entendu devinrent immensément riches mais c'était une chose parfaitement naturelle et dont il n'y avait pas à avoir honte, d'autant que personne n'était vraiment pauvre — du moins personne qui fût digne d'être mentionné. Et pour les plus riches et les plus heureux parmi les marchands, l'existence fatalement devint ennuyeuse et tatillonne, et ils en vinrent à imaginer que c'était par conséquent la faute des mondes sur lesquels ils s'étaient installés — car aucun d'entre eux n'était vraiment satisfaisant : soit que le climat n'allât pas tout à fait sur la fin de l'après-midi, soit que le jour fût d'une demi-heure trop long, soit que la mer fût exactement d'un rose qui n'allait pas.*

*Et c'est ainsi que furent créées les conditions d'une fantastique et nouvelle forme d'industrie spécialisée : la construction sur mesure de planètes de luxe. Le siège d'une telle industrie était la planète* Magrathéa *où des ingénieurs hyperspatiaux aspiraient la matière par des trous blancs dans l'espace pour ensuite la modeler en planètes de rêve — des planètes d'or, des planètes de platine, des planètes de caoutchouc mousse avec tout plein de tremblements de terre —, toutes confectionnées avec amour pour se conformer aux critères draconiens auxquels étaient en droit de s'attendre les hommes les plus riches de la Galaxie.*

*Mais tel fut le succès de ce projet que* Magrathéa *devint bientôt la planète la plus riche de tous les temps tandis que le restant de la Galaxie se voyait réduit à la plus abjecte pauvreté.*

*Et c'est ainsi que prit fin le système, que s'effondra l'empire et que retomba sur des milliards de mondes affamés un long silence maussade, à peine troublé par les grattements de plume des érudits qui peinaient des nuits durant sur de mornes petits mémoires traitant des mérites de tel ou tel type de politique d'économie planifiée.*

Magrathéa *elle-même disparut et son souvenir ne tarda pas à passer dans les ténèbres de la légende.*

*En ce siècle de lumières qui est le nôtre, plus personne bien sûr n'en croit un traître mot.*

# Chapitre 16

Réveillé par le bruit de la discussion, Arthur se dirigea vers la passerelle.

Ford était en train de faire de grands moulinets de bras : « Tu es dingue, Zaphod ! Magrathéa n'est qu'un mythe, un conte de fées, le genre d'histoire que racontent les parents le soir à leurs enfants s'ils veulent devenir des économistes quand ils seront grands, c'est...

— C'est présentement ce autour de quoi nous orbitons, insista Zaphod.

— Écoute, je n'ai rien contre ce autour de quoi tu peux orbiter personnellement, dit Ford, mais ce vaisseau...

— Ordinateur ! intervint Zaphod.

— Oh ! non...

— Salut tout le monde ! Ici Eddie votre ordinateur de bord et je suis dans une forme extra, les mecs, et je sens que je vais faire un malheur avec tous les programmes que vous pourrez bien me faire avaler. »

Arthur adressa à Trillian un regard interrogatif. Elle lui fit signe d'approcher mais en silence.

« Ordinateur, dit Zaphod, veux-tu bien nous dire quelle est notre trajectoire actuelle ?

— Avec plaisir, mon pote, gloussa l'intéressé, nous sommes présentement en orbite à une altitude de quatre cent cinquante kilomètres autour de la légendaire planète Magrathéa.

— Ça prouve rien, remarqua Ford. Je ne me fierais même pas à cet ordinateur pour connaître mon poids.

— Je peux vous le donner sans problème, renchérit l'ordinateur en débitant de nouvelles quantités de papier. Je puis même vous donner la solution à vos problèmes de personnalité avec dix décimales si ça peut vous faire plaisir. »

Trillian l'interrompit.

« Zaphod, dit-elle, d'une minute à l'autre, nous allons passer sur la face éclairée de cette planète, et elle ajouta : quelle qu'elle puisse être.

— Et qu'est-ce que tu veux dire par là ? Cette planète est bien là où je l'avais prévu, non ?

— Oui, je sais bien qu'il y a ici une planète. Je ne le discute pas, simplement je serais incapable de distinguer Magrathéa de n'importe quel autre tas de boue. Tiens, le jour se lève, si ça t'intéresse…

— O.K., O.K., grommela Zaphod, rinçons-nous toujours l'œil. Ordinateur !

— Salut tout le monde ! que puis-je…

— Contente-toi de la fermer et redonne-nous plutôt une vue de la planète. »

Une masse indistincte et sombre emplit à nouveau les écrans — la planète qui tournait au-dessous d'eux.

Ils l'observèrent un moment en silence mais Zaphod ne tenait plus en place : « Nous survolons en ce moment la face obscure », commenta-t-il d'une voix assourdie. La planète continuait de tourner au-dessous d'eux. « La surface de la planète est maintenant à quatre cent cinquante kilomètres au-dessous de nous », continua-t-il. Il essayait de redonner un peu de solennité à ce qui aurait dû, selon lui, être un grand moment. Magrathéa ! Il était piqué au vif par la réaction sceptique de Ford. Magrathéa !

« D'ici quelques secondes, poursuivait-il, nous devrions voir appar… là ! »

Le moment arriva. Même le plus endurci des bourlingueurs spatiaux ne peut s'empêcher de frissonner devant le prodigieux spectacle d'un lever de soleil vu de l'espace ; mais un lever de soleil binaire… c'est l'une des merveilles de la Galaxie.

De l'obscurité totale soudain jaillit un point de lumière aveuglante. Il s'étira progressivement puis s'élargit en un mince croissant et, au bout de quelques secondes, deux soleils étaient visibles, brasiers lumineux déchirant le bord obscur de l'horizon par leur feu immaculé. De superbes rais colorés zébrèrent au-dessous d'eux l'atmosphère raréfiée.

« Les feux de l'aube ! haleta Zaphod. Les deux soleils jumeaux de Soulianis et Rahm… !

— Ça ou autre chose…, observa tranquillement Ford.

— Soulianis et Rahm ! » insista Zaphod.

Les soleils étincelaient dans les ténèbres de l'espace tandis que flottait sur la passerelle en bruit de fond une musique spectrale : c'était Marvin qui fredonnait avec ironie pour bien signifier son profond mépris des humains.

Au spectacle qui s'offrait à lui, Ford sentit l'excitation le gagner mais c'était uniquement celle de la découverte d'une nouvelle planète étrange : la contempler telle qu'en elle-même suffisait à son bonheur. Et cela l'irritait quelque peu de voir Zaphod ajouter au spectacle ses fantasmes débiles afin d'y trouver du piment. Toutes ces bêtises à propos de Magrathéa lui semblaient débiles. N'est-il pas suffisant de contempler un jardin si magnifique sans avoir à croire en plus que des fées l'habitent ?

Quant à Arthur, toute cette histoire de Magrathéa lui semblait franchement incompréhensible. Il aborda Trillian pour lui demander de quoi il retournait :

« Je n'en sais que ce qu'a bien voulu me dire Zaphod, lui souffla-t-elle. Apparemment, Magrathéa est une espèce de légende fort ancienne à laquelle personne ne croit sérieusement. Un peu comme l'Atlantide sur Terre, sauf que d'après ces légendes les Magrathéens auraient fabriqué des planètes. »

Arthur cligna les yeux en regardant les écrans, avec la sensation très nette que quelque détail important lui manquait. Brusquement il sut quoi. Il demanda :

« Y aurait-il quelque part du thé dans cet astronef ? »

La planète continuait de se révéler sous eux tandis que le *Cœur-en-Or* poursuivait son orbite. À présent les soleils étaient hauts dans le ciel obscur, et la surface de la planète apparaissait lugubre et peu avenante à la simple lumière du jour : grise, poussiéreuse, un relief peu accusé. Elle avait l'air aussi morne et froide qu'une crypte. De temps à autre, quelque trait prometteur semblait apparaître à l'horizon lointain — des ravins, des montagnes peut-être, voire même des cités — mais à mesure qu'ils approchaient, les lignes s'adoucissaient pour se fondre dans un anonymat d'où rien ne transpirait. La surface de la planète était brouillée par le temps et le travail de lente érosion, siècle après siècle, d'un air stagnant et raréfié.

Ce monde était, à l'évidence, très, très, très vieux.

Ford eut un instant de doute en contemplant le paysage gris qui défilait sous ses yeux. L'immensité du temps le mettait mal à l'aise : il la ressentait comme une présence tangible. Il s'éclaircit la voix : « Bon, même à supposer que ce soit…

— Ça l'est ! coupa Zaphod.

— … ce que ce n'est pas, poursuivit Ford, que comptes-tu donc y faire, de toute manière ? Il n'y a rien là-dessus…

— À la surface, non, dit Zaphod.

— D'accord, supposons même qu'il y ait quelque chose, je suppose que tu n'es pas venu ici uniquement pour faire de l'archéologie, n'est-ce pas ? Que cherches-tu ? »

L'une des têtes de Zaphod se détourna ; l'autre regarda autour d'elle pour savoir ce que pouvait bien observer la première mais à vrai dire elle n'observait pas grand-chose.

« Eh bien, dit Zaphod sur un ton léger, c'est en partie par curiosité, en partie par goût de l'aventure mais ce que je cherche surtout, c'est, je crois, l'argent et la célébrité… »

Ford l'observa avec attention : il avait la très nette impression que Zaphod n'avait pas la moindre idée de ce qu'il pouvait bien faire ici…

« Vous savez, moi je n'aime pas du tout le style de cette planète, dit Trillian en frissonnant.

— Ah ! ça, n'y faites pas attention, dit Zaphod, avec la moitié des richesses de l'ancien empire galactique planqué quelque part, elle peut bien se permettre d'être mal fagotée. »

Mon cul, se dit Ford. À supposer même que ce soit bien le siège de quelque antique civilisation à présent tombée en poussière, à supposer même une quantité de choses excessivement improbables, il n'y avait pas la moindre chance que ces vastes trésors fussent entreposés sous une forme qui eût aujourd'hui la moindre signification. Il haussa les épaules et dit : « Je crois que ce n'est qu'une planète morte.

— Ce suspense me tue », observa Arthur, sur un ton irrité.

Le stress et la tension nerveuse représentent aujourd'hui de sérieux problèmes sociaux dans tous les coins de la Galaxie et c'est dans le louable souci de ne contribuer en aucune manière à l'aggravation de cette situation que les faits suivants vont sans plus attendre se voir dévoilés :

* la planète en question est *effectivement* la légendaire planète Magrathéa ;

* la meurtrière attaque de missile que va bientôt lancer un antique dispositif de défense automatique n'aura pour seules conséquences que le bris de trois tasses à café et d'une cage à souris, un bleu sur le haut du bras de quelqu'un ainsi que la création inopinée (suivie du décès soudain) d'un pot de pétunias et d'un innocent cachalot.

Afin toutefois de préserver quelque élément de mystère, aucune révélation ne sera faite quant à l'identité de celui qui se fera un bleu sur le haut du bras. Ce fait peut sans problème donner matière à suspense, vu qu'il n'a strictement aucune signification d'aucune sorte.

# Chapitre 17

Après un début de journée plutôt agité, les esprits d'Arthur commençaient à se rassembler à partir des fragments épars récupérés de la veille. Il était parvenu à trouver un Nutri-Matic qui lui avait fourni une tasse en plastique emplie d'un liquide qui était presque, quoique pas exactement, tout sauf du thé. La façon dont fonctionnait cet appareil n'était pas inintéressante : sitôt pressé le bouton BOISSON, il effectuait un examen instantané — quoique extrêmement fouillé — des tendances gustatives du sujet, une analyse spectroscopique de son métabolisme, puis envoyait de minuscules signaux expérimentaux *via* les faisceaux nerveux jusqu'aux centres du goût dans le cerveau dudit sujet pour voir ce qui était susceptible de passer le mieux. Cependant, personne ne savait au juste pourquoi il faisait tout ça, vu qu'invariablement il servait une tasse de liquide qui était presque, quoique pas exactement, tout sauf du thé. Le Nutri-Matic était conçu et fabriqué par la Cybernétique de Sirius, firme dont le service du contentieux recouvre à l'heure actuelle l'intégralité des terres émergées de trois planètes dans le système de Tau de Sirius.

Arthur but le liquide et le trouva revigorant.

Puis il retourna examiner les écrans et regarda défiler encore quelques centaines de kilomètres de grisaille désolée. Il lui vint soudain l'idée de poser une question qui le turlupinait :

« Y pas de danger ?

— Magrathéa est morte depuis des millions d'années, dit Zaphod, bien sûr qu'il n'y a pas de danger. Même les fantômes ont dû avoir le temps de se ranger et de fonder une famille, à cette heure. »

Sur quoi, un son étrange autant qu'inexplicable fit soudain vibrer toute la passerelle — un bruit comme celui, lointain, d'une fanfare ; un son caverneux et flûté, insubstantiel. Il fut suivi d'une voix tout aussi caverneuse, flûtée et insubstantielle. La voix disait : *Bienvenue à vous…*

Quelqu'un, sur la planète morte, leur parlait !

« Ordinateur ! cria Zaphod.

— Salut tout le monde !

— Par le photon, qu'est-ce que c'est que ça ?

— Oh ! une vulgaire bande vieille de cinq millions d'années…

— Une quoi ? Tu veux dire un enregistrement ?

— Chhhhht ! dit Ford, ça continue ! »

La voix était âgée, courtoise, presque charmeuse mais indubitablement chargée d'une menace sous-jacente. Elle disait : *Ceci est une annonce préenregistrée, étant donné que, j'en ai peur, nous devons tous être H.S. à l'heure qu'il est. Le Conseil commercial de Magrathéa vous remercie de votre aimable visite…*

(« Une voix de l'antique Magrathéa ! s'écria Zaphod. — Ça va, ça va », dit Ford.)

*… mais est au regret*, poursuivait la voix, *de vous informer que l'ensemble de la planète est temporairement fermé à toute transaction. Merci. Si vous voulez bien nous laisser votre nom ainsi que les coordonnées d'une planète où l'on peut vous toucher, il vous suffit de parler sitôt que vous aurez entendu la tonalité…*

« Ils veulent se débarrasser de nous, dit Trillian, nerveuse. Qu'est-ce qu'on fait ?

— Ce n'est qu'un enregistrement, dit Zaphod. On continue ! Compris, l'ordinateur ?

— Compris ! » dit l'ordinateur et il donna au vaisseau un bon coup d'accélérateur.

Ils attendirent.

Au bout d'une ou deux secondes, la fanfare revint, puis la voix : *Nous tenons à vous assurer que dès la reprise de nos affaires, nous ferons passer des annonces dans toute la presse de luxe ainsi que dans les suppléments en couleurs afin que notre aimable clientèle puisse à nouveau faire son choix parmi ce qu'il se fait de mieux en matière de géographie contemporaine.* La menace dans la voix se fit plus nette : *D'ici là, nous remercions encore notre aimable clientèle de son intérêt et l'invitons de nouveau instamment à quitter les lieux. Tout de suite.*

Arthur consulta les visages nerveux de ses compagnons : « Eh bien, je suppose qu'on ferait mieux de repartir, non ? suggéra-t-il.

— Chhhhht ! fit Zaphod. Il n'y a absolument pas lieu de s'inquiéter.

— Alors pourquoi tout le monde est-il si tendu ?

— Simple marque d'intérêt ! s'écria Zaphod. Ordinateur, initie la procédure de descente dans l'atmosphère et prépare-nous un atterrissage. »

Cette fois, la fanfare était de pure forme et la voix nettement glaciale : *Il nous est agréable de constater que votre enthousiasme vis-à-vis de notre planète demeure inchangé, aussi aimerions-nous vous préciser que les missiles actuellement en train de converger sur votre vaisseau le sont à titre d'échantillons des services exceptionnels que nous réservons à nos plus fidèles clients — les têtes nucléaires entièrement chargées qui les accompagnent n'étant bien entendu qu'une simple faveur. En espérant conserver votre clientèle dans une vie future…*

*… Merci encore !*

La voix se tut brusquement.

« Oh ! fit Trillian.

— Euh ! fit Arthur.

— Hein ? fit Ford.

— Bon, fit Zaphod. Est-ce que vous allez finir par vous mettre ça dans la tête ? Ce n'est qu'un message enregistré. Vieux de cinq millions d'années. Ça ne nous concerne absolument pas. Vu ?

— Et que fait-on des missiles ? remarqua tranquillement Trillian.

— Les missiles ? Ne me faites pas rigoler. »

Ford tapa sur l'épaule de Zaphod tout en lui indiquant l'écran arrière. Loin derrière eux, on distinguait nettement deux flèches d'argent qui s'élevaient dans l'atmosphère à leur rencontre. Un rapide changement de focale les fit apparaître en gros plan : deux fusées, massivement concrètes, qui tonnaient dans le ciel. La soudaineté d'un tel spectacle avait quelque chose de choquant.

« Je crois qu'ils ont tout à fait de quoi nous faire rigoler », remarqua Ford.

Zaphod les considéra avec étonnement : « Eh ! mais c'est super ! s'exclama-t-il. Quelqu'un là-dessous est en train d'essayer de nous tuer !

— Super, en effet, dit Arthur.

— Mais vous ne voyez donc pas ce que ça signifie ?

— Si : qu'on va mourir.

— Oui, mais à part ça.

— *À part* ça ?

— Ça signifie que nous devons être sur quelque chose !

— Peut-on espérer ne plus y être dans un avenir rapproché ? »

Sur l'écran, l'image des missiles grandissait de seconde en seconde. Ils avaient à présent basculé pour se mettre en trajectoire de poursuite si bien qu'on ne distinguait plus que leur coiffe, fonçant vers eux tête baissée.

« Simple curiosité, dit Trillian, mais que comptons-nous faire ?

— Simplement garder notre calme, dit Zaphod.

— C'est tout ? s'étonna Arthur.

— Non, nous allons également… euh… *prendre la tangente* ! s'écria Zaphod dans un brusque accès de panique. Ordinateur, quel genre de tangente nous conseilles-tu de prendre ?

— Euh, aucune j'en ai peur, les mecs ! répondit l'ordinateur. Il semblerait que quelque chose perturbe mes systèmes de guidage, expliqua vivement la machine. Impact moins quarante-cinq secondes. Mais appelez-moi Eddie, je vous en prie, si ça peut contribuer à vous détendre. »

Zaphod essaya de courir simultanément dans plusieurs directions également décisives. « Bien !... Euh... il faut qu'on reprenne les commandes manuelles de ce vaisseau...

— Tu sais le piloter ? s'enquit négligemment Ford.

— Non. Et toi ?

— Non.

— Trillian, vous savez ?

— Non.

— Parfait, dit Zaphod, soulagé. Nous le piloterons donc ensemble.

— Moi non plus ! » s'empressa d'ajouter Arthur qui sentait le moment venu de s'affirmer à son tour.

« Je l'aurais deviné, dit Zaphod. O.K. Ordinateur, je veux intégralement reprendre le contrôle manuel.

— Vous l'avez », dit l'ordinateur.

Plusieurs vastes panneaux coulissèrent ; en jaillirent des rangées de consoles, arrosant l'équipage de fragments de polystyrène expansé et de lambeaux de cellophane : ces appareillages n'avaient encore jamais été utilisés.

Zaphod les considéra l'air ahuri : « O.K., Ford : rétrofusées à pleine poussée et dix degrés sur tribord. Ou l'inverse...

— Bonne chance, les mecs, pépia l'ordinateur. Impact moins trente secondes... »

Ford sauta sur les commandes — une partie d'entre elles lui disait quelque chose : il choisit de les tirer en priorité. L'astronef se mit à vibrer et couiner tandis que les fusées de ses correcteurs d'assiette essayaient de le pousser simultanément dans toutes les directions. Ford en coupa la moitié et le vaisseau prit alors un virage serré pour repartir dans la direction d'où il venait, droit sur les missiles.

Des coussins d'air jaillirent instantanément des parois et tout le monde s'y retrouva précipité. L'espace de quelques secondes, la force d'inertie les maintint aplatis, suffoqués, incapables de bouger. Zaphod, qui se débattait et poussait avec l'énergie du désespoir, parvint en fin de compte à lancer un sauvage coup de pied sur un petit levier qui faisait partie du système de guidage.

Le levier se brisa. Le vaisseau fit une violente embardée et fonça à la verticale. L'équipage fut expédié au fond de la cabine. L'exemplaire du *Guide du voyageur galactique*, propriété de Ford, alla s'écraser contre une autre section du panneau de commande avec pour double résultat que, primo, *Le Guide* se mit à expliquer à qui voulait l'entendre quelle était la meilleure façon pour sortir en fraude d'Antarès les doigts de porc vert (chez certains en effet, le doigt de porc vert d'Antarès représente un apéritif révoltant quoique fort prisé et bien souvent acheté pour des sommes énormes par de très riches imbéciles désireux d'impressionner d'autres très riches imbéciles) et que, secundo, l'astronef se mit à dégringoler soudain comme une pierre.

Ce fut bien entendu plus ou moins à ce moment que l'un des membres de l'équipage devait se faire un méchant bleu en haut du bras. Il convient d'insister là-dessus car, comme il a déjà été révélé, tous vont en réchapper sans dommage aucun tandis que les meurtriers missiles nucléaires ne vont même pas toucher le vaisseau.

La sécurité de l'équipage se trouve donc parfaitement assurée.

« Impact moins vingt secondes, les mecs..., avertit l'ordinateur.

— Eh bien, qu'attends-tu pour rallumer ces foutus moteurs ! glapit Zaphod.

— Oh ! mais bien sûr, les mecs », dit l'ordinateur. Avec un rugissement subtil, les moteurs se rallumèrent, le vaisseau arrondit doucement sa chute, passa en palier, et repartit derechef droit sur les missiles.

L'ordinateur se mit à chanter d'une voix nasillarde :

*Si tu traverses la tempête*
*Garde bien droite la tête...*

Zaphod lui hurla de se taire mais sa voix se perdit dans ce qu'ils estimaient fort naturellement être le vacarme d'une fin prochaine.

*Et surtout… n'aie pas peur… du noir !*

vagit Eddie.

En arrondissant, le vaisseau avait en fait arrondi *à l'envers* et pour son équipage, ainsi collé au plafond, il était à présent totalement impossible d'atteindre les leviers de commande.

*Quand la tempête est finie…*

roucoula Eddie.

Menaçants, les deux missiles avaient envahi l'écran et fonçaient toujours vers le vaisseau dans un bruit de tonnerre.

*Et qu'à nouveau le soleil luit…*

Mais par un hasard extraordinairement heureux, comme ils n'avaient pas encore eu tout à fait le temps de rectifier leur trajectoire pour suivre la course erratique de l'astronef, ils lui passèrent juste en dessous.

*On entend revenir le doux chant…*

« rectification : impact ramené à quinze secondes, les potes… »

*… de l'alouette portée par le vent…*

Les missiles effectuèrent un demi-tour hurlant puis reprirent la poursuite.

« Et voilà, dit Arthur en les observant, on peut maintenant affirmer avec certitude que nous sommes sur le point de mourir, non ?

— Je voudrais que tu cesses de répéter ça, cria Ford.

— Ben, c'est pas vrai ?

— Si. »

*Marche donc sous la pluie...*

chanta Eddie.

Une idée frappa Arthur. Il se redressa tant bien que mal : « Pourquoi personne ne remet-il donc en marche ce machin-truc d'improbabilité ? s'exclama-t-il. On devrait pouvoir y arriver !

— Mais vous êtes fou, ou quoi ? lança Zaphod. Faute de programmation adéquate, tout peut arriver !

— Quelle importance, au point où nous en sommes ? » cria Arthur.

*Si tes rêves s'enfuient...*

chanta Eddie.

Arthur se précipita vers l'une des moulures aux formes voluptueusement rebondies qui soulignaient la courbe entre mur et plafond.

*Ballottés par le vent,*
*Marche, va de l'avant...*

« Quelqu'un peut-il me dire pour quelle raison Arthur n'arrive pas à rallumer le générateur d'improbabilité ? » glapit Trillian.

*Le cœur empli d'espoir...*

« Impact moins cinq secondes, ç'a été chouette de vous connaître les gars... Que Dieu vous... »

*... Tu n'es plus seul... ce soir !*

« Je disais, hurla Trillian, quelqu'un peut-il m'expliquer... »

Et tout de suite après, il y eut une déchirante explosion de lumière et de bruit.

# Chapitre 18

Et tout de suite après ça, le *Cœur-en-Or* poursuivit sa route comme si de rien n'était, hormis un aménagement intérieur remanié non sans une certaine recherche : plutôt plus vaste, et traité en délicats dégradés de bleu et de vert. Au centre, un escalier en colimaçon (menant nulle part en particulier) jaillissait d'une gerbe de fougères et de jonquilles, avec à proximité un cadran solaire dont le socle recelait le terminal de l'ordinateur. Un jeu de miroirs et d'éclairages savamment disposés créait l'illusion de se trouver dans une serre dominant un vaste jardin à l'ordonnancement exquis. À la périphérie de cette zone de verdure étaient disposées des tables à dessus de marbre sur des piétements en fer forgé admirablement ouvragés. Lorsqu'on examinait la surface polie du marbre, des silhouettes d'instruments apparaissaient et dès qu'on l'effleurait, ces instruments se matérialisaient instantanément sous vos doigts. Vus sous l'angle correct, les miroirs reflétaient toutes les données voulues même si la source exacte desdites réflexions était loin d'être claire. À vrai dire, c'était sensationnellement beau.

Mollement étendu sur une chaise longue en osier, Zaphod Beeblebrox demanda : « Que diable s'est-il donc passé ?

— Eh bien, dit Arthur, allongé au bord d'un petit bassin, j'étais juste en train de montrer le bouton du générateur d'improbabilité... » Il indiqua la direction de son emplacement initial mais à la place trônait à présent une plante verte.

« Mais où sommes-nous ? » demanda Ford qui était lui-même assis sur l'escalier en colimaçon, un gargle blaster pan-galactique bien frappé dans la main.

« Exactement là où nous étions avant, j'ai l'impression... », dit Trillian, tandis que tout autour d'eux les miroirs leur révélaient soudain l'image du paysage désolé de Magrathéa qui continuait effectivement de défiler sous eux.

Zaphod bondit de son siège : « Mais alors, qu'est-il arrivé aux missiles ? »

Une nouvelle image, surprenante, s'inscrivit sur les miroirs :

« Il semblerait, indiqua Ford, dubitatif, qu'ils se soient transformés en un pot de pétunias et un cachalot apparemment très étonné...

— Avec un facteur d'improbabilité, intervint Eddie qui, lui, n'avait pas changé d'un poil, de huit millions sept cent soixante-sept mille cent vingt-huit contre un. »

Zaphod fixa Arthur : « Vous aviez pensé à ça, Terrien ?

— Ben, dit Arthur, tout ce que j'ai fait, c'est de...

— Ce fut une excellente initiative, savez-vous ! le coupa Zaphod. Enclencher le générateur d'improbabilité durant une seconde, sans avoir au préalable activé les écrans de contrôle. Mais mon garçon, vous nous avez tout bonnement sauvé la vie, vous vous rendez compte ?

— Oh ! dit Arthur, eh ben, ce n'était rien, vraiment...

— Non ? dit Zaphod. Oh ! bon, dans ce cas n'en parlons plus. O.K., l'ordinateur, fais-nous atterrir.

— Mais...

— J'ai dit : n'en parlons plus. »

Une autre chose sur laquelle on omit d'épiloguer, ce fut que (contre toute probabilité) un cachalot s'était soudainement matérialisé à plusieurs kilomètres au-dessus de la surface d'une planète étrangère.

Et vu qu'une telle position se révèle difficilement tenable pour un cachalot, la pauvre innocente créature eut fort peu de temps pour assimiler son identité de cachalot avant de devoir assimiler l'idée de ne plus être un cachalot du tout.

Voici donc la consignation détaillée de l'ensemble de ses pensées depuis le moment où commença son existence jusqu'à celui de sa fin :

Ah... ! Que se passe-t-il ? songea-t-il.

Euh, excusez-moi mais... qui suis-je ?

Hello ?

Pourquoi suis-je ici ? Quel est le but de ma vie ?

Que veux-je dire par : qui suis-je ?

Du calme, ressaisissons-nous maintenant... oh ! mais que voilà une intéressante sensation, qu'est-ce que c'est ? Comme une impression de creux, de picotement dans mon... dans mon... bon, je suppose que je ferais mieux de commencer d'abord par trouver des noms pour les choses si je veux espérer progresser dans ce que, pour la beauté de ce que j'appellerai ma démonstration, j'appellerai le monde, alors appelons ça mon estomac.

Bon. Ooooooooh mais, c'est que ça s'amplifie ! Eh mais... qu'est-ce que c'est que ce sifflement rugissant entourant ce qu'à l'instant même je viens de décider de baptiser ma tête ? Peut-être que je peux appeler ça... le vent ! Est-ce un nom bien choisi ? On fera avec... peut-être que j'en trouverai un meilleur plus tard quand j'aurai découvert à quoi ça sert. Ce doit certainement être quelque chose de très important, vu tout le sacré foin qu'il peut faire. Eh... et ça, c'est quoi ? Cette... appelons ça une queue — ouais, queue. Eh ! Je sais drôlement bien en battre, non ? Waoh ! Waoh ! C'est super ! Ça n'a pas l'air de donner grand-chose mais je trouverai sans doute plus tard pour quoi c'est faire. Voyons maintenant... ai-je édifié une image cohérente du monde ?

Non.

Tant pis, hein ! C'est déjà tellement excitant ! Toutes ces choses à chercher ! Toutes ces choses à découvrir ! La tête m'en tourne à l'avance...

À moins que ce ne soit le vent ?

Il y a un sacré vent maintenant, non ?

Et waoh... ! Eh ! Qu'est-ce que c'est que cette chose qui me fonce soudain dessus très vite ? très très très vite ? Si grosse, et plate, et molle... il faudrait que je lui trouve un nom évocateur... voyons : grosse... molle... grolle ? Sole ? Sol ! C'est ça ! Voilà un bon nom : le sol !

Je me demande si on va être copains, tous les deux ?

...

Et tout le reste, après un brusque grand choc mou, ne fut plus que silence.

Fait passablement curieux, la seule chose à traverser l'esprit du pot de pétunias pendant sa chute, fut :

« Oh ! non, encore ! »

Bien des gens ont estimé que si nous savions exactement pourquoi le pot de pétunias avait pensé ça, nous en saurions bien plus sur la nature profonde de l'univers que ce n'est le cas à l'heure actuelle.

# Chapitre 19

« Allons-nous prendre ce robot avec nous ? » dit Ford en considérant avec dégoût Marvin qui restait voûté dans son coin, tassé sous un petit palmier.

Zaphod détourna les yeux des miroirs qui leur présentaient une vue panoramique du paysage désolé au milieu duquel venait de se poser le *Cœur-en-Or* : « Oh ? L'androïde paranoïde ? Ouais, on le prend.

— Mais qu'est-on censés faire d'un robot maniaco-dépressif ?

— Vous croyez avoir des problèmes, intervint Marvin, avec le même air que s'il s'adressait à un cercueil fraîchement occupé, mais qu'est-on censé faire lorsqu'on est, *soi-même*, un robot maniaco-dépressif ? Non, ne vous fatiguez pas à me répondre, je suis cinquante mille fois plus intelligent que vous et pourtant même moi, j'ignore la réponse. Ça me flanque la migraine rien qu'à m'abaisser à essayer de penser à votre niveau. »

Sur ces entrefaites, Trillian jaillit de la porte de sa cabine, en criant : « Mes souris blanches se sont échappées ! »

Une expression de profonde tristesse mêlée d'inquiétude manqua totalement de se peindre sur l'un et l'autre visages de Zaphod : « Rien à branler de vos souris blanches. »

Trillian le fusilla d'un regard furieux avant de disparaître à nouveau.

Sa remarque aurait sans doute soulevé davantage l'attention, à condition qu'eût été plus généralement admise l'idée que les êtres humains n'étaient en fait que la troisième forme de vie intelligente sur Terre et non pas (comme il était généralement admis par une majorité d'observateurs impartiaux) la seconde.

« Bon après-midi les enfants ! »

La voix était bizarrement familière bien que curieusement différente. Elle avait un petit côté matriarcal.

Elle se fit connaître aux membres de l'équipage sitôt qu'ils furent devant la porte du sas qui allait s'ouvrir sur la surface de la planète.

Ils s'entreregardèrent avec perplexité.

« C'est l'ordinateur, expliqua Zaphod. J'ai découvert qu'en cas d'urgence il disposait d'une personnalité de secours et j'avais pensé que celle-ci marcherait mieux...

— Eh bien, voilà, vous allez passer votre première journée sur une étrange nouvelle planète, continuait la nouvelle voix d'Eddie, alors je veux vous voir tous chaudement vêtus... et que je ne vous voie pas jouer avec de vilains monstres aux yeux pédonculés, n'est-ce pas ! »

Zaphod tapa sur la porte avec impatience. « Désolé, mais je crois qu'on serait mieux servis avec une règle à calcul.

— Parfait ! coupa l'ordinateur. Qui a dit ça ?

— Vas-tu, s'il te plaît, nous ouvrir le sas de sortie, l'ordinateur ? dit Zaphod en essayant de ne pas se mettre en colère.

— Pas avant que celui qui a dit ça ne se dénonce, insista l'ordinateur, résolument obtus.

— Ô Seigneur ! » marmonna Ford, appuyé contre une cloison. Il commença à compter jusqu'à dix. Il était désespérément inquiet à l'idée qu'un jour les formes de vie intelligentes puissent ne plus en être capables : c'est seulement en continuant de compter que les hommes pourraient démontrer leur indépendance vis-à-vis des ordinateurs.

« Allons, dit Eddie, buté.

— Ordinateur ! commença Zaphod...

— J'attends ! coupa Eddie. J'attendrai toute la journée s'il le faut...

— Ordinateur... ! redit Zaphod, après avoir essayé de trouver un raisonnement subtil pour lui clouer le bec et décidé finalement de ne pas s'embêter à vouloir rivaliser avec lui sur son propre terrain, si tu n'ouvres pas à l'instant la porte de ce sas, je m'en vais illico voir ta mémoire centrale et la reprogrammer avec une grosse hache, vu ? »

Choqué, Eddie marqua une pause pour considérer la chose.

Ford continuait de compter calmement : c'est indubitablement le comportement le plus agressif qu'on puisse imaginer d'exprimer devant un ordinateur — un peu comme de se planter devant quelqu'un en lui répétant sans cesse : *du sang, du sang, du sang, du sang…*

Finalement, Eddie l'Ordinateur dit avec calme : « Je constate que nos rapports vont devoir nécessiter du travail », et sur ce, le sas s'ouvrit.

Un vent glacial les fouetta, ils se couvrirent frileusement puis descendirent la rampe vers la poussière dénudée de Magrathéa.

« Tout cela finira dans les larmes, je le sens », cria derrière eux Eddie avant de refermer le sas.

Quelques minutes plus tard, il rouvrit le sas et le referma une nouvelle fois, en réponse à un ordre qui le prit entièrement par surprise.

# Chapitre 20

Cinq silhouettes erraient lentement sur la plaine désolée. Par endroits, celle-ci était d'un gris morne, par endroits d'un brun morne, et pour le reste, passablement inintéressante à contempler. C'était comme un marécage asséché, maintenant dépourvu de toute végétation et recouvert d'une couche de poussière de près de trois centimètres. Il faisait très froid.

Zaphod se sentait très nettement déprimé par tout cela. Il restait à la traîne et bientôt disparut derrière une petite éminence.

Le vent démangeait les yeux et les oreilles d'Arthur et l'air rance et raréfié lui brûlait la gorge. Pourtant, ce qui le démangeait le plus, c'était la cervelle : « C'est fantastique... », et sa propre voix lui écorcha les oreilles. Le son portait mal dans cette atmosphère ténue.

« Un trou perdu, si vous voulez mon avis, dit Ford. On se marrerait plus au fond d'une litière pour chat. » Il sentait croître son irritation. Parmi toutes les planètes de tous les systèmes de toute la

Galaxie — dont tant s'avéraient exotiques et sauvages et si grouillantes de vie —, il fallait qu'il tombe justement dans ce trou, après quinze ans d'exil ! Même pas un marchand de hot dogs en vue ! Il s'accroupit, recueillit une motte de terre froide mais il n'y avait rien en dessous qui vaille la peine de traverser des milliers d'années-lumière.

« Non, insistait Arthur, mais vous ne comprenez donc pas ! c'est la première fois que je foule effectivement le sol d'une autre planète... d'un monde entièrement étranger... ! Dommage quand même que ce soit un tel trou ! »

Trillian croisa les bras, frissonna, et fronça les sourcils : elle aurait juré avoir aperçu du coin de l'œil un léger mouvement inattendu mais lorsqu'elle regarda dans cette direction, tout ce qu'elle put découvrir c'était l'astronef, immobile et silencieux, à quelques centaines de mètres derrière eux.

Elle fut soulagée d'apercevoir Zaphod quelques secondes plus tard, debout au sommet de la butte, et qui leur faisait signe de venir le rejoindre.

Il paraissait surexcité mais ils ne purent distinctement entendre ce qu'il disait à cause du vent et de la raréfaction de l'atmosphère.

À l'approche du sommet de la crête, ils purent s'apercevoir qu'elle semblait circulaire — un cratère d'environ cent cinquante mètres de diamètre. Sur son pourtour, le sol en pente était éclaboussé de fragments noir et rouge. Ils s'arrêtèrent pour en examiner un. C'était humide. C'était collant.

Avec horreur, ils s'aperçurent soudain que c'était de la chair de cachalot toute fraîche.

Sur la crête du cratère, ils retrouvèrent Zaphod. « Regardez », leur dit-il en indiquant l'intérieur.

Au centre gisait le cadavre éclaté d'un cachalot solitaire qui n'avait pas vécu assez longtemps pour avoir le temps de se plaindre de son sort. Le silence était seulement troublé par les petits spasmes involontaires jaillis de la gorge de Trillian.

« Je suppose qu'il est inutile d'essayer de l'enterrer, murmura Arthur — pour regretter aussitôt d'avoir dit ça.

— Venez, dit Zaphod en repartant vers le fond du cratère.

— Quoi ? Là-dedans ! s'écria Trillian, avec un net dégoût.

— Ouais, dit Zaphod. Venez, j'ai quelque chose à vous montrer.

— On peut aussi bien le voir d'ici, dit Trillian.

— Pas ça, répondit Zaphod. Autre chose. Allez, venez. »

Ils hésitaient tous.

« Allons ! insista Zaphod. J'ai trouvé comment entrer.

— *Entrer !* s'exclama Arthur, horrifié.

— À l'intérieur de la planète ! précisa Zaphod. Un passage souterrain. Sous la force de l'impact du cachalot, une brèche s'est ouverte et c'est par là que nous devons passer. Là où depuis cinq millions d'années nul homme n'a mis le pied… dans les profondeurs mêmes du temps… »

Marvin réitéra son petit fredonnement narquois.

D'une baffe, Zaphod le fit taire.

Avec force petits frémissements de dégoût, tous suivirent Zaphod dans le fond du cratère — en s'efforçant de ne pas regarder son infortuné créateur.

« La vie, observa lugubrement Marvin, qu'on la déteste ou qu'on l'ignore : oui. Mais on ne peut pas l'aimer. »

Le sol s'était creusé là où l'avait heurté le cachalot, révélant un dédale de galeries et de passages, à présent largement obstrués par un amas de décombres et de viscères. Zaphod avait déjà commencé le déblaiement mais Marvin put le relayer avec plus d'efficacité. Des bouffées d'air confiné s'échappaient de cet antre sombre et même lorsque Zaphod l'éclaira d'une torche, la pénombre empoussiérée ne révéla pas grand-chose.

« D'après la légende, expliqua-t-il, les Magrathéens vivaient presque entièrement sous terre.

— Pourquoi ça ? demanda Arthur. La surface était-elle trop polluée ? trop surpeuplée ?

— Non, je ne pense pas. Je crois simplement qu'elle ne leur plaisait pas beaucoup.

— Êtes-vous bien sûr de savoir ce que vous faites ? demanda Trillian, nerveuse, en scrutant les ténèbres. On s'est déjà fait attaquer une fois, vous savez.

— Écoutez les enfants, je vous promets que la population actuelle de cette planète est égale à zéro plus nous quatre, alors venez, entrons là-dedans. Euh… eh, le Terrien…

— Arthur, précisa Arthur.

— Ouais, vous pourriez, disons, simplement garder le robot avec vous et rester en faction à cette entrée du passage, d'accord ?

— En faction ? À quoi bon ? Vous venez de dire vous-même qu'il n'y a personne ici...

— Ouais, bon, ben, disons juste par mesure de sécurité, O.K. ?

— Laquelle ? la vôtre ou la mienne ?

— Brave garçon... O.K., on y va. » Et Zaphod s'engouffra dans le passage, suivi par Ford et Trillian.

« C'est ça, je vous souhaite de tous bien vous faire chier, grogna Arthur.

— Ne vous inquiétez pas pour ça, le rassura Marvin, c'est absolument certain. »

En quelques secondes, ils n'étaient plus visibles.

Arthur bougea, se mit à faire les cent pas puis décida qu'en fin de compte une sépulture de cachalot n'était pas l'endroit idéal pour faire les cent pas.

Marvin le suivit d'un œil morne durant un moment puis il se déconnecta.

Zaphod s'enfonça rapidement dans le passage, nerveux comme pas un, mais essayant de le cacher en mesurant son pas. Il balaya les murs du faisceau de sa torche. Ils étaient recouverts de carreaux sombres et froids au toucher. L'air était lourd d'une odeur de moisi.

« Alors, qu'est-ce que je vous disais ? Une planète habitée ! Magrathéa. » Et il avança d'un pas décidé parmi la poussière et les débris qui jonchaient le sol carrelé.

Pour Trillian, cela lui évoquait irrésistiblement le métro londonien — quoique en nettement plus sordide.

À intervalles réguliers le long des murs, les carreaux cédaient la place à de grandes mosaïques — simples formes géométriques de couleurs vives. Trillian s'arrêta pour étudier l'un de ces panneaux mais sans pouvoir lui donner la moindre interprétation. Elle se rabattit sur Zaphod : « Eh ! vous avez une idée de ce que représentent ces symboles bizarres ?

— Je suppose que ce sont des espèces de symboles bizarres », répondit Zaphod sans prendre la peine de se retourner.

Trillian haussa les épaules puis rattrapa les deux hommes.

De temps à autre, à gauche ou à droite, des passages s'ouvraient sur des réduits emplis (découvrit Ford) de matériel informatique à l'abandon. Il tira Zaphod dans l'une des pièces pour qu'il y jette un œil. Trillian suivit.

« Écoute, dit Ford, tu nous affirmes qu'on est sur Magrathéa...

— Ouais, dit Zaphod, et on a bien entendu la voix, pas vrai ?

— O.K., c'est pour ça que je veux bien admettre qu'il s'agit effectivement de Magrathéa — pour l'instant. Mais ce que tu ne nous as pas encore expliqué, c'est comment, par la Galaxie, tu l'as trouvée. Tu ne t'es pas contenté de consulter un atlas, ça c'est déjà sûr.

— Recherches. Archives du gouvernement. Travail de détective. Quelques extrapolations chanceuses. Facile.

— Et ensuite tu as piqué le *Cœur-en-Or* pour te mettre à sa recherche ?

— Je l'ai piqué pour chercher un tas de choses.

— Un tas de choses ? dit Ford avec surprise. Lesquelles par exemple ?

— Je ne sais pas.

— Hein ?

— Je ne sais pas ce que je cherche.

— Et pourquoi ?

— Parce que… parce que… il se pourrait que, le sachant, je ne sois plus capable de le chercher…

— Comment ? T'es dingue ou quoi ?

— Voilà une question que je n'ai pas encore réglée, observa tranquillement Zaphod. Je ne connais de moi-même que ce que mon esprit est capable de discerner dans son état habituel. Et son état habituel n'est pas franchement excellent. »

Durant un bon moment, personne ne pipa mot, tandis que Ford dévisageait Zaphod avec un regard soudain plein de commisération. « Écoute mon vieux, si tu veux que…, commença-t-il enfin.

— Non, écoute, je vais te dire quelque chose, le coupa Zaphod. En général, je ne me foule pas : j'ai l'idée de faire quelque chose et hop, pourquoi pas, je le fais. Je me dis : tiens, je vais devenir Président de la Galaxie et voilà, c'est bien ce qui arrive. Facile. Je décide de piquer ce vaisseau. Je décide de chercher Magrathéa et c'est exactement ce qui arrive. Bon, d'accord je fais de mon mieux pour que ça marche mais ça marche toujours. C'est comme d'avoir une carte de Galacticrédit qui continuerait de fonctionner sans qu'on ait besoin de l'approvisionner. Et puis, chaque fois que je m'arrête pour penser : pourquoi ai-je voulu faire ça ? Comment ai-je fait pour y arriver ? eh bien, j'éprouve le très net besoin de cesser d'y penser. Comme en ce moment précis. C'est très dur pour moi d'en parler. »

Zaphod se tut un instant. Un ange passa. Puis il fronça les sourcils et poursuivit : « Un soir, ça m'a de nouveau turlupiné. Le fait qu'une partie de mon esprit n'ait pas l'air de fonctionner correctement. Et puis il m'est venu que tout se passait comme si quelqu'un d'autre se servait de mon esprit pour avoir de bonnes idées sans me demander mon avis. J'ai relié les deux hypothèses et conclu que ce quelqu'un pouvait bien avoir verrouillé dans ce but une partie de mon esprit, d'où mon impossibilité à l'utiliser. Je me suis alors demandé s'il n'y aurait pas un moyen de le vérifier.

« Je suis allé à l'infirmerie et je me suis branché sur l'écran de l'encéphalo. J'ai fait subir à mes deux têtes tous les tests principaux — tous les tests que j'avais dû passer sous le contrôle des autorités médicales officielles avant que ma nomination à la présidence pût être valablement ratifiée. Ils ne décelèrent rien. Rien d'inattendu, tout du moins. Ils révélaient que j'étais intelligent, imaginatif, irresponsable, peu digne de confiance, extraverti, bref rien que vous n'auriez pu deviner. Et pas d'autres anomalies. Alors je me suis mis à inventer de nouveaux tests, complètement au hasard. Rien. Puis j'ai essayé de superposer les résultats obtenus avec une tête et ceux obtenus avec l'autre. Toujours rien. Je me retrouvais ridicule, forcé de mettre tout ça sur le compte d'une banale crise de parano. Et puis, juste avant de tout remballer, j'ai repris les deux clichés, superposés, pour les examiner à travers un filtre vert. Tu te rappelles qu'étant gosse, j'avais toujours eu un penchant superstitieux pour le vert. Je voulais toujours entrer dans la flotte commerciale... »

Ford opina.

« Eh bien, c'était là, clair comme le jour : deux vastes zones, chacune au beau milieu de l'un des cerveaux, seulement reliées entre elles, totalement isolées du reste. Un salopard avait cautérisé toutes les synapses et, avec l'aide de l'électronique, traumatisé ces deux masses de matière grise. »

Ford le contempla, horrifié, Trillian était devenue livide.

« Quelqu'un t'a vraiment fait ça ? murmura Ford.

— Ouais.

— Mais t'as une idée de qui ? Ou pourquoi ?

— Pourquoi ? Je ne peux émettre que des suppositions. Mais je sais fichtre bien quel est le salopard qui a fait ça.

— Tu le sais ? Comment ?

— Parce qu'il m'a laissé ses initiales, gravées dans mes synapses brûlées. Bien en évidence. »

Ford le contempla avec un regard empli d'horreur et sentit sa peau commencer à se hérisser.

« Des initiales ? Gravées dans ton cerveau ?

— Ouais.

— Eh bien, mais lesquelles, pour l'amour du ciel ? »

Zaphod le considéra en silence un long moment. Puis il détourna les yeux.

« Z. B. », dit-il calmement.

À ce moment, un volet d'acier s'abattit derrière eux tandis que le gaz commençait d'envahir la pièce.

« Je t'expliquerai plus tard », toussa Zaphod avant que tous trois ne perdent connaissance.

# Chapitre 21

À la surface de Magrathéa, Arthur déambulait, morose. Ford avait eu la bonne idée de lui laisser son exemplaire du *Guide du voyageur galactique* pour lui permettre de passer le temps. Il pressa quelques boutons au hasard.

Le Guide du voyageur galactique *est un ouvrage compilé sans grande rigueur, aussi contient-il maints passages dont la seule raison d'être est d'avoir paru intéressants aux rédacteurs de l'époque.*

*L'un de ceux-ci (celui sur lequel venait de tomber Arthur) relate les prétendues expériences d'un certain Vic Tim Dugag, jeune étudiant tranquille de l'université de Maximégalon qui poursuivait à l'époque de brillantes études de philologie antique, éthique transformationnelle et théorie des résonances harmoniques en perception historique et qui, après une nuit passée à boire du gargle blaster pangalactique en compagnie de Zaphod Beeblebrox, s'était soudain trouvé obnubilé par le problème de ce qu'avaient bien pu devenir tous les Bic qu'il avait achetés depuis des années.*

*S'ensuivit une longue période d'épuisantes recherches au cours desquelles il visita les principaux Bic-Bazars de la Galaxie pour finir par en ressortir avec une amusante petite théorie qui sut en son temps frapper l'imagination du public : quelque part dans le cosmos, affirmait-il, et parallèlement aux planètes habitées par des humanoïdes, reptiloïdes, cachaloïdes, arbres-à-pattoïdes, ours-polaroïdes et autres ombres-vagues-superintelligentes-et-de-couleur-bleue, existait également une planète entièrement dévolue aux formes de vie crayons-bicoïdes. Et c'était vers cette planète que se dirigeaient tous les vieux Bic errants, en se faufilant tranquillement par les trous de ver de l'espace pour gagner un monde où ils savaient qu'ils pourraient enfin vivre une existence entièrement bicoïde, correspondant à des stimuli nettement bicorientés, bref, mener l'équivalent pour une pointe Bic de la bonne vie.*

*En tant que théorie, tout cela restait très bien, très gentil, jusqu'au jour où Vic Tim Dugag se vanta soudain d'avoir* effectivement *trouvé cette planète et même d'y avoir un moment travaillé comme chauffeur de maître dans une famille de rétractables verts à pointe fine sur quoi on s'empressa de l'emmener et de le boucler ; il devait ensuite écrire un livre puis se voir en fin de compte offrir un exil doré, sort habituellement réservé à ceux qui ont décidé de se faire publiquement remarquer.*

*Lorsqu'un jour une expédition fut envoyée vers les coordonnées spatiales indiquées par Vic Tim*

*Dugag pour sa planète, elle n'y découvrit qu'un petit astéroïde habité par un vieillard solitaire qui ne cessait de répéter que rien n'était vrai — bien qu'il fût ultérieurement prouvé qu'il mentait.*

*Malgré tout, subsiste la question tant de ces mystérieux soixante mille dollars altaïriens versés annuellement sur son compte en banque à Bratisvéga que surtout de la florissante affaire de Bic d'occasion gérée par Zaphod Beeblebrox.*

Arthur lut tout cela puis reposa le livre.

Le robot était toujours assis, totalement inerte.

Arthur se leva pour gagner le sommet du cratère. Il en fit le tour. Il contempla le magnifique coucher des deux soleils sur Magrathéa.

Il redescendit dans le fond du cratère. Puis il réveilla le robot parce que, pour faire la conversation, même un robot maniaco-dépressif c'est déjà mieux que personne.

« La nuit tombe, lui dit-il. Regarde, robot, les étoiles apparaissent. »

Le robot les regarda docilement puis se retourna vers Arthur : « Je sais. La tasse, non ?

— Mais enfin, ce coucher de soleils ! Je n'avais jamais rien vu de semblable, même dans mes rêves les plus fous... deux soleils ! Comme deux montagnes de feu bouillonnant dans l'espace !

— J'ai vu, dit Marvin. C'est nul.

— Nous n'avons eu qu'un seul soleil chez nous, voyez-vous, précisa Arthur. Je viens d'une planète appelée la Terre, n'est-ce pas.

— Je sais, dit Marvin. Vous n'arrêtez pas d'en parler. Ça m'a l'air rien moche.

— Ah ! mais non, pas du tout ! C'était un endroit magnifique !

— Avec des océans ?

— Oh ! oui, dit Arthur avec un profond soupir, de vastes océans aux grands flots bleus.

— Je peux pas encaisser les océans, dit Marvin.

— Dites-moi, demanda Arthur, vous vous entendez bien avec les autres robots ?

— Peux pas les blairer. Mais… où allez-vous ? »

C'était plus qu'Arthur n'en pouvait supporter : il s'était relevé. « Je crois que je vais retourner faire un tour.

— Ne vous excusez pas », dit Marvin, sur quoi, il compta jusqu'à cinq cent quatre-vingt-dix-sept milliards de moutons avant de se rendormir une seconde plus tard.

Arthur battit des bras pour essayer de redonner à sa circulation un brin de cœur au ventre. Il remonta la paroi du cratère.

À cause de cette atmosphère si raréfiée et de l'absence de lune, la nuit tombait très vite et il faisait à présent fort sombre. À cause de tout cela, Arthur rentra pratiquement dans le vieillard avant d'avoir pu le remarquer.

# Chapitre 22

Il était assis, le dos tourné à Arthur, et contemplait les dernières lueurs du couchant en train de sombrer dans les ténèbres derrière l'horizon. C'était un homme assez grand, âgé, et simplement vêtu d'une longue tunique grise. En se tournant, il aurait révélé des traits fins et distingués, usés par les tracas mais non dépourvus d'amabilité : un visage à lui confier vos économies. Mais l'homme ne s'était pas encore tourné, pas même en réaction au cri de surprise d'Arthur.

Enfin, les ultimes rayons du soleil eurent complètement disparu et il se retourna. Ses traits en étaient encore illuminés et en cherchant la source de cet éclairage, Arthur découvrit à quelques mètres de là une sorte de petit vaisseau — sans doute un aéroglisseur. Il baignait dans une lumière douce.

L'homme considéra Arthur, non sans tristesse, semblait-il. Il parla : « Vous avez choisi une nuit bien froide pour visiter notre planète morte.

— Qui… qui êtes-vous ? » bégaya Arthur.

L'homme détourna les yeux. À nouveau cette expression de tristesse semblait avoir traversé son visage. « Mon nom est de peu d'importance. »

Il paraissait avoir quelque souci à l'esprit. Et le moins qu'on pût dire est qu'il ne recherchait pas spécialement la conversation. Arthur se sentait gêné.

« Je... euh... vous m'avez surpris... », dit-il maladroitement. L'homme reporta sur lui son attention, avec un léger haussement de sourcils : « Hmmmmm ?

— Je disais que vous m'aviez surpris.

— N'ayez pas peur, je ne vais pas vous manger. »

Arthur fronça les sourcils : « Pourtant, vous nous avez bien tiré dessus ! Les missiles... »

L'homme plongea son regard dans la bouche du cratère. La pâle luminescence émise par les yeux de Marvin jetait de vagues ombres rouges sur l'énorme carcasse du cachalot.

L'homme ricana doucement. « Un dispositif automatique, expliqua-t-il avec un léger soupir. D'antiques ordinateurs alignés dans les entrailles de la planète comptent le sombre écoulement des millénaires et l'âge commence à peser lourdement sur leurs banques de données poussiéreuses. De temps en temps, j'ai l'impression qu'ils aiment bien tirer au jugé, histoire de rompre la monotonie. » Il considéra gravement Arthur puis ajouta : « Je suis un grand amateur de science, vous savez.

— Oh… euh, vraiment ? » dit Arthur qui commençait à trouver déconcertantes les manières curieuses mais aimables du bonhomme.

« Oh ! oui », et le vieillard se tut de nouveau.

« Ah, fit Arthur. Euh… » Il se donnait la bizarre impression d'être un homme surpris en plein adultère quand le mari entre dans la chambre, et qui enfile en vitesse un pantalon en émettant quelques remarques banales sur le temps avant de s'éclipser.

« Vous m'avez l'air mal à l'aise, remarqua le vieil homme avec une inquiétude polie.

— Euh, non… enfin, si. Voyez-vous, à vrai dire, nous ne nous attendions pas vraiment à trouver quelqu'un dans le coin, en fait. J'avais plus ou moins cru comprendre que vous étiez tous morts ou je ne sais quoi…

— Morts ? dit le vieil homme. Bonté divine, non, nous avons simplement dormi.

— Dormi ? s'exclama Arthur, incrédule.

— Oui. Tout le temps de la récession économique, n'est-ce pas », expliqua le vieil homme, apparemment peu soucieux de savoir si Arthur comprenait un mot à ses paroles.

Arthur dut le relancer : « Euh, la récession économique ?

— Eh bien, voyez-vous, il y a cinq millions d'années, l'économie de la Galaxie s'est effondrée et vu que l'aménagement de planètes sur mesure tient quand même du luxe coûteux, n'est-ce pas… »

Il marqua une pause pour considérer son interlocuteur :

« Vous savez que nous fabriquons des planètes, n'est-ce pas ? demanda-t-il avec une certaine solennité.

— Eh bien, oui, c'est ce que j'avais cru comprendre.

— Une activité fascinante », dit le vieillard, et la nostalgie emplit son regard. « Découper les côtes a toujours été mon faible. Je prenais un plaisir infini à réaliser tous les petits détails dans les fjords… enfin bref (il essaya de retrouver le fil) la récession est arrivée et l'on a décidé que pour s'éviter tout un tas de soucis il suffirait de la traverser en dormant. Alors on a simplement programmé nos ordinateurs pour qu'ils nous réveillent une fois la crise achevée. » L'homme étouffa un léger bâillement et poursuivit : « Les ordinateurs étaient raccordés à l'indicateur de tendance du marché galactique, voyez-vous, si bien que nous serions tous réveillés une fois que tout le monde aurait rebâti une économie suffisamment forte pour rendre viables des services aussi coûteux que les nôtres. »

Arthur, en lecteur régulier du *Guardian*[1], était profondément choqué par tout cela : « Voilà une attitude plutôt déplaisante, non ?

— Vous trouvez ? s'enquit doucement le vieillard. Je suis désolé… je suis un peu en dehors du coup. »

1. Pour ceux qui ne sortent pas, le *Guardian* est le grand quotidien de gauche. *(N.d.T.)*

Il indiqua le fond du cratère.

« C'est à vous, ce robot ?

— Non, répondit de là-bas une voix métallique. Je suis à moi.

— Si on peut appeler ça un robot, grommela Arthur. Je dirais plutôt ça : une machine à broyer du noir électronique.

— Amenez-le », dit le vieil homme. Arthur ne fut pas peu surpris de percevoir brusquement cet accent décidé dans la voix du vieillard. Il appela Marvin qui entreprit de se hisser le long de la pente avec force laborieux mouvements de claudication — parfaitement injustifiés.

« Tout bien pesé, laissez-le où il est, corrigea le vieillard. Et venez plutôt avec moi. De grands événements se préparent. » Et il se tourna vers son appareil qui — bien qu'apparemment aucun signal n'eût été donné — s'était déjà mis à glisser doucement vers eux dans l'obscurité.

Arthur jeta un coup d'œil à Marvin qui faisait à présent de tout aussi spectaculairement laborieux efforts pour effectuer un demi-tour et regagner en clopinant le fond du cratère, sans cesser de marmonner *in petto* avec amertume.

« Allons, venez ou nous allons être en retard.

— En retard ? Il y a le feu ?

— En un sens, oui. Comment vous appelez-vous, humain ?

— Dent. Arthur Dent, dit Arthur.

— Il pourrait bien y avoir le feu. Le feu Dentarthurdent, expliqua le vieillard, imperturbable. C'est une sorte de menace, si vous voulez. » Une nouvelle lueur de regret emplit ses vieux yeux fatigués. « Je n'ai jamais été personnellement très bon à ce genre d'exercice mais je me suis laissé dire qu'elles peuvent être très efficaces. »

Arthur le regarda en clignant des yeux et murmura : « Quel personnage extraordinaire.

— Je vous demande pardon ?

— Oh ! rien, excusez-moi, dit Arthur, embarrassé. Bon, où allons-nous ?

— Dans mon aérocar, dit le vieil homme en invitant Arthur à monter dans l'engin qui s'était silencieusement arrêté à côté d'eux. Nous allons nous enfoncer dans les entrailles de la planète où, en ce moment même encore, notre race se fait tirer d'un sommeil de cinq millions d'années. Magrathéa s'éveille. »

Arthur eut un frisson involontaire en s'asseyant près du vieillard. L'étrangeté de tout cela, le tangage silencieux de l'appareil qui s'élevait dans le ciel nocturne, tout cela le mettait mal à l'aise.

Il regarda le vieillard dont le visage était vaguement illuminé par les minuscules voyants du tableau de bord.

« Excusez-moi mais... quel est votre nom, au fait ?

— Mon nom », répéta le vieil homme, et la même tristesse lointaine s'inscrivit encore une fois sur ses traits. Il marqua une pause. « Mon nom, dit-il, est Slartibartfast. »

Arthur faillit s'étrangler. Il bégaya :

« Je vous demande pardon ?

— Slartibartfast, répéta calmement le vieil homme.

— *Slartibartfast ?* »

Le vieillard le considéra d'un air grave.

« Je vous avais dit que ça n'avait pas d'importance. »

L'aérocar glissait dans la nuit.

# Chapitre 23

Il est un fait important (et bien connu) que les choses ne sont pas toujours conformes aux apparences. Par exemple, sur la planète Terre, l'homme a toujours considéré qu'il était plus intelligent que les dauphins sous prétexte qu'il avait inventé toutes sortes de choses — la roue, New York, les guerres, etc. —, tandis que les dauphins quant à eux n'avaient jamais rien su faire d'autre que déconner dans l'eau et plus généralement prendre du bon temps. Mais, réciproquement, les dauphins s'étaient toujours crus bien plus intelligents que les hommes — et précisément pour les mêmes raisons.

Détail curieux, les dauphins étaient depuis longtemps au courant de l'imminente destruction de la Terre et ils avaient maintes fois tenté d'avertir l'humanité du danger ; mais on s'était la plupart du temps mépris sur la teneur de leurs messages, n'y voyant que d'amusantes tentatives pour jouer à la balle ou bien siffler pour obtenir des friandises, si bien qu'en fin de compte ils durent laisser tomber et quitter la Terre par leurs propres moyens peu avant l'arrivée des Vogons.

Le tout dernier message à être lancé par un dauphin fut à tort interprété comme une tentative étonnamment complexe de double saut périlleux arrière à travers un cerceau tout en sifflant *La Bannière étoilée* quand en fait le message était celui-ci : *Allez salut, et merci encore pour tout le poisson.*

En vérité, il n'y avait sur la planète qu'une seule espèce plus intelligente que les dauphins, une espèce qui passait une bonne partie de son temps au sein de laboratoires de recherche sur le comportement, à courir dans des cages d'écureuil et mener d'effroyablement élégantes et subtiles expérimentations sur l'homme. Le fait qu'une fois encore, l'homme s'était complètement leurré sur la nature de leurs rapports faisait partie intégrante du plan de ces créatures.

## Chapitre 24

Silencieux, l'aérocar traversait les ténèbres glacées, unique petit point de lumière totalement solitaire dans les profondeurs de la nuit Magrathéenne. Il filait comme l'éclair. Le compagnon d'Arthur semblait perdu dans ses pensées et lorsque Arthur essaya une fois ou deux de rengager la conversation, il se contenta de répondre en lui demandant s'il était à l'aise, sans plus.

Arthur essaya d'estimer leur vitesse mais l'obscurité absolue de l'extérieur lui ôtait tout point de référence. L'impression de mouvement était si faible qu'il se serait pour un peu cru immobile.

Puis un minuscule point de lumière apparut dans le lointain et, en quelques secondes, il avait atteint une taille telle qu'Arthur comprit qu'il s'approchait d'eux à une vitesse colossale et se demanda quel genre de vaisseau ce pouvait être. Il le scruta mais sans parvenir à distinguer aucune forme précise puis poussa un cri soudain, alarmé, quand l'aérocar se mit à piquer brusquement en plongeant droit vers une collision qui semblait inévitable. Leur vitesse relative paraissait incroyable et Arthur eut à peine le temps de reprendre son souffle que tout était terminé. La première chose dont il eut ensuite conscience, ce fut d'être comme noyé dans un incroyable flou argenté. Il tourna vivement la tête et vit un minuscule point noir diminuer rapidement dans le lointain derrière eux et il lui fallut plusieurs secondes pour prendre conscience de ce qu'il s'était passé.

Ils avaient plongé à l'intérieur d'un tunnel dans le sol ! Cette vitesse colossale était leur vitesse relative par rapport à cette tache de lumière qui n'était autre que cet orifice, immobile, dans le sol : la bouche du tunnel. L'incroyable flou argenté, c'était la paroi circulaire du tunnel au fond duquel ils fonçaient maintenant à plusieurs centaines de kilomètres à l'heure, apparemment.

Il ferma les yeux de terreur.

Après un intervalle de temps qu'il ne chercha pas à estimer, il ressentit une légère diminution de leur vitesse et se rendit compte peu après qu'ils ralentissaient effectivement, afin de s'arrêter en douceur.

Il rouvrit les yeux : ils se trouvaient toujours dans le tunnel d'argent, serpentant dans ce qui semblait un véritable dédale de boyaux convergents. Lorsque enfin ils s'immobilisèrent, ce fut dans une petite salle aux panneaux d'acier incurvés. Plusieurs tunnels débouchaient également ici et, à l'autre extrémité de la salle, Arthur pouvait apercevoir un grand cercle de lumière tamisée et néanmoins crispante car elle jouait des tours à votre vision, rendant impossible toute tentative pour accommoder ou estimer son éloignement. Arthur supposa (bien à tort) qu'il pouvait s'agir d'un effet d'ultraviolet.

Slartibartfast se retourna pour considérer Arthur de son regard solennel et usé : « Terrien, nous sommes à présent loin dans le cœur de Magrathéa.

— Comment avez-vous su que j'étais terrien ? demanda Arthur.

— Toutes ces choses vous apparaîtront clairement, dit avec douceur le vieillard, du moins, ajouta-t-il avec un léger doute dans la voix, plus clairement qu'à l'heure actuelle. »

Il poursuivit : « Je me dois de vous prévenir que la salle dans laquelle nous allons pénétrer n'existe pas littéralement à l'intérieur de notre planète. Elle est un petit peu trop... vaste ; nous allons franchir une porte ouvrant sur une vaste étendue d'hyperespace et il se peut que cela vous perturbe. »

Arthur émit de petits bruits nerveux. Slartibartfast effleura un bouton puis ajouta, de manière pas précisément rassurante : « Moi-même, ça me fout les jetons. Accrochez-vous ! »

Le véhicule se rua droit dans le cercle de lumière et brusquement Arthur eut une assez claire idée de ce à quoi pouvait ressembler l'infini.

Ce n'était en fait pas l'infini. L'infini proprement dit se révèle plat et sans intérêt. Lever les yeux vers le ciel nocturne, c'est plonger son regard dans l'infini — ses dimensions en sont incompréhensibles et par conséquent sans signification. La salle dans laquelle venait d'émerger l'aérocar était tout sauf infinie, elle était simplement très, très, très grande, si grande qu'elle donnait une impression d'infini bien mieux que l'infini lui-même.

Arthur sentit ses esprits tournoyer tandis que, fonçant toujours à la vitesse énorme qu'il savait être la leur, ils semblaient monter lentement à l'air libre, et que le passage d'où ils venaient de jaillir n'était plus qu'un trou d'épingle invisible dans le mur miroitant derrière eux.

Le mur.

Le mur défiait l'imagination — la séduisait et la trompait. Le mur était un à-pic d'une immensité si paralysante que son sommet, sa base et ses côtés disparaissaient au-delà des limites de la vision : le simple choc du vertige provoqué pouvait tuer un homme.

Le mur apparaissait comme parfaitement plat. Il aurait fallu le meilleur des télémètres à laser pour détecter qu'en même temps que la paroi montait apparemment vers l'infini, qu'elle descendait vertigineusement et que, de part et d'autre, elle s'éloignait sans fin, en même temps elle s'incurvait. Pour se rejoindre treize secondes de lumière plus loin. En d'autres termes, le mur formait la paroi interne d'une sphère creuse, une sphère de près de quatre millions de kilomètres de diamètre, inondée d'une lumière inimaginable.

« Bienvenue », dit Slartibartfast tandis que le minuscule grain de poussière qu'était leur aérocar, fonçant maintenant à trois fois la vitesse du son, rampait imperceptiblement au sein de cette immensité sidérante. « Bienvenue dans nos ateliers. »

Arthur regarda autour de lui, saisi d'une sainte horreur. Étagées au loin devant eux, à des distances qu'il aurait été incapable d'évaluer, ni même d'estimer, se trouvait une série de curieuses suspensions, de délicats réseaux de métal et de lumière qui flottaient autour d'ombres sphériques suspendues dans l'espace.

« C'est ici, expliqua Slartibartfast, que nous fabriquons la majorité de nos planètes, voyez-vous.

— Vous voulez dire, articula péniblement Arthur, vous voulez dire que vous êtes en train de tout remettre en route ?

— Non, non, Dieu merci non, s'exclama le vieil homme, non pas ! La Galaxie est encore loin d'être assez riche pour nous financer. Non, nous avons été réveillés afin tout simplement d'accomplir une commande extraordinaire pour des clients très... spéciaux, venus d'une autre dimension. Cela peut vous intéresser... là-bas, au loin, devant nous. »

Arthur suivit le doigt du vieil homme, jusqu'à ce qu'il parvienne à distinguer la structure flottante qu'il désignait. C'était effectivement la seule dans le lot à trahir quelque signe d'une activité dans les parages quoique cela tînt plus d'une impression subliminale que d'un quelconque indice tangible.

Juste à ce moment pourtant, un éclair traversa la structure, révélant avec un relief accusé les contours dessinés sur la sphère sombre à l'intérieur. Des contours que reconnut Arthur : de grandes masses rebondies qui lui étaient aussi familières que la forme des mots, qui faisaient partie du mobilier de son esprit. Durant quelques secondes, il en resta muet, abasourdi, tandis que les images déferlaient dans sa tête en cherchant un endroit pour se poser et s'organiser avec cohérence.

Une partie de son cerveau lui disait qu'il savait parfaitement bien ce qu'il était en train de contempler et ce que représentaient ces formes, tandis qu'une autre refusait au nom de la raison d'embrasser pareille idée et abdiquait toute responsabilité en cas de poursuite de la réflexion dans ce sens.

L'éclair se reproduisit et, cette fois, plus aucun doute ne fut possible :

« La Terre..., murmura Arthur.

— Enfin, la Terre Modèle Deux, en vérité, précisa gaiement Slartibartfast. Nous en faisons une copie d'après les plans originaux. »

Il y eut un silence.

« Êtes-vous en train d'essayer de me dire, commença lentement Arthur, en essayant de se maîtriser, que vous avez à l'origine... *fabriqué* la Terre ?

— Mais oui, dit Slartibartfast. Êtes-vous jamais allé dans cet endroit... attendez, je crois que ça s'appelait la Norvège ?

— Non, dit Arthur. Non, jamais.

— Dommage, dit Slartibartfast. C'était une de mes créations. Elle avait remporté un prix, vous savez. Des côtes admirablement ouvragées ! J'ai été très contrarié en apprenant sa destruction.

— *Vous* avez été contrarié !

— Oui. Cinq minutes de plus et ça n'aurait pas eu tant d'importance. Ce fut un gâchis franchement révoltant.

— Hein ? dit Arthur.

— Les souris étaient furieuses.

— *Les souris* étaient furieuses ?

— Oh ! oui, dit doucement le vieil homme.

— Oui, comme l'ont également été, je suppose, les chiens, les chats et les ornithorynques mais…

— Ah ! mais, voyez-vous, eux n'avaient pas payé, n'est-ce pas !

— Écoutez, dit Arthur, est-ce que ça vous ferait gagner du temps si je laissais tomber et devenais fou tout de suite ? »

L'aérocar poursuivit son vol un instant encore dans un silence gêné puis le vieil homme essaya patiemment d'expliquer : « Terrien, la planète que vous habitiez avait été commandée, payée puis enfin dirigée par des souris. Elle s'est trouvée détruite cinq minutes seulement avant l'achèvement de la mission pour laquelle on l'avait construite et nous nous voyons contraints d'en construire une autre. »

Arthur n'avait relevé qu'un seul mot : « Des *souris* ?

— Effectivement, Terrien.

— Écoutez, excusez-moi mais… parlons-nous bien de ces petites choses blanches et poilues avec un net penchant pour le fromage et cette tendance à faire monter sur les tables en hurlant les femmes dans les sitcoms du début des années 60 ? »

Slartibartfast toussa poliment.

« Terrien, votre discours s'avère parfois difficile à suivre. Rappelez-vous que je suis resté endormi cinq millions d'années durant à l'intérieur de cette planète et que je ne connais pas grand-chose à ces sitcoms du début des années 60 auxquelles vous faites allusion. Ces créatures que vous appelez des souris, voyez-vous, ne sont pas du tout ce qu'elles paraissent être. Il s'agit purement et simplement de la matérialisation dans notre dimension de vastes hyperintelligences pan-dimensionnelles. Toutes ces histoires de fromage et de couinements ne sont qu'une façade. »

Le vieil homme fit une pause puis reprit, avec un froncement de sourcils plein de sympathie : « Elles vous ont pris pour cobayes, j'en ai peur. »

Arthur réfléchit à la chose une seconde puis son visage s'éclaira : « Ah ! mais non. Je vois maintenant l'origine du malentendu ! Non, si vous voulez, ce qu'il y a, c'est que nous avions l'habitude de faire des expériences sur *elles*. On les utilisait fréquemment en recherche sur le comportement, Pavlov et toute la sauce. Et donc, les souris étaient amenées à accomplir toutes sortes de tests, apprendre à déclencher une sonnette, parcourir des labyrinthes, et ce genre de choses permettait d'examiner la nature du processus d'apprentissage. À partir de nos observations sur leur comportement, nous avions pu apprendre toutes sortes de choses sur le nôtre... »

La voix d'Arthur s'était évanouie progressivement.

« Quelle subtilité ! apprécia Slartibartfast. On ne peut qu'être en admiration.

— Quoi ?

— Comment mieux camoufler leur véritable nature et comment mieux orienter votre réflexion ! S'engouffrer brusquement dans un labyrinthe dans le mauvais sens, manger le mauvais bout de fromage, tomber inopinément raide mort de myxomatose — pour peu que ce soit calculé avec précision, l'effet cumulatif doit être énorme ! » Il marqua une pause pour ménager son effet.

« Voyez-vous, Terrien, ce sont réellement des hyperintelligences pan-dimensionnelles particulièrement subtiles : votre planète et sa population formaient en réalité la matrice d'un ordinateur organique traitant un programme de recherche étalé sur dix millions d'années...

« Mais laissez-moi vous conter toute l'histoire. Cela va prendre, certes, un peu de temps...

— Le temps, souffla Arthur, ce n'est pas précisément mon premier souci. »

# Chapitre 25

Il se pose bien entendu nombre de problèmes concernant la vie parmi lesquels les plus populaires sont : *Pourquoi les gens naissent-ils ? Pourquoi meurent-ils ? Et pourquoi cherchent-ils dans l'intervalle à porter le plus souvent possible une montre à quartz numérique ?*

Il y a des milliers de millions d'années, une race d'hyperintelligences pan-dimensionnelles (dont la manifestation physique au sein de leur propre univers pan-dimensionnel n'était pas fort différente de la nôtre) en eut tellement marre de ces querelles perpétuelles sur la signification de la vie, querelles qui interrompaient sans cesse leur passe-temps favori, l'hyper-cricket-pèlerin (un jeu curieux où les gens se tapent soudain dessus sans raison immédiatement apparente, avant de détaler à toute vitesse), qu'elles décidèrent de s'asseoir un moment pour résoudre leurs problèmes une bonne fois pour toutes.

Et, à cette fin, elles se construisirent un stupéfiant superordinateur si fantastiquement intelligent qu'avant même d'être raccordé à ses banques de données, il en était, partant de : *Je pense donc je suis*, déjà parvenu à en déduire l'existence du gâteau de semoule et de l'impôt sur le revenu avant qu'on ait eu le temps de l'éteindre.

Il avait la taille d'une petite bourgade.

Sa console principale était installée dans un bureau directorial tout spécialement conçu à cet effet, posée sur un énorme bureau directorial d'ultracajou massif recouvert d'un riche cuir ultrarouge. La moquette sombre était d'une somptueuse discrétion, et plantes exotiques en pots et portraits artistement brossés des principaux programmeurs ainsi que de leur famille décoraient à profusion la pièce dont les fenêtres imposantes donnaient sur une place aux arbres régulièrement alignés.

Le jour de la Grande Mise en Route, deux programmeurs sobrement vêtus et portant mallette arrivèrent et furent discrètement introduits dans le bureau. Ils étaient conscients qu'en ce jour ils allaient représenter l'ensemble de leur race en ce moment suprême mais c'est avec une attitude empreinte de calme et de sérénité qu'ils s'assirent avec déférence devant le bureau, ouvrirent leur mallette et sortirent leur calepin relié cuir.

Leurs noms étaient Lunkwill et Fook.

Durant un moment, ils observèrent un silence respectueux puis, après avoir tranquillement consulté du regard Fook, Lunkwill se pencha vers un petit panneau noir qu'il effleura.

Un murmure imperceptible indiqua que le massif ordinateur était à présent totalement activé.

Après une pause, il leur parla d'une voix chaude et profonde.

Il leur dit : « Quelle est la noble tâche pour laquelle moi, Le Grand Pensées Profondes, le second plus grand ordinateur dans l'univers du temps et de l'espace, ai-je été appelé à l'existence ? »

Lunkwill et Fook s'entreregardèrent avec surprise.

« Ta tâche, ô Grand Ordinateur..., commença Fook.

— Non, attends une minute, ça ne va pas, intervint Lunkwill, ennuyé. Nous avions expressément conçu cet ordinateur pour en faire le plus grand jamais réalisé et il est hors de question de nous contenter d'un vulgaire second. » Il se tourna vers la machine : « Pensées Profondes, n'es-tu pas, comme nous l'avions conçu, le plus grand et le plus puissant ordinateur de tous les temps ?

— Je me suis personnellement décrit comme étant le second, entonna Pensées Profondes, et tel je suis ! »

Nouvel échange de regards ennuyés entre les deux programmeurs. Lunkwill se racla la gorge : « Il doit y avoir une erreur quelque part. N'es-tu pas un ordinateur plus grand encore que le Macro-Pantagruelectronicon de Maximegalon qui est capable de compter tous les atomes d'une étoile en une milliseconde ?

— Le Macro-Pantagruelectronicon ? dit Pensées Profondes avec un mépris non dissimulé. Un vulgaire boulier — m'en parlez pas.

— Et n'es-tu pas, enchaîna Fook en se penchant en avant avec anxiété, un plus grand analyste encore que le Méga-Superpenseur de la Septième Galaxie des Lumières Immaculées, qui est capable de calculer individuellement la trajectoire de chacun des grains de poussière d'une tempête de sable de cinq semaines sur Dangrabad Bêta ?

— Une tempête de sable de cinq semaines ? cracha Pensées Profondes, méprisant. Me demander ça, à moi qui ai contemplé les vecteurs des atomes du Big Bang soi-même ! Arrêtez de me gonfler avec ces histoires de calculette. »

Les deux programmeurs étaient plongés dans un silence embarrassé. Puis Lunkwill se pencha de nouveau et dit :

« Mais n'es-tu pas un rival plus sournois encore que le Giga-Neutronisateur Omniscient Hyperbolique d'Euclide-Torride le Merveilleux Infatigable ?

— Le Giga-Neutronisateur Omniscient Hyperbolique, dit Pensées Profondes, en roulant sciemment tous les r, pourrait casser les pieds d'un mégabaudet d'Arcturus que je serais encore capable de le faire tourner en bourrique ensuite.

— Alors, demanda Fook, où est le problème ?

— Il n'y a pas de problème ! entonna Pensées Profondes d'une voix magnifique. Je suis tout simplement le second plus grand ordinateur dans l'univers de l'espace et du temps.

— Mais, le *second* ? insista Lunkwill. Pourquoi ne cesses-tu de répéter le second ? Tu ne songes quand même pas au Multicorticoïde Perspicutron ? Ou au Réflex-O-Matic ? Ou au... »

Des éclats dédaigneux parcoururent les voyants de sa console. Il tonna : « Je ne gâcherais pas un seul bit de pensée à ces nigauds cybernétiques ! Je ne parle pas d'autre chose que de l'ordinateur qui doit me succéder ! »

Fook perdait patience. Il reposa son calepin et grommela : « J'ai comme l'impression qu'on est en train de tomber inutilement dans le messianisme.

— Vous ne savez rien de l'avenir, prononça Pensées Profondes. Et pourtant, au sein de mes circuits grouillants, je suis capable de naviguer sur l'infinité de bras du fleuve des probabilités futures et ainsi de savoir qu'un jour viendra un ordinateur dont je ne saurais encore calculer les simples paramètres de fonctionnement mais qu'il sera dans ma destinée de finalement concevoir. »

Fook poussa un gros soupir et jeta un œil a Lunkwill : « Est-ce qu'on peut enchaîner et lui poser la question ? »

Lunkwill lui fit signe d'attendre.

« Quel est cet ordinateur dont tu nous parles ?

— Je n'en dirai pas plus pour le moment, répondit Pensées Profondes. Bien. Pour le reste, vous pouvez me demander de faire ce que vous voulez. Parlez. »

Ils se regardèrent en haussant les épaules. Fook, le premier, se ressaisit :

« Ô Grand Pensées Profondes, la tâche pour laquelle nous t'avons conçu est celle-ci : nous voudrions que tu nous donnes... (une pause)... la Réponse !

— La Réponse ? dit Pensées Profondes. La Réponse à quoi ?

— À la Vie ! lança Fook, pressant.

— À l'Univers ! insista Lunkwill.

— Et au Reste ! » conclurent-ils en chœur.

Pensées Profondes ménagea un instant de réflexion.

« C'est coton, conclut-il finalement.

— Mais tu peux le faire ? »

Nouvelle pause significative.

« Oui, dit Pensées Profondes. Je peux le faire.

— Il y a bien une Réponse ? haleta Fook, surexcité.

— Une réponse simple ? ajouta Lunkwill.

— Oui, répondit Pensées Profondes. À la Vie, l'Univers et au Reste, il existe une réponse. Mais, ajouta-t-il, il va falloir que j'y réfléchisse. »

Un fracas soudain mit fin à cet instant : la porte venait de s'ouvrir à la volée, et deux hommes en colère, portant ceinture et grossière tunique bleu pâle — uniforme de l'université de Cruxwan —, jaillissaient dans la pièce, écartant les larbins qui tentaient vainement de s'interposer.

« Nous exigeons d'être reçus ! clama le plus jeune des deux, en repoussant du coude une jeune et jolie secrétaire.

— Allons, déclama l'aîné des deux, vous ne pouvez pas nous empêcher d'entrer ! » Et il repoussa un jeune programmeur de l'autre côté de la porte.

« Nous exigeons que vous ne puissiez pas nous empêcher d'entrer ! » brailla le plus jeune — bien que déjà nettement à l'intérieur et sans que personne eût fait mine de l'arrêter.

« Qui êtes-vous ? demanda Lunkwill en se levant de son siège avec colère. Que voulez-vous ?

— Je suis Majikthise ! annonça le plus vieux des deux hommes.

— Et j'exige que je sois Vroom Fondel ! » glapit le plus jeune.

Majikthise se tourna vers Vroom Fondel : « Ça va bien, expliqua-t-il avec irritation, tu n'as pas besoin d'exiger ça.

— Très bien, aboya Vroom Fondel en tapant sur le bureau le plus proche. Je *suis* Vroom Fondel et ce n'est *en rien* une exigence : c'est un *fait* concret. Ce que nous exigeons, ce sont des *faits* concrets !

— Mais non ! s'exclama Majikthise, énervé. C'est précisément ce que nous n'exigeons pas ! »

Prenant à peine le temps de respirer, Vroom Fondel beugla : « Nous n'exigeons *pas* de faits concrets ! Ce que nous exigeons, c'est une *absence totale* de faits concrets ! J'exige de pouvoir être ou ne pas être Vroom Fondel !

— Mais qui diable êtes-vous donc, enfin ? s'emporta un Fook outré.

— Nous sommes, dit Majikthise, des Philosophes.

— Quoiqu'il se pourrait bien que non, ajouta Vroom Fondel en agitant un doigt menaçant vers les deux programmeurs.

— Mais si, enfin ! insista Majikthise. Nous sommes résolument et délibérément venus au nom de l'Amalgame uni des philosophes, sages, illuminés et autres individus pensants pour exiger que soit coupée cette machine et qu'elle soit coupée *tout de suite* !

— Quel est votre problème ? demanda Lunkwill.

— Je vais vous dire quel est le problème, l'ami, dit Majikthise : la démarcation, voilà le problème !

— Nous exigeons, beugla Vroom Fondel, que la démarcation puisse être ou ne pas être le problème !

— Contentez-vous de laisser aux machines les additions, avertit Majikthise, et nous on s'occupe des vérités éternelles, ça va, merci. Vous voulez vérifier le bien-fondé juridique de notre position ? Allez-y, l'ami ! D'après les textes, la Quête de l'Ultime Vérité est tout à fait nettement l'inaliénable prérogative de vos travailleurs intellectuels. Qu'une foutue machine s'y mette et la *trouve* effectivement et on se retrouve illico au chômage, pas vrai ? Si vous préférez, à quoi bon veiller la moitié de la nuit à disputer de l'existence ou de la non-existence de Dieu quand cette sacré bon Dieu de machine pourra tourner et vous donner dès le lendemain matin son numéro de téléphone personnel ?

— C'est exact, brama Vroom Fondel, nous exigeons une *stricte* définition des zones de doute et d'incertitude ! »

Soudain, une voix de stentor résonna dans la pièce : « Me laissera-t-on faire à présent une observation ? s'enquit Pensées Profondes.

— Nous nous mettrons en grève ! glapit Vroom Fondel.

— C'est juste ! agréa Majikthise. Vous aurez sur les bras une grève nationale des philosophes ! »

Le bourdonnement dans la pièce s'accrut soudain lorsque plusieurs haut-parleurs de basses auxiliaires montés dans de conventionnels caissons sculptés et vernis relayèrent la voix de Pensées Profondes pour lui donner un surcroît de puissance.

« Tout ce que je voulais dire, beugla l'ordinateur, c'est que mes circuits sont désormais irrévocablement dévolus au calcul de la Réponse à la Question Ultime de l'Univers, de la Vie et du Reste... (il marqua une pause, satisfait d'avoir à présent obtenu l'attention de tout le monde, avant de poursuivre plus sereinement) toutefois, le déroulement de ce programme va me prendre un petit moment. »

Fook consulta sa montre avec impatience : « Combien de temps ?

— Sept millions et demi d'années », répondit Pensées Profondes.

Lunkwill et Fook se regardèrent en clignant des yeux : « Sept millions et demi d'années ! s'écrièrent-ils en chœur.

— Oui, déclama Pensées Profondes. J'avais bien dit qu'il me faudrait y réfléchir, n'est-ce pas ? Et il m'est en outre apparu que l'étude d'un tel problème serait susceptible d'éveiller auprès du public un énorme courant d'intérêt pour tout le domaine de la philosophie en général. Tout le monde va vouloir posséder sa propre théorie quant à la réponse à laquelle je finirai par aboutir et qui, mieux que vous, pourrait tirer profit d'un tel marché pour les *media* ? Aussi longtemps que vous serez capables de rester en violent désaccord et de vous alpaguer mutuellement dans la grande presse, et aussi longtemps que vous saurez garder d'habiles porte-parole, c'est le bon filon garanti à vie. Qu'est-ce que vous en dites ? »

Les deux philosophes le regardèrent bouche bée.

« Foutre Dieu, s'exclama Majikthise, voilà ce que j'appelle raisonner. Dis donc, Vroom Fondel, pourquoi n'a-t-on jamais été fichus de penser à des trucs pareils ?

— Chsais pas, murmura Vroom Fondel, plein de crainte respectueuse, je suppose que nos cerveaux doivent être surentraînés, Majikthise. »

Cela dit, ils tournèrent les talons pour sortir du bureau et entrer dans une nouvelle vie dépassant leurs plus folles espérances.

# Chapitre 26

« Oui, très édifiant, en effet, admit Arthur après que Slartibartfast lui eut à grands traits relaté cette histoire, mais je ne vois pas très bien quel est le rapport avec la Terre, les souris et tout ça...

— Ça n'était que la première moitié de l'histoire, Terrien, dit le vieillard. Si vous voulez prendre la peine de découvrir ce qu'il advint sept millions et demi d'années plus tard, au Grand Jour de la Réponse, permettez-moi de vous inviter dans mon bureau où vous pourrez faire personnellement l'expérience de ces événements grâce à nos sensoricassettes. Cela, à moins que vous ne préfériez faire un petit tour à la surface de la Nouvelle Terre. Elle n'est encore qu'à moitié achevée, j'en ai peur — nous n'avons pas encore fini d'enterrer dans la croûte les squelettes artificiels de dinosaures, sans oublier qu'il faudra encore y placer le tertiaire, le quaternaire et le cénozoïque et...

— Non merci, l'interrompit Arthur, ça ne serait pas tout à fait pareil…

— Non, admit Slartibartfast, ça ne sera plus pareil », et, faisant virer l'aérocar, il repartit en direction du mur vertigineux.

# Chapitre 27

Le bureau de Slartibartfast était un capharnaüm complet. L'équivalent des résultats d'une explosion dans une bibliothèque publique. Le vieil homme fronça les sourcils lorsqu'ils entrèrent.

« Quel malheur, s'exclama-t-il, c'est une diode de l'un des ordinateurs de survie qui a claqué : lorsque nous avons essayé de ramener à la vie notre personnel d'entretien, nous avons découvert qu'ils étaient tous morts depuis trente mille ans. Qui va nous débarrasser des cadavres, ça j'aimerais bien le savoir… Enfin, pourquoi ne pas vous asseoir par là, que je vous branche. »

Il indiqua à Arthur un siège qui semblait avoir été fabriqué avec la cage thoracique d'un stégosaure.

« Il a été fabriqué avec la cage thoracique d'un stégosaure, expliqua le vieil homme qui était parti repêcher des bouts de câble sous les piles branlantes de papiers et les instruments de dessin. Tenez, prenez donc ça », dit-il en passant à Arthur une paire de câbles aux extrémités dénudées.

À l'instant où Arthur les saisit, un oiseau lui vola droit au travers du corps.

Il se retrouva suspendu au milieu des airs, et totalement invisible. Au-dessous de lui se trouvait une place aux arbres régulièrement alignés et tout autour, à perte de vue, des immeubles de béton blanc, revêtement élégant et clair mais choix plutôt malheureux, question tenue dans le temps : beaucoup de bâtiments étaient fissurés et tachés par la pluie. Aujourd'hui toutefois, le soleil brillait, une brise légère agitait doucement les frondaisons et l'impression bizarre que tous les bâtiments fredonnaient provenait sans doute de ce que la place et les rues avoisinantes débordaient d'une foule joyeuse et bigarrée. Quelque part, on entendait jouer une fanfare, des drapeaux de couleurs vives flottaient au vent et il y avait dans l'air comme une ambiance de carnaval.

Arthur se sentait extraordinairement seul, ainsi planté en l'air au-dessus de tout ça, sans même avoir un corps à lui, mais avant qu'il n'ait eu le temps d'y réfléchir, une voix résonna sur la place, réclamant l'attention de tous.

Debout sur une estrade richement décorée, élevée devant l'édifice qui dominait la place, un homme s'adressait à la foule par l'intermédiaire d'une sono.

« Ô vous qui attendez dans l'ombre du Grand Pensées Profondes ! cria-t-il. Vous les Honorables Descendants de Vroom Fondel et de Majikthise, les Deux Plus Grands et De Loin Les Plus Passionnants Pontifes que l'Univers ait Jamais Connus... Le Temps de l'Attente est achevé ! »

Des hurlements d'enthousiasme éclatèrent dans la foule. Drapeaux, banderoles et sifflets jaillirent dans les airs. Les rues étroites se mirent à ressembler à un tas de mille-pattes retournés en train de battre des jambes.

« Sept millions et demi d'années que notre race attend ce Grand Jour d'Espoir et de Progrès ! s'écria le chef de la brigade des acclamations. Le Temps de la Réponse ! »

Des hourras frénétiques jaillirent de la foule en extase.

« Plus jamais, clama l'homme, plus jamais nous n'aurons à nous éveiller le matin en pensant : qui suis-je ? Quel est le but de ma vie ? Cela a-t-il vraiment, cosmiquement parlant, la moindre importance si je ne me lève pas pour aller travailler ? Car, aujourd'hui, nous allons enfin savoir une bonne fois pour toutes la réponse simple et claire à tous ces petits problèmes crispants de la Vie, de l'Univers et du Reste ! »

Et tandis que la foule délirait derechef, Arthur se sentit dériver doucement en direction de l'une des imposantes fenêtres du premier étage du bâtiment derrière l'estrade du haut de laquelle l'orateur haranguait la foule.

Il connut un instant de panique en se voyant foncer droit vers la vitre, vite passé quand il s'aperçut une seconde plus tard qu'il avait traversé le verre épais apparemment sans le toucher.

Dans la pièce, personne ne remarqua son étrange irruption, ce qui n'était guère étonnant vu qu'il n'était pas là : il commença à comprendre que toute cette expérience n'était tout bonnement qu'une projection qui battait toutefois à plate couture le soixante-dix millimètres six pistes.

La pièce était fort semblable à la description de Slartibartfast. En sept millions et demi d'années, elle avait été soigneusement entretenue et régulièrement nettoyée à peu près une fois par siècle. Le bureau d'ultracajou était usé sur les bords, la moquette un peu passée, mais le grand terminal d'ordinateur trônait toujours glorieusement sur le dessus de cuir du bureau, aussi étincelant que s'il avait été fabriqué de la veille.

Deux hommes en costume sévère étaient respectueusement assis devant la console et attendaient.

« L'instant est proche », dit le premier, et Arthur fut surpris de voir un mot se matérialiser soudain dans les airs juste sous le cou de l'homme.

Le mot était LOONQUAWL et il clignota deux fois avant de disparaître. Avant qu'Arthur ait pu assimiler ce fait, l'autre homme parla et le mot PHOUCHG apparut également près de son cou.

« Il y a soixante-quinze mille générations, nos ancêtres ont mis en route ce programme, dit le second homme, et depuis tout ce temps, nous allons être les premiers à entendre parler l'ordinateur.

— Intimidante perspective, Phouchg ! » agréa le premier, et Arthur comprit soudain qu'il voyait un enregistrement avec sous-titres.

« Nous sommes, dit Phouchg, ceux qui allons entendre la Réponse à la Grande Question de la Vie... !

— De l'Univers ! enchaîna Loonquawl.

— Et du Reste !

— Chut ! fit Loonquawl avec un petit geste. Je crois que Pensées Profondes s'apprête à parler ! »

Il y eut un instant d'expectative tandis que sur la console les tableaux prenaient lentement vie. Après quelques clignotements expérimentaux, les lumières s'établirent sur un rythme affairé, en même temps qu'un doux murmure grave apparaissait sur le canal audio.

« Bonjour ! dit enfin Pensées Profondes.

— Euh... Bonjour, ô Pensées Profondes, dit Loonquawl, nerveux. Est-ce que tu n'aurais pas... euh... c'est-à-dire...

— Une réponse pour vous ? le coupa majestueusement Pensées Profondes. Oui, j'en ai une. »

Les deux hommes frémirent d'expectative : leur patience n'avait pas été vaine.

« Il y en a vraiment une ? haleta Phouchg.

— Il y en a vraiment une, confirma Pensées Profondes.

— À tout ? À la Grande Question de la Vie, de l'Univers et du Reste ?

— Oui. »

Les deux hommes s'étaient préparés pour ce moment, leur vie y avait été entièrement consacrée, on les avait sélectionnés dès la naissance pour être ceux qui assisteraient à cet instant de la Réponse et, malgré tout, ils se retrouvèrent à béer et se tortiller sur leur siège comme des gamins surexcités.

« Et tu es prêt à nous la fournir ? insista Loonquawl.

— Oui.

— Maintenant ?

— Maintenant », confirma Pensées Profondes.

Ils humectèrent tous les deux leurs lèvres desséchées.

« Bien que, ajouta Pensées Profondes, je ne pense pas qu'elle vous plaise.

— Pas d'importance ! dit Phouchg. Nous devons la connaître. Maintenant !

— Maintenant ? insista Pensées Profondes.

— Oui ! Maintenant…

— D'accord », dit l'ordinateur, qui retomba dans le silence. Les deux hommes ne tenaient plus en place. La tension était proprement insoutenable.

« Elle ne va franchement pas vous plaire, observa Pensées Profondes.

— Dis-la-nous quand même !

— D'accord, dit Pensées Profondes. La réponse à la grande Question…

— Oui… !

— De la Vie, de l'Univers et du Reste…, poursuivit Pensées Profondes.

— Oui… !

— C'est..., dit Pensées Profondes, marquant une pause.

— Oui... ! ?

— C'est...

— *Oui... ! ! ! ... ?*

— Quarante-deux », dit Pensées Profondes, avec infiniment de calme et de majesté.

# Chapitre 28

Un long moment s'écoula avant que quelqu'un reprenne la parole.

Du coin de l'œil, Phouchg pouvait apercevoir l'océan des visages expectatifs, en bas sur la place. Il murmura : « On va se faire lyncher, hein ?

— J'avoue que la mission était délicate, observa avec douceur Pensées Profondes.

— Quarante-deux ! cria Loonquawl. Et c'est tout ce que t'as à nous montrer au bout de sept millions et demi d'années de boulot ?

— J'ai vérifié très soigneusement, dit l'ordinateur, et c'est incontestablement la réponse exacte. Je crois que le problème, pour être tout à fait franc avec vous, est que vous n'avez jamais vraiment bien saisi la question.

— Mais c'était la Grande Question ! La Question Ultime de la Vie, de l'Univers et du Reste ! mugit Loonquawl.

— Oui », répondit Pensées Profondes, du ton de celui qui doit supporter vaillamment des imbéciles. « Mais quelle est-elle au juste ? »

Un silence stupéfait gagna lentement les deux hommes comme ils contemplaient l'ordinateur puis se dévisageaient.

« Eh ben... si tu veux, c'est simplement... euh... enfin, tout ça... tout ça... enfin, tout le reste..., hasarda faiblement Phouchg.

— Exactement ! dit Pensées Profondes. Ainsi donc, une fois que vous connaîtrez exactement la question, vous saurez ce que signifie la réponse.

— Oh ! terrible ! marmonna Phouchg en posant son calepin pour essuyer une larme furtive.

— Bon, d'accord, d'accord, intervint Loonquawl. Alors peux-tu simplement nous *dire*, s'il te plaît, la question ?

— La Question Fondamentale ?

— Oui !

— De la Vie, de l'Univers et du Reste ?

— Oui ! »

Pensées Profondes réfléchit un moment.

« C'est coton, admit-il.

— Mais peux-tu le faire ? » s'écria Loonquawl.

Pensées Profondes réfléchit à cela un long moment encore.

Et finalement, dit avec fermeté : « Non. »

Les deux hommes s'effondrèrent sur leur siège, en proie au désespoir.

« Mais je peux vous dire qui le peut », ajouta Pensées Profondes. Ils levèrent vers lui un regard scrutateur.

« Qui ? Dis-le-nous-le !

— ...

Soudain, Arthur sentit ses cheveux apparemment inexistants commencer à se hérisser en se retrouvant en train d'avancer lentement mais inexorablement vers la console, mais il ne s'agissait que d'un effet de gros plan opéré sans doute par le réalisateur de l'enregistrement.

« Je ne parle pas d'autre chose que de l'ordinateur qui doit me succéder, déclama Pensées Profondes en retrouvant son ton oratoire coutumier. Un ordinateur dont je ne saurais encore calculer les simples paramètres de fonctionnement — mais que je concevrai néanmoins pour vous. Un ordinateur susceptible de calculer la Question à l'Ultime Réponse. Un ordinateur d'une si infiniment subtile complexité que la vie organique elle-même fera partie intégrante de ses unités de calcul. Et vous-mêmes prendrez forme nouvelle et pénétrerez dans l'ordinateur pour naviguer au long des dix millions d'années de son programme ! Oui ! Et je concevrai cet ordinateur pour vous. Et le nommerai également pour vous. Et on l'appellera... La Terre. »

Phouchg regardait Pensées Profondes, bouche bée.

« Quel nom idiot », remarqua-t-il, et de grandes fissures apparurent tout le long de son corps. Loonquawl également se retrouva soudain parcouru d'horribles déchirures surgies de nulle part. La console de l'ordinateur se boursoufla, se craquela, les murs frémirent et s'effritèrent, et toute la pièce alla s'écrabouiller contre son propre plafond.

Slartibartfast se tenait devant Arthur, avec les deux câbles dans la main.
« Fin de la bande », expliqua-t-il.

# Chapitre 29

« Zaphod ! Réveille-toi !

— Mmmmmmmmmwwwwwwrrrrrumm ?

— Allez, réveille-toi !

— Laisse-moi me cantonner à ce dont je suis capable, vu ? marmonna Zaphod avant de s'enrouler à nouveau vers le sommeil.

— Tu veux que je te botte le train ? dit Ford.

— Est-ce que franchement ça te ferait plaisir ? demanda Zaphod, hagard.

— Non.

— Moi non plus. Alors, à quoi bon ? Cesse de m'emmerder. » Zaphod se roula en boule.

« Il s'est chopé une double ration de gaz, expliqua Trillian en se penchant sur lui. Avec ses deux trachées…

— Et cessez tous de parler, dit Zaphod, j'ai déjà bien assez de mal à essayer de dormir. Qu'est-ce qui est arrivé au sol ? Qu'il est tout froid et tout dur ?

— C'est de l'or », expliqua Ford.

Exécutant une surprenante figure de ballet, Zaphod se retrouva debout en train de scruter l'horizon, vu que le sol en or s'étendait effectivement dans toutes les directions, parfaitement lisse et ferme. Il brillait comme… impossible de dire comme quoi il brillait car rien dans l'Univers ne peut briller tout à fait comme une planète en or massif.

« Qui a mis tout ça ici ? glapit Zaphod, les yeux en boule de loto.

— T'excite pas, dit Ford, ce n'est qu'un catalogue.

— Un quoi ?

— Un catalogue, expliqua Trillian, une illusion.

— Comment pouvez-vous dire ça ? » s'exclama Zaphod en tombant à quatre pattes pour contempler le sol. Il le tapa, le tâta : il était très massif et très légèrement malléable — de l'ongle il pouvait le rayer. C'était un sol très jaune et très brillant et lorsque Zaphod souffla dessus, la buée s'en évapora de la manière bien particulière et significative qu'a la buée de s'évaporer de l'or massif.

« Trillian et moi, on est revenus à nous il y a quelque temps déjà, expliqua Ford. On a crié et gueulé jusqu'à ce quelqu'un vienne et puis on a continué de crier et de gueuler jusqu'à ce qu'ils en aient marre et nous fourrent dans leur catalogue de planètes, histoire de nous occuper en attendant de savoir que faire de nous. Tout ça, c'est une sensoricassette. »

Zaphod la dévisagea avec amertume.

« Et merde, s'exclama-t-il, vous me tirez de mes excellents rêves personnels simplement pour me montrer ceux d'un autre. » Il s'assit avec un soupir.

Puis demanda : « C'est quoi, cette série de vallées, là-bas ?

— C'est le poinçon, dit Ford. On a été voir.

— On ne vous a pas réveillé plus tôt : avec la dernière planète on était dans le poisson jusqu'aux genoux.

— Le poisson ?

— Les gens ont de ces goûts bizarres.

— Et avant ça, reprit Ford, on a eu droit à du platine. Plutôt assommant. On s'est dit que t'aimerais quand même voir celle-ci. »

Où qu'ils regardent, ils étaient éblouis par les éclats d'un véritable océan de lumière.

« Très joli », dit Zaphod avec humeur.

Dans le ciel apparut un gigantesque numéro de référence, vert. Il clignota et changea et lorsqu'ils regardèrent à nouveau autour d'eux, le paysage avait fait de même.

Comme un seul homme, ils s'écrièrent : « Ouch ! »

La mer était pourpre. La plage sur laquelle ils se tenaient était formée de minuscules galets verts et jaunes — à n'en pas douter, des pierres terriblement précieuses. Les montagnes dans le lointain semblaient douces et soulignées de pics rouges. À proximité se trouvait une table de jardin en argent massif avec un parasol parme à pompons d'argent.

Dans le ciel, à la place du numéro de catalogue s'inscrivit une annonce gigantesque disant : *Quels que soient vos goûts, Magrathéa pourra les satisfaire : Nous ne sommes pas fiers.*

Et cinq cents femmes entièrement nues tombèrent alors du ciel en parachute.

En quelques instants, la scène avait disparu, laissant place à une prairie printanière et pleine de vaches.

« Oh ! mes têtes ! gémit Zaphod.

— Tu veux qu'on en parle ? demanda Ford.

— Ouais, d'accord », dit Zaphod, et tous trois s'assirent en ignorant délibérément les scènes qui continuaient de se succéder autour d'eux.

« Voilà ce que je suppose, commença Zaphod. Quoi qu'ait pu subir mon esprit, c'est moi qui l'ai fait. Et je l'ai fait de telle sorte que cela demeure indétectable par les tests du gouvernement. Et que je n'en sache rien moi-même. Plutôt déjanté, non ? »

Les deux autres opinèrent du bonnet.

« Alors, je me dis, qu'y a-t-il de si secret que je ne puisse permettre à personne de savoir que je le sais, pas même le gouvernement galactique, pas même moi ? Et la réponse est : je ne sais pas. Évidemment. Mais si je rassemble quelques éléments épars, je peux commencer à deviner : quand ai-je décidé de me présenter à la présidence ? Peu après la disparition du président Yooden Vranx. Tu te rappelles Yooden, Ford ?

— Ouais, dit Ford, c'était ce type qu'on avait rencontré étant gosse, un capitaine arcturien. Un sacré numéro ! C'est lui qui nous avait offert des marrons le jour où tu t'es pointé sur son mégacargo. Il disait que t'étais le gamin le plus surprenant qu'il ait jamais vu.

— Qu'est-ce que c'est que toute cette histoire ? demanda Trillian.

— De l'histoire ancienne, dit Ford. Du temps où on était gosses sur Bételgeuse. Les mégacargos arcturiens effectuaient la plupart des transports de vrac entre le Centre galactique et les régions périphériques. Les éclaireurs commerciaux de Bételgeuse prospectaient les marchés que les Arcturiens approvisionnaient ensuite. Nombreuses étaient les escarmouches avec les pirates de l'espace avant qu'ils ne soient balayés par les Guerres dormiyères, aussi les mégacargos avaient-ils dû être équipés des plus fantastiques champs de protection que connût la science galactique de l'époque. C'étaient de véritables monstres absolument gigantesques. En orbite autour d'une planète, ces vaisseaux éclipsaient le soleil.

« Un jour, le jeune Zaphod, ici présent, décide d'en prendre un à l'abordage. Avec un vulgaire trijet prévu simplement pour le vol stratosphérique, lui, un simple gosse ! Je lui dis de laisser tomber, c'était complètement loufoque. Je l'ai quand même accompagné vu que j'avais parié un bon paquet sur son échec et que je ne voulais pas qu'il revienne avec des preuves bidon. Et que croyez-vous qu'il arriva ? On embarque sur le trijet qu'il avait trafiqué au point que c'était quelque chose d'entièrement différent, on se tape trois parsecs en l'affaire de quelques semaines, on se pointe dans le mégacargo que je ne sais toujours pas comment, on marche sur la passerelle en brandissant nos revolvers en plastique et on demande des marrons. Jamais vu un truc aussi dingue. Ça m'a coûté un an d'argent de poche. Et tout ça pour quoi ? Des marrons !

— Le capitaine était ce type vraiment incroyable, Yooden Vranx ! enchaîna Zaphod. Il nous offrit à manger, à boire — de la gnôle en provenance des coins les plus bizarres de la Galaxie —, on a eu des tas de marrons, bien sûr, enfin, on a fait une bringue pas possible ! Et puis il nous a réexpédiés par téléportation. Directement dans le quartier de haute sécurité de la prison d'État de Bételgeuse. Un type extra. Il a fini par devenir Président de la Galaxie. »

Zaphod fit une pause. La scène autour d'eux était à présent plongée dans la pénombre. Des brumes ténébreuses s'enroulaient autour d'eux tandis que d'indistinctes silhouettes éléphantesques rôdaient dans l'ombre.

L'air était par moments déchiré par les cris de créatures illusoires dévorant d'autres illusoires créatures.

Il fallait donc bien supposer qu'un nombre suffisant de clients appréciaient ce genre de choses pour qu'on pût en faire une proposition commerciale.

« Ford, dit calmement Zaphod.

— Mouais ?

— Juste avant sa mort, Yooden est venu me voir.

— Quoi ? Tu ne m'en as jamais parlé.

— Non.

— Que t'a-t-il dit ? Pourquoi était-il venu te voir ?

— Il m'a parlé du *Cœur-en-Or*. C'était son idée que je le dérobe.

— *Son* idée ?

— Ouais, dit Zaphod, et le seul moyen possible de le faire, c'était lors de la cérémonie de lancement. »

Ford le considéra, bouche bée, quelques instants, puis il éclata d'un rire rugissant : « Es-tu en train de me dire que tu t'es arrangé pour devenir Président de la Galaxie rien que pour dérober ce vaisseau ?

— C'est cela même », dit Zaphod avec ce genre de sourire qui conduit en général à boucler les gens entre quatre murs capitonnés.

« Mais pourquoi ? insista Ford. Qu'y a-t-il de si important à l'avoir ?

— Chsais pas, avoua Zaphod. Je pense que si j'avais su consciemment ce qu'il avait de si important, et par quel moyen l'obtenir, ce serait apparu lors de mes tests et jamais je ne les aurais réussis. Je pense que Yooden m'a encore dit un tas de choses qui restent toujours bloquées.

— Alors, tu crois que tu es allé trifouiller à l'intérieur de ton cerveau à la suite de ce que t'a raconté Yooden ?

— C'était un sacré beau parleur.

— D'accord, mais, Zaphod, vieille branche, tu as quand même envie de prendre soin de toi, n'est-ce pas ? »

Zaphod haussa les épaules.

« Je veux dire, tu n'aurais pas le moindre soupçon des raisons ayant conduit à tout ça ? » demanda Ford.

Zaphod réfléchit intensément et le doute sembla traverser son esprit.

« Non, dit-il enfin, je n'ai pas l'impression d'être dans mes propres secrets. Pourtant, ajouta-t-il après réflexion, ça, je peux encore le comprendre : je ne me fierais pas plus à moi-même qu'au premier rat venu. »

Un moment après, la dernière planète du catalogue disparut de dessous leurs pieds et le monde réel réapparut :

Ils étaient assis dans une salle d'attente cossue, emplie de tables basses à plateau de verre et garnie de trophées d'esthétique industrielle.

Un Magrathéen de haute stature se tenait devant eux.

« Les souris vont vous recevoir », leur dit-il.

# Chapitre 30

« Et voilà toute l'histoire », conclut Slartibartfast, tout en essayant sans grande conviction de déblayer l'affligeante pagaille de son bureau. Il prit une feuille de papier sur le haut d'une pile puis, faute d'un autre endroit où la poser, la remit sur la pile initiale qui s'empressa de s'effondrer. « Pensées Profondes a conçu la Terre, nous l'avons fabriquée et vous, vous viviez dessus.

— Et les Vogons sont arrivés et ont tout détruit cinq minutes avant l'achèvement du programme », compléta Arthur, non sans amertume.

« Oui, confirma le vieil homme, marquant une pause pour embrasser la pièce d'un regard désespéré. Un plan de dix millions d'années et tout disparaît, juste comme ça. Dix millions d'années, Terrien… pouvez-vous concevoir une telle période de temps ? Une civilisation galactique aurait cinq fois le temps de se développer à partir d'un simple ver, dans l'intervalle.

« Disparu. »

Nouvelle pause. Puis il ajouta : « Bon, tout ça, pour vous, c'est de la bureaucratie.

— Vous savez, remarqua Arthur, songeur, tout cela explique un tas de choses : toute ma vie durant, j'ai eu cette étrange et vague sensation que quelque chose dans le monde était à l'œuvre, quelque chose d'énorme, voire de sinistre, et que personne ne voulait me dire quoi.

— Non, dit le vieil homme, ça, ce n'est que de la paranoïa parfaitement normale. Tout le monde ressent ça, dans l'univers.

— Tout le monde ? dit Arthur. Eh bien, si tout le monde le ressent, peut-être que ça signifie quelque chose ? Peut-être que quelque part au-delà des limites de l'univers que nous connaissons…

— Peut-être. Mais qu'importe ? coupa Slartibartfast avant qu'Arthur ne s'excite trop. Peut-être suis-je trop vieux et las, poursuivit-il, mais je persiste à croire que les chances de découvrir de quoi il retourne réellement sont si absurdement ténues que la seule chose à faire est encore d'y mettre un couvercle et de s'efforcer de penser à autre chose. Tenez, moi par exemple : je dessine des côtes. J'ai même remporté un prix pour ma Norvège. »

Il farfouilla dans une pile de débris et en tira un gros bloc de Plexiglas avec son nom inscrit dessus et dans lequel était incluse une maquette de la Norvège.

« Y a-t-il un sens à tout ça ? Pas que je sache. J'ai passé ma vie à faire des fjords. À un moment donné, ils sont devenus à la mode et ça m'a valu un grand prix. » Il le fit tourner entre ses mains, haussa les épaules, puis le balança négligemment (mais pas négligemment au point de ne pas le faire atterrir sur quelque chose de mou).

« Pour cette Terre de remplacement que nous construisons, on m'a donné l'Afrique à faire et, bien entendu, je lui mets de nouveau plein de fjords parce qu'il se trouve que j'aime ça et puis je suis assez vieux jeu pour estimer qu'ils donnent un adorable côté baroque à un continent. Et voilà qu'on m'explique que ce n'est pas assez équatorial ! Équatorial ! » Il eut un rire creux. « Quelle importance ? La science a certes quelques magnifiques réussites à son actif mais à tout prendre, je préfère de loin être heureux plutôt qu'avoir raison.

— Et l'êtes-vous ?

— Non. C'est là bien sûr tout le problème.

— C'est moche, compatit Arthur. Ça paraissait pourtant une existence sympa, sinon ! »

Quelque part sur le mur, une petite lampe blanche clignota.

« Allons, dit Slartibartfast. Vous allez rencontrer les souris. Votre arrivée sur la planète a provoqué une émotion considérable. Elle a déjà été proclamée, c'est du moins ce que j'ai cru comprendre, le Troisième Plus Improbable Événement dans l'Histoire de l'Univers.

— Et quels furent les deux premiers ?

— Oh ! sans doute de pures coïncidences », dit négligemment Slartibartfast. Il ouvrit la porte et s'effaça pour laisser passer Arthur.

Arthur regarda autour de lui encore une fois puis baissa les yeux sur sa propre personne, ces vêtements en désordre et trempés de sueur qu'il avait traînés dans la boue le jeudi matin.

Il bredouilla : « J'ai comme l'impression d'avoir moi-même de considérables difficultés avec ma propre existence.

— Je vous demande pardon ? demanda doucement le vieil homme.

— Oh ! rien, dit Arthur. Je plaisantais. »

# Chapitre 31

Il est certes bien connu que les paroles imprudentes peuvent coûter des vies mais l'étendue réelle du problème n'est pas toujours perçue dans toute sa dimension.

Par exemple, à l'instant même où Arthur disait : « J'ai comme l'impression d'avoir moi-même de considérables difficultés avec ma propre existence », un trou aléatoire s'ouvrit dans la trame de l'espace-temps qui ramena ses paroles très, très, très loin dans le passé, à travers des étendues d'espace quasiment infinies, jusque vers une galaxie lointaine où d'étranges et belliqueuses créatures étaient en équilibre au seuil d'une effroyable bataille interstellaire.

Les deux chefs adverses se rencontraient pour la dernière fois.

Un silence menaçant tomba sur la salle de conférences lorsque le commandant des Vl'Urghs, resplendissant dans son short de combat noir incrusté de pierreries, regarda droit dans les yeux le chef des G'Grumphs, accroupi en face de lui dans un nuage de vapeur verte et doucement parfumée, et (tandis qu'un million de luisants croiseurs stellaires horriblement armés n'attendaient qu'un mot pour lâcher leur mort électrique) mit au défi la répugnante créature de retirer ce qu'elle venait de dire à propos de sa mère.

La créature frémit dans son écœurant bain de vapeur bouillonnante et, à cet instant précis, les mots *j'ai comme l'impression d'avoir moi-même de considérables difficultés avec ma propre existence* flottèrent au-dessus de la table des négociations.

Malheureusement, dans la langue des Vl'Urghs, c'était là la plus épouvantable insulte imaginable, celle qui ne pourrait être lavée qu'au prix de siècles d'une guerre terrible.

Bien sûr, après que leur galaxie eut été décimée durant quelques millénaires, on finit par s'apercevoir que tout cela était le résultat d'une affreuse méprise, et, en conséquence, les deux flottes adverses décidèrent de faire litière de leurs ultimes différends, afin de lancer une attaque concertée sur notre propre Galaxie, désormais nettement identifiée comme étant la source de la remarque insultante.

Durant quatre mille ans encore, les puissants astronefs déchirèrent les déserts vides de l'espace pour finalement plonger, hurlants, sur la première planète qu'ils croisèrent — qui se trouvait être la Terre — et où, à cause d'une terrible erreur d'échelle, l'ensemble de la flotte de guerre devait être accidentellement avalée par un petit chien.

Ceux qui étudient les interactions complexes des causes et des effets dans l'histoire de l'univers expliquent que ce genre de choses se produit en permanence mais que nous ne pouvons rien y faire.

« C'est la vie », disent-ils.

Un bref saut d'aérocar conduisit Arthur et le vieux Magrathéen devant une porte. Ils quittèrent le véhicule et pénétrèrent dans une salle d'attente cossue, pleine de tables basses à plateau de verre et garnie de trophées d'esthétique industrielle. Presque immédiatement, une ampoule s'alluma au-dessus de la porte à l'autre bout de la pièce et ils entrèrent.

« Arthur ! Vous êtes sauf ! s'écria une voix.

— Vous en êtes sûrs ? s'étonna l'intéressé. À la bonne heure. »

L'éclairage était plutôt tamisé et il lui fallut un petit moment pour parvenir à distinguer Ford, Trillian et Zaphod, assis autour d'une vaste table merveilleusement garnie de plats exotiques, de friandises étranges et de fruits bizarres. Ils étaient en train de s'en mettre plein la lampe.

« Que vous est-il arrivé ? demanda Arthur.

— Eh bien, dit Zaphod en attaquant un solide morceau de bidoche grillée, nos hôtes ici présents nous ont gazés, lavé le cerveau, enfin bref, passablement maltraités et ils nous offrent donc à présent cet assez somptueux repas pour nous dédommager. Tenez, dit-il en brandissant un bout de viande à l'odeur répugnante, prenez donc cette côtelette de rhino végan. C'est délicieux pour ceux qui aiment ce genre de choses.

— Des hôtes ? l'interrompit Arthur. Quels hôtes ? Je ne vois personne… »

Une petite voix dit alors : « Bon appétit, créature de la Terre ! »

Arthur regarda autour de lui et poussa un cri soudain :

« Arrrgh ! Il y a des souris sur la table ! »

Il y eut un silence gêné tandis que tout le monde gratifiait Arthur d'un regard lourd de sous-entendus.

De son côté, il était totalement abîmé dans la contemplation de deux souris blanches assises sur la table dans ce qui ressemblait à des verres à whisky. Entendant le silence, il regarda chacun des membres de l'assistance.

« Oh ! dit-il en comprenant soudain. Oh ! je suis désolé, je ne m'attendais pas tout à fait à…

— Laissez-moi faire les présentations, l'interrompit Trillian. Arthur, voici Bennie…

— Salut ! » dit l'une des souris. Ses moustaches effleurèrent ce qui devait être un microcontact à l'intérieur de son espèce de verre à whisky et il s'avança légèrement.

« Et voici Frankie. »

L'autre souris dit : « Ravi de vous connaître », et s'avança de même.

Arthur était bouche bée : « Mais ce ne seraient pas…

— Oui, dit Trillian, ce sont bien les souris que j'ai amenées avec moi de la Terre. »

Elle le regarda droit dans les yeux et Arthur crut y déceler comme l'ombre d'un haussement d'épaules résigné. « Pourriez-vous me passer ce plat de gratin de mégabaudet d'Arcturus ? » demanda-t-elle.

Slartibartfast toussa poliment : « Euh, excusez-moi...

— Oui, merci Slartibartfast, dit sèchement Bennie. Vous pouvez disposer.

— Comment ? Oh... euh... très bien, dit le vieil homme, légèrement pris de court. Je m'en vais retourner m'occuper un peu de mes fjords, dans ce cas...

— Ah ! Eh bien, en fait, ça ne sera plus nécessaire, dit Frankie. J'ai comme la nette impression que nous n'allons plus avoir besoin de la Nouvelle Terre. » Il fit rouler ses petits yeux roses. « À présent que nous avons trouvé un natif de cette planète qui se trouvait encore sur place quelques secondes seulement avant sa destruction.

— Quoi ? s'exclama Slartibartfast, horrifié. Vous ne parlez pas sérieusement ! J'ai un millier de glaciers en train, prêts à recouvrir l'Afrique !

— Eh bien, vous pourrez toujours vous prendre quelques jours de vacances pour aller y faire du ski avant de tout démonter, dit Frankie, acide.

— Y faire du ski ! s'offusqua le vieil homme. Ces glaciers sont des œuvres d'art ! Des contours élégamment sculptés, des aiguilles de glace élancées, des crevasses profondes et majestueuses ! Ce serait un sacrilège que d'aller skier sur du grand art !

— Merci, Slartibartfast, dit Bennie avec fermeté. Ce sera tout.

— Oui, monsieur », répondit le vieil homme, glacial, merci beaucoup. » Il se tourna vers Arthur : « Eh bien, adieu Terrien, j'espère que votre existence va finir par s'améliorer. » Et après un bref signe de tête au reste de l'assistance, il se tourna et sortit tristement de la salle.

Arthur le regarda partir sans savoir que dire.

« Et maintenant, lança Bennie, au travail ! »

Ford et Zaphod choquèrent leurs verres :

« Au travail ! lancèrent-ils en chœur.

— Je vous demande pardon ? » fit Bennie.

Ford se tourna : « Désolé. Je pensais que vous proposiez un toast. »

Les deux souriceaux se trémoussèrent avec impatience dans leur verre ambulant. Ils se rassirent enfin et Bennie s'avança pour s'adresser à Arthur : « À présent, créature de la Terre, notre situation est en effet celle-ci : nous avons, comme vous le savez, plus ou moins dirigé votre planète au cours de ces dix derniers millions d'années, dans le but de découvrir ce foutu truc qu'on appelle la Question Fondamentale.

— Pourquoi ? demanda sèchement Arthur.

— Non, celle-là on y a déjà pensé, l'interrompit Frankie : *Pourquoi ? — Quarante-deux...* vous voyez bien : ça ne colle pas.

— Non, corrigea Arthur, je voulais dire : pourquoi avez-vous fait ça ?

— Oh ! je vois ! dit Frankie. Eh bien, en fin de compte, par simple habitude, je crois, pour être tout à fait honnête. Et c'est bien là plus ou moins la question — on en a ras les moustaches de tout le bastringue et, franchement, l'idée de devoir tout recommencer à cause de ces Vogons pleins d'épines me fait littéralement grimper aux murs, si vous voyez ce que je veux dire. Ce n'est que par le plus heureux des hasards que Bennie et moi, ayant terminé notre tâche spécifique, avions quitté plus tôt la planète pour de brèves vacances et depuis, nous avons pu manœuvrer pour regagner Magrathéa grâce aux bons offices de vos amis.

— Magrathéa est une porte pour regagner notre propre dimension, indiqua Bennie.

— Depuis notre arrivée, poursuivit son congénère, nous avons déjà reçu une offre de contrat tout à fait juteux pour retourner faire pour la 5-D une tournée de conférences et de débats dans notre dimension, là-bas par chez nous, et nous sommes très tentés d'accepter.

— Moi, je le serais, s'empressa de dire Zaphod. Pas toi, Ford ?

— Oh ! oui, renchérit Ford. Sautez sur l'occasion, en vitesse ! »

Arthur les considéra en se demandant où on allait en venir.

« Mais il faut qu'on ait un *produit*, vous comprenez bien, dit Frankie. Si vous voulez, dans l'idéal, nous avons encore besoin, sous une forme ou une autre, de la Question Fondamentale. »

Zaphod se pencha vers Arthur : « Vous les voyez, expliqua-t-il, s'asseoir dans le studio, l'air très détendu et — imaginez un peu ! — mentionner tranquillement qu'ils connaissent la Réponse à la Question de la Vie, de l'Univers et du Reste et finalement devoir admettre que cette réponse est en fait *quarante-deux*... eh bien, leur série risquerait fort de tourner court : plus de suite possible, comprenez-vous ?

— Il nous faut à tout prix quelque chose qui *se tienne*, confirma Bennie.

— Quelque chose qui *se tienne* ! s'exclama Arthur. Une Question Fondamentale qui *se tienne* ? Posée par deux souris blanches ? »

Les souris se hérissèrent.

« Eh bien, si vous voulez, je dis *oui* à l'idéalisme, *oui* à la dignité de la recherche pure, *oui* à la poursuite de la vérité sous toutes ses formes, mais vient un point, j'en ai peur, où on commence à soupçonner que s'il doit exister une *réelle* vérité, c'est bien que toute l'infinité pluridimensionnelle de l'univers est presque certainement dirigée par un tas de louftingues. Et si je dois choisir entre passer encore dix millions d'années pour trouver ça et, d'un autre côté, ramasser l'oseille et me tirer en courant, alors pour une fois, je veux bien faire de l'exercice, dit Frankie.

— Mais..., commença Arthur, sans espoir.

— Eh ! allez-vous piger, Terrien ? l'interrompit Zaphod. Vous êtes un produit issu de la dernière génération de cette matrice de calcul, bon, et vous êtes resté là-bas jusqu'au dernier moment, celui où la planète s'est fait dégommer, hein ?

— Euh...

— Eh bien, donc, ton cerveau était organiquement lié à l'avant-dernière configuration du programme de l'ordinateur, enchaîna Ford, avec un certain bon sens, lui sembla-t-il.

— Vrai ? insista Zaphod.

— Ben », dit Arthur, dubitatif. Il n'avait pas l'impression de s'être jamais senti organiquement lié à quoi que ce soit. Il avait d'ailleurs toujours considéré cela comme l'un de ses problèmes majeurs.

« En d'autres termes, dit Bennie tout en dirigeant son curieux petit véhicule droit sur Arthur, il y a de bonnes chances que la structure de la question se trouve codée dans la structure même de votre cerveau — aussi désirerions-nous vous l'acheter.

— Quoi ? La question ? dit Arthur.

— Oui ! dirent Ford et Trillian.

— Pour un tas d'argent ! renchérit Zaphod.

— Non, non, intervint Frankie. C'est le cerveau que nous voulons acheter.

— Quoi ?

— Allons donc, qui le regretterait ? remarqua Bennie.

— Je croyais que vous aviez dit que vous étiez capables de le décrypter par des moyens électroniques ! protesta Ford.

— Oh ! oui, expliqua Frankie, mais il nous faut l'extraire d'abord : il faut bien le préparer…

— Le traiter…, ajouta Bennie.

— Le découper…

— Merci bien, s'écria Arthur, renversant sa chaise et s'écartant de la table avec horreur.

— On pourrait toujours le remplacer, émit Bennie sur un ton raisonnable, si vous pensez que c'est important.

— Oui, par un cerveau électronique, ajouta Frankie, un modèle simple pourrait suffire.

— Un modèle simple ! vagit Arthur.

— Ouais, dit Zaphod avec un mauvais sourire soudain, vous n'auriez qu'à le programmer pour dire : *Quoi ? Je ne comprends pas* et *Où peut-on trouver du thé ?* — qui pourrait faire la différence ?

— Quoi ? s'exclama Arthur en reculant encore plus loin.

— Vous voyez ce que je veux dire ? fit Zaphod, en poussant un hurlement de douleur à cause de ce que Trillian venait de lui faire.

— *Moi*, je ferais la différence, dit Arthur.

— Même pas, dit Frankie : on vous programmerait pour ne pas la noter. »

Ford se dirigea vers la porte.

« Écoutez, je suis désolé, les souris, mais je ne pense pas qu'on puisse s'entendre.

— Je penserais plutôt qu'il faut qu'on s'entende », répondirent en chœur les souris (et toute trace de charme avait soudain disparu de leurs petites voix pointues). Avec un minuscule couinement, leurs deux verres volants s'élevèrent audessus de la table pour foncer dans les airs en direction d'Arthur qui, trébuchant, se retrouva acculé dans un coin, totalement incapable de décider ou de penser quoi que ce soit.

Trillian le prit par le bras et tenta désespérément de le haler jusqu'à la porte que Ford et Zaphod se débattaient pour ouvrir, mais Arthur était un poids mort — il semblait hypnotisé par les deux rongeurs volants fondant sur lui.

Elle lui hurla dessus mais il se contenta de béer.

Dans un ultime effort, Fort et Zaphod parvinrent à ouvrir la porte. De l'autre côté les attendait un petit comité de bonshommes passablement laids, sans doute (supposèrent-ils) la pire lie de Magrathéa : non seulement étaient-ils déjà hideux par eux-mêmes, mais l'équipement médiéval qu'ils arboraient en plus était loin d'être joli. Ils chargèrent.

Donc : Arthur était à deux doigts d'avoir le crâne ouvert,

Trillian était incapable de l'aider,

et Ford et Zaphod étaient sur le point de se faire attaquer par quelques affreux considérablement plus lourds et mieux armés qu'eux.

L'un dans l'autre, il semble extrêmement heureux qu'à cet instant même toutes les alarmes de la planète éclatèrent en un tintamarre assourdissant.

# Chapitre 32

*Alerte ! Alerte !* bramèrent les klaxons dans tout Magrathéa. *Atterrissage d'un vaisseau hostile sur la planète. Envahisseurs armés localisés dans le secteur 8-A. Aux postes de défense ! Aux postes de défense !*

Les deux souriceaux tournaient en reniflant avec irritation les fragments épars de leurs verres volants répandus sur le sol. « Damnation ! maugréa Frankie, tout ce tintouin pour deux malheureuses livres de cervelle de Terrien ! » Il courait de-ci, de-là, ses yeux roses luisant de colère, sa fourrure blanche crépitant d'électricité statique.

« La seule chose qu'il nous reste à faire à présent, remarqua Bennie, accroupi et se lissant pensivement les moustaches, c'est d'essayer d'inventer une question, d'en imaginer une de plausible.

— Difficile », constata Frankie. Il réfléchit. « Que dirais-tu de : *Qu'est-ce qui est jaune et dangereux ?* »

Bennie considéra la suggestion quelques instants : « Non, pas bon, dit-il enfin. Ça ne colle pas avec la réponse. »

Ils s'abîmèrent dans le silence durant quelques secondes.

« Bon, reprit Bennie. *Qu'est-ce qu'on trouve si l'on multiplie six par sept ?*

— Non, non, trop littéral ! trop concret ! dit Frankie. Aucun intérêt pour un parieur. »

Nouvelle intense réflexion.

Enfin, Frankie dit : « J'ai une idée : *Combien de routes un homme doit-il prendre*[1] ?

— Ah ! s'exclama Bennie. Ha, Ha. Voilà quelque chose de prometteur ! » Il joua quelques instants avec cette phrase. « Oui, c'est excellent ! Ça a l'air lourd de sens sans pour autant vous limiter en fin de compte à la moindre signification. *Combien de routes un homme doit-il prendre ? — Quarante-deux.* Excellent, excellent ; ça va les piéger. Frankie mon vieux, on est sauvés ! » Dans leur excitation, ils se mirent à danser la gigue en tapant du pied.

Étendus à terre non loin, gisaient plusieurs bonshommes passablement laids et qui avaient reçu du côté du crâne quelques trophées d'esthétique industrielle particulièrement pesants.

Cinq cents mètres plus loin, quatre silhouettes remontaient un couloir à la recherche d'une sortie. Les quatre fuyards émergèrent dans une vaste salle d'ordinateurs. Ils regardèrent autour d'eux, affolés.

1. *How many roads must a man walk down*, première phrase de la chanson *Blowin' in the Wind*, de Bob Dylan, 1963. (*N.d.T.*)

« Par où va-t-on, à ton avis, Zaphod ? demanda Ford.

— Au pif, je dirais par là », et il fonça sur la droite entre une baie d'ordinateurs et le mur. Au moment où les autres se ruaient derrière lui, il fut arrêté net par la décharge d'énergie d'un Décap'Net qui déchira l'air à deux doigts du bout de son nez et crama un petit bout du mur adjacent.

Une voix jaillit dans un beuglophone : « O.K., Beeblebrox. Ne bougez plus ! On vous tient en joue.

— Des flics ! siffla Zaphod en se jetant à quatre pattes. À ton tour, t'as une suggestion à nous faire, Ford ?

— D'accord, par ici », dit Ford et les quatre se lancèrent dans un passage entre deux rangées d'ordinateurs.

Au bout du passage apparut une silhouette en scaphandre spatial lourdement blindé et brandissant un vicieux pistolet Décap'Net.

« Nous n'avons pas l'intention de vous descendre, Beeblebrox ! lança la silhouette.

— Entièrement d'accord ! » rétorqua Zaphod avant de plonger dans le large intervalle séparant deux unités de traitement. Les trois autres bifurquèrent dans son sillage.

« Ils sont deux, dit Trillian ; nous sommes coincés ! »

Ils se tassèrent dans l'angle entre une grosse banque de données et le mur.

Ils attendirent en retenant leur respiration.

Soudain, l'air explosa sous les décharges d'énergie lorsque les deux flics ouvrirent le feu simultanément.

« Eh ! mais, ils nous tirent dessus ! dit Arthur, présentement roulé en une petite boule. Je croyais qu'ils avaient dit qu'ils voulaient pas nous descendre !

— Ouais, moi aussi je croyais », opina Ford.

Zaphod prit le risque de sortir momentanément la tête : « Eh ! Je croyais que vous aviez dit que vous ne vouliez pas nous descendre ! » lança-t-il avant de se planquer de nouveau.

Ils attendirent.

Au bout d'un moment, une voix répondit :

« Ce n'est pas facile d'être flic !

— Qu'est-ce qu'il a dit ? murmura Ford, étonné.

— Il a dit que ce n'était pas facile d'être flic.

— Eh bien, ça c'est sûrement son problème, non ?

— Je serais plutôt de ton avis. »

Ford lança : « Eh ! écoutez ! Je crois que de notre côté on a déjà assez de problèmes avec vous qui nous tirez dessus et tout ça, alors si vous pouviez éviter de nous soumettre les vôtres, je pense que ça serait plus facile pour tout le monde ! »

Nouvelle pause puis de nouveau le beuglophone :

« Bon, écoutez les gars ! dit la voix dans le beuglophone. Vous n'êtes pas en face de n'importe quelle paire d'imbéciles maniaques de la détente, au front bas, aux petits yeux porcins et dépourvus de conversation ; on est deux types intelligents et sensibles et il y aurait des chances qu'on sympathise pour peu qu'on se rencontre en société ! Je ne passe pas ma vie à descendre les gens pour le plaisir, dans le seul but d'aller frimer ensuite dans les bouges pour barbouzes de l'espace, comme certains flics de ma connaissance ! Je passe ma vie à descendre les gens pour le plaisir, dans le seul but d'aller ensuite confier des heures durant mes remords à ma petite amie !

— Et moi j'écris des romans ! embraya l'autre flic. Bien que jusqu'à présent je n'aie pas pu en faire publier un seul, alors j'aime autant vous dire, je suis d'une humeur *massacrante* ! »

Les yeux de Ford jaillirent à moitié de leur orbite : « Mais d'où sortent ces deux guignols ?

— Chsaispas, dit Zaphod, je crois que je les aimais encore mieux quand ils tiraient.

— Alors, allez-vous venir gentiment, reprit l'un des flics, ou va-t-il falloir qu'on vous descende ?

— Qu'est-ce qui vous ferait le plus plaisir ? » lança Ford.

Une milliseconde plus tard, l'air autour d'eux se remit à cramer, tandis que les cartouches de Décap'Net s'encastraient les unes après les autres dans la banque de données devant eux.

La fusillade se poursuivit durant plusieurs secondes encore avec une violence insoutenable.

Lorsqu'elle prit fin, il y eut plusieurs secondes de silence presque total tandis que ses échos s'éteignaient.

« Vous êtes toujours là ? appela l'un des flics.

— Oui, qu'ils répondirent.

— Ça ne nous amuse pas du tout de faire ça, cria l'autre flic.

— Vous m'étonnez, cria Ford.

— Bon, écoutez ça, Beeblebrox, et écoutez bien, ça vaudrait mieux.

— Pourquoi ? rétorqua Zaphod.

— Parce que, reprit le flic, ça va être très intelligent, tout à fait intéressant, et d'une profonde humanité ! Voilà : ou vous vous rendez immédiatement et vous nous laissez vous tabasser un peu, mais pas beaucoup bien sûr, vu que nous sommes fermement opposés à toute violence inutile, ou nous faisons sauter toute la planète et peut-être bien même une ou deux autres qu'on a remarquées en arrivant !

— Mais c'est dingue ! s'écria Trillian. Vous ne feriez pas ça !

— Oh que si ! répondit le flic. Pas vrai ? demanda-t-il à son collègue.

— Ah ! bien sûr. Y faudrait bien. Pas de question.

— Mais pourquoi ? s'empressa Trillian.

— Parce qu'il y a des choses qu'on est bien obligé de faire même lorsqu'on est un flic éclairé et libéral, plein de sensibilité et tout !...

— Moi, je ne ferais pas confiance à ces types », marmonna Ford en hochant la tête.

L'un des flics s'adressa à l'autre : « On les canarde encore un brin ?

— Ouais, pourquoi pas ? »

Ils déchargèrent un nouveau barrage d'éclairs.

La chaleur et le bruit étaient fantastiques. Lentement, la banque de données commença à se désintégrer. La façade avant s'était déjà presque entièrement liquéfiée et d'épaisses rigoles de métal en fusion commençaient à dégoutter en direction de leur planque.

Ils se reculèrent encore un peu, attendant la fin.

# Chapitre 33

Mais la fin n'arriva pas.

Enfin pas ce coup-ci.

Tout à fait soudainement, le tir de barrage cessa et le brusque silence qui s'ensuivit fut ponctué de bruits de chutes suivis de gargouillis étranglés.

Les quatre s'entreregardèrent.

« Que s'est-il passé ? demanda Arthur.

— Ils ont arrêté, dit Zaphod en haussant les épaules.

— Pourquoi ?

— Chsais pas. Tu veux aller leur demander ?

— Non. »

Ils attendirent.

« Ohé ? » lança Ford.

Pas de réponse.

« C'est bizarre.

— C'est peut-être un piège.

— Ils sont pas assez futés.

— D'où venaient ces bruits ?

— Sais pas. »

Ils attendirent encore quelques secondes.

« Bon, dit Ford. Je vais aller jeter un œil. »

Il regarda successivement les trois autres.

« Alors, personne pour me dire : *Non, tu ne peux pas faire ça ! Laisse-moi y aller à ta place !* »

Tous firent non de la tête.

« Oh ! bon », et il se leva.

Durant un moment, il ne se produisit rien.

Puis au bout d'une seconde à peu près, il continua de ne rien se produire. Ford scruta l'épaisse fumée qui sortait en volutes de l'ordinateur en feu.

Prudemment, il s'avança à découvert.

Toujours rien.

À vingt mètres de là, il put vaguement discerner dans la fumée la silhouette en scaphandre de l'un des flics. Il gisait ratatiné sur le sol. À vingt mètres dans la direction opposée gisait le second homme. Personne d'autre en vue.

Tout cela parut à Ford des plus bizarres.

Lentement, nerveusement, il se dirigea vers le premier. Le corps apparut étendu dans une rassurante immobilité lorsqu'il approcha et continua de rester étendu dans une rassurante immobilité lorsqu'il l'atteignit et posa le pied sur le pistolet Décap'Net encore pendu à ses doigts inertes.

Il se pencha et s'en empara, sans rencontrer de résistance.

Un examen succinct lui révéla qu'il était originaire de Blagulon Kappa — c'était une créature respirant le méthane, tributaire d'un scaphandre pour assurer sa survie dans l'atmosphère d'oxygène raréfié de Magrathéa.

Le minuscule calculateur de survie de son équipement dorsal se révéla avoir inexplicablement sauté.

Ford examina les débris avec un étonnement considérable : ces minuscules calculateurs de scaphandre étaient en général intégralement pilotés par l'ordinateur principal à bord du vaisseau, auquel ils étaient directement reliés par Sub-Etha. Un tel système était à l'abri de toute défaillance en dehors de l'éventualité de la rétroaction totale d'un dysfonctionnement, ce qui n'avait jamais été observé.

Il se hâta vers l'autre silhouette prostrée et découvrit que la même chose lui était arrivée, sans doute au même instant.

Il appela les trois autres. Ils vinrent voir, partagèrent son étonnement, mais pas sa curiosité.

« Tirons-nous de ce trou, dit Zaphod. Quoi que je sois censé découvrir ici, j'en veux plus. » Il saisit le second pistolet Décap'Net, fit sauter une machine comptable parfaitement innocente et se rua dans le couloir, suivi des trois autres. Il s'en fallut d'un rien qu'il ne désintègre un aérocar qui les attendait dehors, à quelques pas de là.

Le véhicule était vide mais Arthur le reconnut : c'était l'aérocar de Slartibartfast.

Il y avait une note accrochée sur son tableau de bord rudimentaire. Sur la note, une flèche, pointée vers l'une des commandes. Et ces mots : *C'est sans doute le meilleur bouton sur lequel pousser.*

## Chapitre 34

L'aérocar les propulsa à une vitesse excédant largement R 18, à travers les tunnels d'acier menant vers la sordide surface de la planète qui était à nouveau livrée aux doigts blafards d'une aube nouvelle : une horrible lumière grisâtre figeait le paysage.

R est une mesure de vélocité définie comme une vitesse de déplacement Raisonnable, compatible avec la santé, l'équilibre mental, et un Retard n'excédant pas cinq minutes. Il s'agit donc, on le comprend, d'un chiffre qui peut fluctuer de manière quasiment infinie en fonction des circonstances, puisque les deux premiers facteurs varient non seulement en fonction de la vitesse absolue mais également avec la perception qu'on a du troisième facteur.

Faute d'être manipulée avec calme, une telle équation est susceptible de provoquer des stress considérables, des ulcères et éventuellement la mort.

R 18 n'est pas une vélocité bien fixée mais, en tout cas, c'est beaucoup trop rapide.

L'aérocar se propulsa donc dans les airs à R 18 et même plus, les déposa près du *Cœur-en-Or*, dressé, imperturbable, sur le sol gelé tel un os desséché, puis retourna précipitamment dans la direction d'où ils étaient venus, sans doute appelé par de pressantes affaires personnelles.

Frissonnants, les quatre contemplèrent le vaisseau.

À côté de lui s'en trouvait un autre.

C'était l'astrocar de police de Blagulon Kappa, un machin bulbeux genre requin, vert ardoise et maculé d'inscriptions en lettres noires très variables en taille et en agressivité. Les lettres informaient qui voulait prendre la peine de les lire de l'origine de l'appareil, de la section de la police auquel il était assigné, ainsi que de l'endroit où connecter les prises d'alimentation.

L'engin avait quelque chose d'anormalement sombre et silencieux — même pour un vaisseau dont l'équipage habituel de deux hommes gisait présentement asphyxié dans une salle enfumée, à plusieurs kilomètres sous terre. C'est là une de ces curieuses impressions qu'il est impossible d'expliquer ou de définir mais on peut sentir quand un vaisseau est complètement mort.

Ford pouvait le sentir et il trouvait la chose des plus mystérieuses — un vaisseau et deux policiers qui, semblait-il, se mettaient à tomber spontanément raides morts. D'après son expérience personnelle, l'univers ne fonctionnait tout bonnement pas comme ça.

Les trois autres pouvaient également le ressentir mais ce qu'ils ressentaient surtout, c'était le froid cuisant, aussi se hâtèrent-ils de réintégrer le *Cœur-en-Or*, saisis d'une crise soudaine de manque de curiosité.

Ford était resté et il alla examiner le vaisseau de Blagulon Kappa.

En avançant, il manqua trébucher sur une forme en acier, gisant inerte, le nez dans la poussière glacée.

« Marvin ! s'exclama-t-il. Mais qu'est-ce que vous fichez ici ?

— Ne vous sentez surtout pas obligé de faire attention à moi, je vous en prie, entendit-il marmonner le robot.

— Mais comment ça va, tête-en-fer ?

— Très mal.

— Que se passe-t-il ici ? C'est pas très clair…

— Je ne saurais vous dire — je me sens moi-même assez sombre.

— Enfin, dit Ford en s'accroupissant, plein de frissons, auprès du robot, pourquoi rester couché ainsi, le nez dans la poussière ?

— C'est un moyen très efficace de se sentir au plus bas, expliqua Marvin. Et ne faites donc pas semblant de vouloir me faire la conversation. Je sais fort bien que vous me détestez.

— Mais non.

— Mais si. Tout le monde me déteste. C'est dans l'ordre de l'univers. Je n'ai qu'à parler à quelqu'un et on se met à me détester. Même les robots me détestent. Si vous voulez bien maintenant m'ignorer, je pense que je pourrais sans doute m'éclipser. »

Il se mit laborieusement sur pied et se tint résolument tourné dans la direction opposée.

« Ce vaisseau me détestait, lança-t-il, découragé, en indiquant l'astrocar de police.

— Ce vaisseau ? dit Ford, soudain très excité. Que lui est-il arrivé ? Vous le savez ?

— Il me détestait parce que je lui ai parlé.

— Vous lui avez *parlé* ! s'exclama Ford. Comment ça, vous lui avez parlé ?

— Facile : j'étais déprimé, je m'ennuyais tellement que je suis allé me brancher sur ses prises d'interface extérieure. Et puis, j'ai longuement parlé à l'ordinateur, en lui expliquant mes vues sur l'univers, expliqua Marvin.

— Et que s'est-il passé ? insista Ford.

— Il s'est suicidé », dit Marvin, en regagnant à pas lourds le *Cœur-en-Or*.

# Chapitre 35

Cette nuit-là, pendant que le *Cœur-en-Or* s'employait à mettre quelques années-lumière entre lui et la Nébuleuse à Tête de Cheval, sur la passerelle, Zaphod était avachi au pied d'un petit palmier, à essayer de se remettre la cervelle en place à grands coups de gargle blaster pan-galactique ; Trillian et Ford était assis dans un coin, à deviser de la vie et des divers problèmes qu'elle soulevait ; Arthur, quant à lui, était allé se coucher pour feuilleter l'exemplaire du *Guide du voyageur galactique*, prêté par Ford. Puisqu'il allait devoir vivre dans le coin, s'était-il dit, autant valait commencer à s'informer dessus.

Il tomba sur cet article :

*L'histoire de toutes les civilisations galactiques de quelque importance tend à traverser trois stades distinctement reconnaissables : celui de la Survie, celui de la Recherche, enfin celui de la Sophistication, également connus sous le nom de stades du* Comment, *du* Pourquoi *et du* Où ?

*Par exemple, le premier stade est caractérisé par*

*la question :* Comment peut-on manger ? *le second par la question :* Pourquoi mange-t-on ? *et le troisième par la question :* Où est-ce qu'on va déjeuner ?

Il n'eut pas le temps d'aller plus loin que l'intercom du vaisseau se manifestait. C'était la voix de Zaphod :

« Eh ! le Terrien, on a la dalle, mon gars ?

— Un petit creux, oui, je suppose.

— O.K., gamin. Alors accroche-toi, dit Zaphod, on va aller casser une petite graine au *Dernier Restaurant avant la Fin du Monde.* »

# *Postface*

Le 19 avril 2004, la chanson *Shoorah, Shoorah,* interprétée par Betty Wright, retentit dans un appartement théoriquement situé à Islington (Londres), mais en fait construit de toutes pièces sur le plateau nº 7 du studio d'Elstree à Herforshire[1].

Sous les yeux du réalisateur Garth Jennings et du producteur Nick Goldsmith, tous deux fondateurs de la société de production Hammer & Tongs, le premier assistant, Richard Whelan, crie « Action ! ». Finalement, un peu plus de vingt-cinq ans après la diffusion de la première série radio sur les ondes de Radio 4, un film basé sur *The HitchHiker's Guide to The Galaxy (H2G2, Le Guide du voyageur galactique)* est en chantier. Arthur Dent, interprété par Martin Freeman, feuillette un livre, seul dans son coin, tandis que plus de quarante acteurs costumés commencent à danser. Au milieu

1. Elstree est un studio mythique où ont été tournés entre autres *Star Wars*, *Shining*, *Indiana Jones*, *Moby Dick*, etc. *(N.d.T.)*

de cette foule, qui compte dans ses rangs une souris rose bonbon, un cow-boy saoul et un chef indien, on entrevoit l'actrice américaine Zooey Deschanel jouant le rôle de Tricia McMillan faire des bonds, déguisée en Charles Darwin.

Un jour, Douglas Adams a lancé une expression, devenue célèbre depuis, sur la difficulté de monter un film à Hollywood : « Essayer de faire cuire un steak en invitant une multitude de personnes à venir souffler dessus. » En effet, pourquoi, malgré le succès international phénoménal de la série radio, de la série télé et surtout des romans, a-t-il fallu plus de vingt-cinq ans pour que ce film voie le jour ?

Cette postface, rédigée pour l'édition spéciale du *Guide du voyageur galactique* et publiée à l'occasion de la sortie du film, n'est pas un compte rendu exhaustif des deux décennies et demie nécessaires pour qu'un des dirigeants d'Hollywood finisse par lâcher un « O.K., faisons le film ». Ed Victor, ami intime de Douglas et son agent littéraire depuis 1981, résume bien la situation : « Beaucoup de gens ont grignoté un bout du projet, l'ont goûté et l'ont ensuite recraché. » En fait, raconter dans son intégralité l'histoire de ces grignotages successifs pourrait faire l'objet d'un livre à part entière. Mais, étant l'un des producteurs exécutifs de ce film, je suis bien placé pour vous raconter comment il a finalement vu le jour, en m'appuyant sur des conversations avec la plupart des principales personnes impliquées.

J'ai rencontré Douglas pour la première fois en 1991 chez lui à Islington. Il m'a fait écouter du Bach pour me démontrer une théorie qui lui tenait à cœur sur la musique et les mathématiques. Nous avons ensuite parlé d'une série télé sur l'évolution qu'il avait l'intention d'écrire et de présenter. Lors de cette première rencontre, c'est la puissante curiosité intellectuelle qui émanait de Douglas Adams qui m'a le plus impressionné. Nous sommes restés en contact. Il m'a initié aux sushis. Nous avons créé une compagnie ensemble[1]. Nous avons vu un paquet de films et par chance il devint un ami aussi bien qu'un collègue.

Notre amitié a continué au fil des années. Il n'est donc pas surprenant que dix ans plus tard Douglas ait été l'une des premières personnes que j'ai prévenues de la mort de mon père. Il avait fait preuve de compassion et m'avait soutenu tout au long de la maladie précédant le décès. Ce jour-là, nous avons parlé de lui des heures durant. Puis, au bout d'un moment, nous sommes revenus à nos sujets de conversation habituels, y compris les nouvelles idées qui germaient en lui, et, pour la

1. The Digital Village, une compagnie multimédia qui a produit le jeu vidéo « Starship Titanic » ainsi que le site h2g2.com inspiré du *Guide du voyageur galactique*, a été fondée par Douglas, moi-même, Richard Creasey (cadre dirigeant issu du monde de la télévision), Ian Charles Stewart (un banquier investisseur), Mary Glanville (qui avait également exercé de hautes responsabilités à la télévision), Richard Harris (un expert technique) et Ed Victor. *(N.d.A.)*

énième fois, les frustrations que lui causait le projet de film inspiré de *H2G2*. Ce dernier figurait déjà en bonne place sur la liste des projets coincés dans le « development hell[1] ».

Le lendemain, vendredi 11 mai 2001, je reçus un appel d'Ed Victor et, assis sur ma chaise préférée dans la cuisine, d'où j'avais parlé avec Douglas la veille, j'appris que ce dernier était mort une heure auparavant d'une crise cardiaque dans sa salle de gym à Montecito en Californie. Je me rappelle que ma femme, sous le choc, a tenté de me parler quand elle a compris le sujet de ma discussion avec Ed, mais j'étais complètement inerte. J'ai passé la soirée à essayer de rassembler mes idées et à téléphoner aux amis et aux collègues.

La vague de tristesse et d'affection pour Douglas qui s'est répandue sur Internet et dans la presse a été un émouvant témoignage de l'impact qu'avait eu *H2G2* sur des gens dans le monde entier. Il est malheureusement possible que la mort tragique, car survenue bien trop tôt, de Douglas et l'immense réaction qu'elle a provoquée aient été le catalyseur mettant finalement en branle le processus de création du film. Si tel est le cas, quelle cruelle ironie.

Ed Victor est bien conscient de la frustration née de toutes ces tentatives avortées pour porter

1. Littéralement « l'enfer du développement », une zone mythique à Hollywood où errent des projets qui restent en éternelle gestation sans jamais voir le jour. *(N.d.T.)*

*H2G2* sur grand écran : « Je n'ai jamais cessé de vendre *H2G2*. Douglas a toujours voulu en faire un film. J'ai vendu quatre fois H2G2, et ne pas en voir l'adaptation est la seule frustration professionnelle substantielle de toute ma vie. J'ai pourtant toujours été convaincu que cela arriverait. Je l'ai vendu à Don Tafner pour qu'ABC en fasse une série télé, je l'ai vendu à Columbia et à Ivan Reitman. Nous avons monté une société commune avec Michael Nesmith et l'avons vendu finalement à Disney. Là il a fallu attendre encore sept ans pour que le film entre en production. »

Ma relation avec Douglas ne remonte pas aussi loin dans le temps que celle qu'il entretenait avec Ed, mais j'ai été impliqué sur le projet de film depuis l'ouverture des négociations avec Disney en 1997. Après l'énorme succès de *Men In Black*, les comédies SF semblaient revenues au goût du jour. Bob Bookman, l'agent de Douglas pour le cinéma, qui faisait partie de la puissante agence hollywoodienne de la CAA (Creative Arists Agency), organisait des rencontres entre Douglas et moi et différents producteurs potentiels. Suite à ces réunions, deux personnes commencèrent vraiment à soutenir le projet : Roger Birnbaum des productions indépendantes Caravan Pictures (qui devaient devenir Spyglass) avait la carrure et l'enthousiasme pour embarquer Disney à bord. En outre, par le biais de Michael Nesmith, ami de Douglas et ancien partenaire en affaires, nous avons été présentés à Peter Safran, Nick Reed et Jimmy Miller, qui à l'époque représentaient ensemble Jay Roach, alors un jeune réalisateur prometteur dopé par *Austin Powers*, le succès surprise de l'été. Jay avait également des rapports privilégiés avec Disney. Douglas et Jay devinrent presque instantanément un duo chaleureux et créatif, et il semblait qu'un triumvirat gagnant venait de se former.

*H2G2* est né sous la forme d'une série radio avant de devenir une fameuse « trilogie en cinq tomes », une pièce de théâtre, un jeu vidéo. Pendant ce temps The Digital Village en faisait le « vrai » Guide de la Terre. La situation des droits était donc très complexe et conclure un accord a demandé d'immenses efforts. Ken Kleinberg et Christine Cuddy sont devenus nos avocats attitrés pour les négociations avec Disney. Malgré le travail colossal qu'ils ont abattu, l'appui de Roger Birnbaum, de Jay Roach, des équipes de CAA, du bureau d'Ed Victor et du Digital Village, tous généreux de leur temps, les négociations se sont étalées sur presque dix-huit mois. L'accord fut finalement conclu juste avant Noël 1998, et stipulait que Douglas Adams et moi-même serions producteurs exécutifs et que Douglas écrirait un nouveau scénario.

Il avait travaillé sur différentes versions du scénario pendant de nombreuses années. Aussi, avec les réactions de Jay et de Shauna Robertson, son partenaire commercial à l'époque, Douglas produisit rapidement un premier jet fidèle à son esprit et à son intelligence extraordinaires. De nouvelles idées se battaient pour trouver leur place parmi les meilleures scènes et les personnages issus des livres et de la série radio. Ce premier jet daté de début 1999 était bon, mais les difficultés pour trouver un juste équilibre entre la nature épisodique de *H2G2* et une structure narrative forte n'avaient pas encore été résolues. En effet, ce problème qui avait coulé toutes les précédentes tentatives de scénario restait un obstacle considérable sur notre route. Jay se souvient de sa coopération avec Douglas avec une grande affection, mais réfléchit aussi aux problèmes qu'ils rencontrèrent :

« Même durant la phase d'écriture et de ce qui devint un processus infernal et frustrant, je ne me souviens pas avoir autant apprécié une collaboration. Les dîners, les longues conversations et le rire de Douglas. Même plus tard, lorsque nous avons dû nous résoudre à un "cela ne marchera jamais", nous blaguions toujours sur l'absurdité de tout ça. Le travail était très agréable, mais nous n'allions nulle part. Des problèmes inhérents aux difficultés mêmes pour porter *H2G2* à l'écran se posaient. Il y avait toujours une contradiction entre, d'une part, sa nature d'extravagance SF à très gros budget et à très grand spectacle, et, d'autre part, le constat que c'était plus intelligent, plus sophistiqué, un peu plus britannique et ironique que les comédies américaines. Il était donc difficile de répondre aux besoins de Disney. »

Le 19 avril 1999, Douglas, contrarié par la lenteur des événements, envoya un fax à David Vogel, alors directeur de la production chez Disney, suggérant une réunion : « Il semble que nous ayons atteint un stade où les problèmes prennent plus d'importance que les opportunités. J'ignore si j'ai raison, mais comme j'obtiens comme seule réponse le silence, cette pauvre source d'information... De la divergence de nos vues devraient naître de fertile débats. Il ne me paraît pas évident qu'une succession de notes écrites ne circulant que dans un seul sens, entrecoupée de longs et terribles silences, en soit un substitut constructif... Pourquoi ne pas se rencontrer et discuter de tout cela ? J'ai joint une liste de numéros de téléphone où me contacter. Si vous n'y arrivez pas, je saurai que vous n'avez en fait pas essayé trop fort. » Avec son humour caractéristique, il ajouta ensuite plusieurs dizaines de numéros de téléphone, dont ceux de sa maison, son portable, sa nourrice, sa mère, sa sœur, son voisin le plus proche (qui, il en était convaincu, « prendra sûrement le message »), deux de ses restaurants favoris et même le numéro de téléphone de « Sainsburry », son supermarché local — où il était sûr qu'on pourrait le localiser. Cette lettre produisit l'effet recherché : peu après, Douglas et moi nous envolions vers Los Angeles pour une réunion au sommet. Nous avons spéculé durant les nombreuses heures de vol sur ce qui nous attendait : Disney allait suggérer de recruter un nouveau scénariste. Roger Birnbaum, présent à la réunion dans les locaux des studios Disney à Burbank, s'en souvient clairement.

« Je savais que cela n'allait pas être simple. Je voulais qu'il sache combien nous le respections. Je l'admirais beaucoup et refusais de transiger sur le matériel, mais je pensais également qu'après tant d'années passées à travailler sur toutes ces ébauches de scénarios, il faisait du surplace. »

Douglas dut faire face à un dilemme effroyable. Le message était clair. Notre élan, un bien fort précieux à Hollywood, s'essoufflait dangereusement et, si nous voulions que le film ne retourne pas au point mort, un autre auteur devrait s'y atteler. Disney et Spyglass ont conduit l'affaire avec beaucoup de tact et de respect. Pendant notre réunion, David Vogel, un homme réfléchi et ancien étudiant rabbin, compara Douglas à l'architecte d'une cathédrale. La nouvelle étape consistait à recruter les services d'un maître maçon — pas un visionnaire, mais un artisan d'un genre différent, qui s'appliquerait à faire reposer la conception originale sur des fondations solides.

Josh Friedman, un auteur expérimenté, fut recruté et élabora un nouveau jet, achevé à l'automne 1999. Une collaboration avec Douglas n'était pas envisageable, et, bien qu'il ne fût pas mauvais, son travail ne poussa pas vraiment le projet en avant. De plus, il se produisit un changement de mauvais augure à la tête du studio. David Vogel et Joe Roth, en place quand Disney avait acquis les droits, étaient tous deux sur le départ. Nina Jacobson prit les rênes au titre de présidente de Buena Vista Pictures, responsable pour le développement des scripts et la supervision de la production pour Walt Disney Pictures. C'est le budget du film qui lui posait principalement problème. À ce stade, elle doutait que le film pût intéresser un public plus large que les fans et ainsi devenir le pilier sur lequel souhaitait s'appuyer Disney.

Frustré une fois encore, Douglas décida d'écrire un nouveau jet qu'il livra au cours de l'été 2000. Toujours pas convaincu, Disney doutait de plus en plus de son implication dans le projet. Aussi, avec l'accord de Douglas, le script fut envoyé à d'autres studios. Le projet avait encore quelques supporters de poids. Jay réalisait à présent des comédies de première classe, et Roger Birnbaum et son partenaire Gary Barber chez Spyglass avaient le bras long. Malgré cela, tous les grands studios comme les principaux indépendants passèrent la main. Je me remémore un certain coup de téléphone comme l'apothéose de cette période de tourments : Douglas m'appela de Santa Barbara, tandis que j'étais allongé sur une plage corse, en famille. Il me dit que Joe Roth, qui était à présent chez Revolution Studios, avait passé son tour. Je me rappelle cette affreuse impression de naufrage tandis que mon regard se posait sur ma famille et sur le visage de ma femme reflétant l'anxiété qui se lisait sur le mien. Ce coup de téléphone m'était particulièrement pénible, car Joe, un ami personnel et un collègue de Roger Birnbaum, avait joué un rôle majeur, en coulisses, pour mettre Disney dans la course quand il était à la tête du studio. Si lui-même avait perdu foi en ce projet, qui en aurait ? Ed Victor ne se souvient que trop bien de cette époque. « Ce projet était de nouveau tombé au fond d'un trou noir. Douglas et moi nous sommes rendus au bar du coin, et nous avons commandé deux énormes vodka martini. Douglas m'a alors dit :" J'ai dû passer en tout cinq ans de ma vie professionnelle sur ce putain de film, Ed. Ne me laisse plus jamais faire ça." »

Mais, bien entendu, Douglas ne lâcha jamais vraiment l'espoir de voir un jour *H2G2* adapté à l'écran.

Au printemps 2001, alors que le projet était toujours au point mort, après avoir passé tant d'années à travailler dessus, Jay en vint à se demander s'il était la bonne personne pour continuer à pousser le film. Avec beaucoup de tristesse et de réticences, il décida de se retirer comme réalisateur rattaché au film, tout en restant un producteur plus que jamais impliqué. Spyglass était également déterminé à essayer de sortir le film de l'impasse. Jon Glickman, président de Spyglass Pictures, et Derek Evans, qui avait le premier attiré l'attention de Roger Birnbaum sur *H2G2* quand il avait rejoint Spyglass au poste de responsable du développement, étaient deux des plus intrépides supporters du film[1]. Jon se souvient d'avoir compris la nécessité de fixer un budget réaliste et de retourner à leur première idée de recruter un jeune réalisateur prometteur, comme Jay quand nous l'avions rencontré pour la première fois en 1997. Mais, globalement, il s'agissait d'une époque bien déprimante.

1. Quand le film a été finalement mis en chantier, Jon Glickman et Derek Evans, de Spyglass, prirent les titres respectifs de producteur et producteur exécutif. *(N.d.A.)*

Puis soudain, en mai 2001, la mort de Douglas. Dans la même semaine, je m'envolai vers la Californie pour les funérailles, puis retournai chez moi en Angleterre pour être présent à celles de mon père. Ses amis se rassemblèrent dans les semaines et les mois qui suivirent sa mort, nourrissant les discussions autour de l'immense frustration accumulée par Douglas au fil des années en essayant de faire « Le Film ». C'était presque devenu une obsession pour lui. Quelque temps plus tard, je demandai à sa veuve, Jane Belson, si nous pouvions compter sur son accord, au cas où la possibilité de faire le film se représenterait. Elle me répondit simplement oui, et donna un avis qui se révéla rétrospectivement très juste. « Prenez un jeune réalisateur, quelqu'un qui n'a pas grandi avec la première vague de succès de *H2G2*. Rappelez-vous que Douglas n'avait pas vingt-cinq ans quand il l'a écrit. Trouvez quelqu'un avec une énergie actuelle, pas branché mais cool. *H2G2* était très cool quand il est sorti. »

Je décidai donc d'aborder à nouveau le sujet avec Roger Birnbaum. Comme toujours il m'offrit son appui enthousiaste. Il se rappelle parfaitement ce coup de fil. « Après la mort de Douglas, nous avons tout gelé, et puis il y a eu votre appel, m'informant que les héritiers souhaitaient toujours faire le film, et ça nous a donné un coup de fouet. Nous n'avions pas perdu notre amour pour le projet et, par respect pour Douglas, nous fûmes heureux de pouvoir essayer à nouveau de le concrétiser. »

Je parlai aussi à Jay Roach, dont je savais le soutien essentiel. Le projet avait besoin de tous les alliés que nous pouvions réunir. Un film comme *H2G2* devait bénéficier d'un appui intérieur s'il voulait avoir une chance d'aboutir. Lorsqu'il sut que Jane Belson soutenait le film, et fort de sa profonde affection pour Douglas, il monta à nouveau avec joie sur le ring avec la casquette de réalisateur.

Nous savions tous que sans un nouveau scénario nous n'irions nulle part. *H2G2* pourrait rester dans l'impasse encore pendant des années. Il était nécessaire de recruter un nouveau scénariste, et grâce à Jennifer Perrini (la partenaire de Jay chez Everyman Pictures), nous avons eu la chance de trouver Karey Kirkpatrick. Karey n'était pas un fan de *H2G2* — bien qu'il le soit devenu par la suite — mais il aborda le scénario comme un auteur chevronné capable d'identifier les problèmes. Il prit pour point de départ le dernier script laissé par Douglas ; j'avais mis à sa disposition une grande quantité de matériau issu du disque dur d'un Mac appartenant à Douglas — des traitements plus anciens, des textes éclairant le fond de l'histoire et des notes pour la résolution des problèmes. Aussi Karey et Jay, de retour dans le fauteuil de réalisateur, décidèrent de travailler sur une nouvelle piste, dessinant les grandes lignes du scénario.

Plusieurs mois plus tard, un matin du début du printemps 2002, une réunion eut lieu chez Roger Birnbaum à Beverly Hills. Feu dans la cheminée, saumon fumé, bagels. Karey Kirkpatrick expliqua les choix que Jay et lui-même avaient faits à Nina Jacobson, Jennifer Perrini, Roger Birnbaum, Jon Glickman et Derek Evans, le noyau dur des gens qui pourraient aider le film à voir le jour. Karey commença son discours par une vue d'ensemble du fonctionnement de l'intrigue. Il lut le passage relatant « l'histoire jusque-là » au début du *Dernier Restaurant avant la Fin du Monde*, qui résume l'histoire du *Guide du voyageur galactique* :

« Reprenons :

Au commencement, fut créé l'Univers.

La chose a considérablement irrité tout un tas de gens et bon nombre de personnes estiment même que ce fut une erreur.

Bien des races croient y voir l'œuvre de quelque espèce de dieu, bien que les Jatravartides de Vitevolde VI croient pour leur part que tout l'Univers fut en réalité violemment éternué de la narine d'un être qu'ils nomment le Grand Arkleseizure Vert.

Les Jatravartides (qui vivent dans la crainte perpétuelle de ce qu'ils appellent l'Avènement du Grand Mouchoir Blanc) sont de petites créatures bleues munies de plus de cinquante bras chacune, ce qui leur vaut ce trait unique d'être les premiers êtres de toute l'histoire à avoir inventé le déodorant corporel avant la roue.

Nonobstant, la théorie du Grand Arkleseizure Vert n'est pas extrêmement répandue en dehors de Vitevolde VI et par conséquent, l'Univers étant l'énigme que l'on sait, on ne cesse de lui trouver d'autres explications.

Par exemple, une race d'hyperintelligentes créatures pandimensionnelles se fabriqua jadis un superordinateur appelé Pensées Profondes, destiné à calculer une bonne fois pour toutes la Réponse à la Question Fondamentale de la Vie, de l'Univers et du Reste.

Sept millions et demi d'années durant, Pensées Profondes calcula et calcula pour en arriver à déclarer en fin de compte que la réponse était en fait quarante-deux, ce qui conduisit à fabriquer un nouvel ordinateur, plus puissant encore, pour découvrir quelle était en réalité la véritable question.

Et cet ordinateur, qui s'appelait la Terre, était si large qu'on le confondait fréquemment avec une planète, confusion faite en particulier par les drôles de petites créatures simiesques qui grouillaient à sa surface, sans se douter le moins du monde qu'elles n'étaient que de simples composants dans un gigantesque programme d'ordinateur.

Et le plus drôle est que, faute de connaître ce détail aussi élémentaire qu'évident, rien de ce qui ait jamais pu arriver sur Terre ne pouvait revêtir le moindre sens.

Malheureusement toutefois, juste avant l'instant critique de la sortie de la réponse, la Terre devait se trouver à l'improviste démolie par les Vogons sous prétexte (dirent-ils) de laisser le passage à une nouvelle déviation hyperspatiale, tant et si bien que tout espoir de jamais découvrir un sens à la vie s'évanouit sans recours.

Ou du moins c'est ce qu'il sembla.

Car deux de ces bizarres créatures simiesques survécurent.

Arthur Dent fut sauvé à la dernière minute parce qu'un vieux pote à lui, Ford Prefect se révéla contre toute attente natif d'une petite planète quelque part aux confins de Bételgeuse et non point du tout de Guildford comme il l'avait jusque-là prétendu ; et, plus précisément, parce qu'il avait le coup pour se faire prendre en stop par les soucoupes volantes.

Tricia McMillan, *alias* Trillian, avait décarré de la planète six mois plus tôt en compagnie de Zaphod Beeblebrox, alors président de la Galaxie.

Deux survivants.

Les seuls vestiges de la plus ambitieuse expérience jamais entreprise pour découvrir la Véritable Question et la Réponse Définitive à cette Question Fondamentale de la Vie, de l'Univers et du Reste. »

Nina se déclara convaincue. Nous avions une trame narrative générale : au début la destruction de la Terre, puis le voyage jusqu'à Magrathéa, la légendaire planète dédiée à la construction... de planètes. La majeure partie des éléments nouveaux du film traitent des difficultés à rejoindre Magrathéa. Et c'est ici que Douglas a inventé de nombreux mécanismes narratifs et des personnages comme le fabuleux « pistolet à point de vue » et Humma Kavula, le missionnaire fou, qui prêche « l'Avènement du Grand Mouchoir Blanc ». L'autre décision clé a été de choisir Arthur comme personnage principal et de découvrir la Galaxie à travers son regard. Cela peut sembler évident. Mais, au fil des années, différents scripts ont essayé de placer Zaphod et même les Vogons au centre de l'histoire. Contrairement à Douglas, Karey se sentit peut-être moins obligé de tout réinventer et trouva son chemin à travers une structure narrative qui fonctionnait. Karey a une très bonne oreille pour l'humour anglais — ironie et méfiance envers les sentiments — mais il a également une très bonne compréhension de la sensibilité structurelle chère à Hollywood.

Finalement, nous avions l'impression d'être sur la bonne voie. Mais à peine le film était-il revenu à la vie qu'il manqua s'effondrer de nouveau. Dans les semaines qui suivirent cette présentation au coin du feu, Disney, qui avait déjà dépensé des sommes considérables en acquisition de droits et sur les différents scripts, rechigna à payer la facture de réécriture présentée par Karey, et l'ensemble menaça de s'écrouler. Mais Roger Birnbaum et son partenaire Gary Barber sauvèrent le projet : Spyglass démontra sa confiance totale dans le projet en réglant l'addition. Jon Gluckman de Spyglass nous parle de cet épisode crucial :

« Nous avions eu une réunion avec Disney pendant laquelle Nina Jacobson — qui est à présent une grande supportrice du projet, mais qui alors trouvait tout cela encore trop bizarre — nous dit : "Je ne paierai pas Karey." Bon, Karey n'est pas donné en tant qu'auteur : il sortait juste d'un gros carton avec *Chicken Run* et avait écrit *James et la grosse pêche*, et nous sentions le danger de voir *H2G2* nous échapper encore une fois. Je ne sais pas ce qui s'est produit chez Spyglass — à part que nous étions tous fous amoureux du projet ;

nous avions vécu avec six ans durant. Il y avait aussi cette connexion émotionnelle avec Douglas. C'était complètement à l'opposé de notre façon de mener les affaires. Mais nous avons réglé la facture de Karey. C'était extrêmement risqué... Nous payions le scénario en pariant sur l'espoir que Karey arriverait à démêler tout ça. Et c'est exactement ce qu'il a fait sous l'égide de Jay. »

Bob Bookman, un des agents les plus expérimentés d'Hollywood, commente l'implication personnelle phénoménale d'un si grand nombre de personnes autour de *H2G2*. « Le cinéma est un média où les gens doivent collaborer, pour placer les films sur la ligne de départ, mais aussi pendant l'étape concrète de leur fabrication. Il y a eu tellement d'individus impliqués pendant tant d'années : vous, Ed, Jay, Roger, plusieurs personnes sans qui "rien n'aurait été possible". Et pourtant, et toute la magie est là, tous se sont accrochés jusqu'à ce nous puissions effectivement démarrer le projet. »

Ainsi, à la fin du printemps 2002, Karey commença à écrire avec l'aide de Jay ; ils bénéficiaient de l'appui de Spyglass et du mien. Quand il rencontrait un problème, il revenait aux séries radio, aux livres, au *Saumon du doute*[1], aux textes extraits du disque dur de l'ordinateur de Douglas, afin de

1. *Le Saumon du doute* est un recueil de textes de Douglas et le début de son dernier roman sur lequel il travaillait épisodiquement depuis dix ans. Ç'aurait été le troisième tome des aventures de Dirk Gently. Il a été publié en France dans cette même collection sous le nom de *Fonds de tiroir* (Folio Science-Fiction n° 169). *(N.d.T.)*

se glisser dans l'esprit de ce dernier. Il livra son script juste avant Noël 2002. Un soir, alors que j'étais rentré tard à la maison, il m'attendait dans ma boîte e-mail. Je le lus d'une traite. Un frisson me parcourut l'échine. Voilà un script avec une résonance extrêmement proche de *H2G2*. Et il avait enfin franchi le gouffre qui le distinguait d'un véritable film, avec un début, un milieu et une fin.

Ed Victor se souvient d'une conversation avec Michael Nesmith à propos de l'importance vitale pour un film d'avoir le bon scénario. « Si vous produisez un film, vous avez quelque chose de valeur en votre possession. Vous amenez le responsable d'un studio à l'entrée d'une grotte sombre, et vous lui dites : "Au fond de cette grotte, il y a une statue en or. Donnez-moi cent millions de dollars[1], et vous pourrez la récupérer vous-même." Évidemment, le chef du studio ne veut pas débourser cent millions de dollars pour avancer dans le noir. » Et là Nesmith fit une pause et ajouta : « Le scénario est une lampe torche et tu peux la pointer dans la grotte afin de distinguer les reflets de la statue. Alors le type vous donne cent millions de dollars et entre dans la grotte pour essayer de mettre la main sur la statue... » J'ai pensé que c'était une métaphore très claire. Il nous fallait un scénario pour *H2G2* avant de pouvoir en faire un film, même s'il avait déjà prouvé son succès sous la forme de livres ou d'une série radio. Maintenant, nous avions une lampe torche.

1. N'allez surtout pas croire qu'il s'agisse du budget de *H2G2* ! *(N.d.A.)*

En ce début d'année, Jay vit que le projet prenait de la vitesse et, en raison d'obligations prises sur d'autres films, décida à nouveau de se retirer en tant que réalisateur, tout en gardant son poste de producteur. Il nous en fallait donc un nouveau. C'était décevant, mais cette fois-ci nous avions un script, contrairement à toutes ces années infructueuses où les réalisateurs intéressés se bousculaient mais pas le moindre scénario. Hollywood pouvait comprendre ce langage, et le script fit le tour de la place. Jay connaissait Spike Jonze, le réalisateur de *Dans la peau de John Malkovich et Adaptation*, cet ancien petit génie du clip. Il lui envoya le script. Tout le monde avait le sentiment que Spike, qui avait démontré sa capacité à traiter un matériau peu conventionnel, serait un bon choix. Il était fan de *H2G2*, avait lu le script, et l'aimait. Mais d'autres projets le retenaient. Il joua quand même un rôle clé, et nous aida à aller de l'avant. Il nous suggéra Hammer & Tongs, Garth Jennings et Nick Goldsmith, un duo très créatif et respecté dans le domaine des clips et de la pub. Ils avaient collaboré avec plusieurs groupes et interprètes comme REM, Blur, Fat Boy Slim et Ali G.

Au début, le duo Hammer & Tongs fit savoir par l'intermédiaire de leur agent, Frank Wuliger, que ce n'était pas la peine de leur envoyer le scénario. Ils travaillaient sur leur propre projet de film, et craignaient qu'un scénario sortant d'Hollywood, sans Douglas pour défendre le morceau, ne ruine une œuvre très importante à leurs yeux. Mais Frank ajouta sa pierre à l'édifice, petite mais vitale : il accepta qu'on lui envoie malgré tout le scénario. Il ramassa la poussière sur un bureau pendant une quinzaine de jours jusqu'à ce que Nick le rapporte chez lui. Le lendemain, avec son sens de l'euphémisme coutumier, il suggéra tranquillement à Garth d'y jeter un coup d'œil. Garth l'emporta, le lut presque d'une traite dans les toilettes, avant de déclarer à sa femme qu'en fait « ce n'est pas mauvais du tout ». Ils purent constater l'excellent travail qu'avait effectué Karey tout en laissant respirer le génie de Douglas.

Comme Nick et Garth vivaient non loin de chez moi, à Londres, je fus le premier à les rencontrer. Un beau matin de printemps, près d'un an après la présentation au coin du feu à Beverly Hills, je les trouvai sur leur péniche, amarrée, drôle d'ironie, à dix minutes de marche de l'appartement de Douglas à Islington. Après tous ces kilomètres, le déménagement de Douglas en Californie avec sa famille pour tenter de porter le projet à l'écran, *H2G2* était sur le point de « rentrer à la maison » grâce à des voisins de palier. Il y avait des biscuits au chocolat, un affectueux chien noir répondant au nom de Mack, et, mieux que tout, leur bateau rendait un hommage criant aux ordinateurs Apple. Tous ses fans le savent déjà, Douglas était un fanatique d'Apple — il devint d'ailleurs Apple Master[1] — et, d'une manière ou d'une autre, si Garth et Nick avaient fait partie du monde PC, je

1. Titre honorifique donné par Apple aux personnalités qui soutiennent leurs produits. *(N.d.T.)*

me serais probablement excusé avant de tourner les talons. À partir de cette première rencontre, il devint évident pour moi que Nick et Garth avaient la conscience, la vision et le sens du divertissement nécessaires pour prendre la tête du film.

L'une de nos premières réunions résume bien l'humour et le sens précis du détail qui caractérisent Nick et Garth. C'était une vidéo-conférence avec Jay, Spyglass et l'équipe Disney dirigée par Nina Jacobson. Des deux côtés de l'Océan, tout le monde se trouvait en salle de réunion. De notre côté, Nick et Garth avaient mis en place une petite scène de théâtre encadrée du rideau classique rouge aux bords dorés face à la caméra. Quand l'équipe de L.A. se connecta, elle put voir sur son écran un rideau fermé. Quand tout le monde fut prêt, Garth, qui avait attaché le cordon des rideaux à sa chaise, recula progressivement. Les rideaux s'ouvrirent et les mots « Pas de panique ! » apparurent sur un petit tableau. Rien ne symbolise mieux que ces rideaux leur sens de l'humour, la ligne qu'ils ont tracée entre fraîcheur et fidélité, et leur amour des gadgets.

Ce fut également lors de cette réunion que Nina mit les choses au clair. Si on se lançait dans ce film, il vaudrait mieux le réussir : elle ne voulait pas rester dans les annales comme la responsable qui aura bousillé *H2G2*. Ce film devrait prendre ses racines dans la perception du monde propre à Douglas, mais, pour fonctionner selon les critères de Disney, il lui faudrait également toucher un nouveau public.

Durant l'été 2003, Hammer & Tongs travailla sur le design, l'histoire et la définition du budget. Une étape cruciale à franchir avant de mettre le film en production était de trouver une façon de le faire fonctionner en restant dans un budget convenable pour Disney, un challenge que Nick et Garth trouvèrent à leur goût. Pour eux, faire preuve de créativité tout en résolvant les problèmes relevait du sacerdoce. L'automne suivant, Roger Birnbaum décida que toutes les pièces du puzzle étaient à leur place. « Nous avions un scénario, un réalisateur, une vision et un budget. Il était temps de voir si Disney voulait vraiment rejoindre la partie. » Selon les termes de l'accord conclu quand Spyglass avait payé les appointements de Karey, Roger et Gary contrôlaient à présent le projet, et Disney avait un droit de préemption pour devenir leur partenaire financier ou le distributeur. Nick et Garth s'envolèrent pour L.A. afin de présenter leur façon d'envisager les choses à Nina. Il n'était alors pas du tout certain que Disney accepte de se lancer dans l'aventure. Jay se souvient d'avoir appelé Nina depuis sa voiture sur l'autoroute de la côte Pacifique ; il avait alors mesuré la longueur du chemin à parcourir avant de la convaincre.

Comme Jay le lui avait promis, Nina fut emballée par l'énergie et la vision de Nick et Garth, lors de la réunion du 17 septembre. L'étape finale consistait en une réunion avec le patron immédiat de Nina, Dick Cook, responsable des studios Walt Disney, un dirigeant apprécié et hautement respecté. Pour nous la dernière personne à convaincre. Après une attente insupportable de plusieurs jours, Nick et Garth, l'équipe de Spyglass, Jay et Nina se retrouvèrent dans son bureau le jeudi 25 septembre 2003 à 16 h, heure de Los Angeles. Garth, très à l'aise, se lança dans sa présentation. Dick l'écouta, et demanda le plus simplement du monde si le film pouvait être prêt pour l'été. Garth comprit qu'on lui demandait s'il était « techniquement » possible de le sortir à l'été 2005 et répondit par l'affirmative. Dick et Nina échangèrent quelques mots à voix basse. Alors que tout le monde s'apprêtait à quitter la pièce, et que Garth rangeait les maquettes et les story-boards de sa présentation, Dick s'approcha de Garth et lui glissa que si jamais il avait besoin de quoi que ce soit, il ne devait pas hésiter à le contacter. Nina dut accompagner les membres de l'équipe jusqu'à l'ascenseur afin de les aider à réaliser que le film venait tout juste de recevoir le feu vert. Même pour des joueurs expérimentés en terrain hollywoodien comme Roger, Gary et Jay, un film mis en production sans indice sur le casting était inhabituel, et, alors que les portes de l'ascenseur se fermaient, toute l'équipe se mit à pousser des cris de joie.

Je reçus un coup de fil à une heure du matin (heure de Londres) de Nick qui me dit simplement : « Nous allons faire un film. » Jay lui prit le combiné des mains quasiment en pleurs. Pour tous ceux qui avaient travaillé avec Douglas pendant toutes ces années, ce moment avait un arrière goût amer ; il avait tant attendu ces mots, cette réunion où un haut responsable d'Hollywood dirait « O.K., faisons le film ».

Ayant donné son feu vert au film, Disney prit deux décisions très importantes. D'abord, ils allaient reprendre le projet en interne. La confiance de Nina Jacobson en Nick et Garth et son enthousiasme pour le matériau à leur disposition étaient tels qu'elle souhaitait donner la priorité au film chez Disney en vue d'une grosse sortie estivale. La seconde décision était peut-être encore plus déterminante. Ayant fait un choix très audacieux en plaçant un réalisateur et un producteur inexpérimentés à la tête d'un film à gros budget, Nina permit également à Garth et à Nick de louer les services de l'équipe créative avec laquelle ils avaient travaillé lorsqu'ils réalisaient encore des clips et des pubs. Le directeur de la photographie Igor Jadue-Lillo, le designer de production Joel Collins, le réalisateur de la seconde équipe Dominic Leung et la costumière Sammy Sheldon étaient tous des membres clés de la famille Hammer & Tongs. En effet, c'était précisément parce que Nick et Garth avaient rassemblé autour d'eux une équipe à fort potentiel créatif durant des années que Nina leur fit confiance et leur permit de se jeter à l'eau. Spyglass conserva sa casquette de producteur, et à la fin de l'automne 2003 le film est entré en préproduction. Période pendant laquelle on s'occupa du casting, du planning, du budget et du plan de tournage.

Ceux qui ont travaillé avec Nick et Garth sur ce film vous parleront forcément de l'attention minutieuse portée aux détails sur laquelle repose leur approche. Depuis le début, Garth et Nick étaient déterminés à ce que *H2G2* ne soit pas un univers totalement généré par ordinateur. Même le regard le plus superficiel porté sur leur travail montre leur amour des marionnettes, des accessoires qui fonctionnent directement devant la caméra, des vrais décors. Bien entendu, dans un film comme *H2G2*, il va toujours y avoir des séquences numériques spectaculaires, mais en définitive les acteurs ont passé très peu de temps à donner la réplique à une balle de tennis fixé sur un bâton au milieu recouvert de tissu bleu ou vert. Le Jim Henson Creature Shop de Camden, à Londres, a été recruté pour créer les Vogons et des douzaines de créatures « authentiques » avec qui les acteurs pouvaient interagir. Pendant les seize semaines de tournage aux studios d'Elstree, Frogmore et Sheperton, et en décors naturels dans le North Hertfordshire, au pays de Galles et dans le centre de Londres, l'équipe du directeur artistique créa une série de « vrais mondes », magnifiquement réalisés, dans lesquels les acteurs pouvaient évoluer.

Le saint des saints pour les fans et l'équipe fut sans aucun doute le décor du *Cœur-en-Or*. Sur le fameux plateau George Lucas à Elstree a été construit un intérieur complet du vaisseau. C'était vraiment une œuvre de toute beauté : des courbes blanches et rayonnantes, un magnifique panneau de contrôle abritant le bouton du propulseur à Improbabilité Infinie au milieu, une cuisine et même un espace bar pour servir les gargle blaster pan-galactiques. Et, fort logiquement, le 11 mai 2004, jour du troisième anniversaire de la mort de Douglas, la totalité du casting et de l'équipe du film s'est réunie dans le décor du *Cœur-en-Or* pour une minute de silence en sa mémoire. Pour Jay Roach, qui a tenu ce jour-là à faire sa propre minute de silence plus tard à L.A., « tout a commencé avec Douglas ; nous avions tous à cœur de conserver la magie des pièces radio et des livres. L'esprit de Douglas nous a unis et il n'était pas question de faire quoi que ce soit en contradiction avec ce que lui ou ses fans auraient aimé. *H2G2* devait fusionner avec ce nouveau média, mais n'avait pas besoin pour autant de différer de ce qu'il a toujours été, cet incroyable prisme à travers lequel regarder le monde et qui peut être une source d'inspiration et d'exaltation. Nous savions tous que cela ne marcherait pas sans cette essence, et quand nous avons trouvé Garth et Nick, j'ai réellement pensé qu'ils feraient un meilleur boulot que moi pour donner souffle à celle-ci ».

Roger Birnbaum considère lui aussi que « cela a été l'une des grandes aventures de ma carrière. Quand ça vous prend beaucoup de temps pour monter un projet, c'est d'autant plus gratifiant une fois que ça fonctionne… Tout le monde s'est passionné pour ce projet et a fait des heures sup. En mémoire de Douglas ».

Tout au long de la réalisation d'un film, une multitude d'instants vous restent en mémoire. Pour moi l'un de ces moments est celui où nous filmions à Tredegar dans le sud du pays de Galles, dans une carrière abandonnée (perpétuant ainsi la longue et honorable tradition associant la science-fiction britannique et les carrières). Toute la journée, nous n'avons cessé de rentrer ou de sortir des camionnettes tandis que des bourrasques de pluie balayaient la carrière presque à l'horizontale. La productrice du Jim Henson Creature Shop était engoncée de la tête aux pieds dans une combinaison conçue pour les explorations arctiques. Pendant ce temps, une partie de l'équipe démontrait l'âpreté de son caractère en gardant ses shorts et ses Timberland, ignorant royalement le froid. Les rares moments d'éclaircie, nécessaires au tournage, avaient été trop brefs. Mais à présent, dans la douce luminosité du soir, je pouvais voir un tout petit homme, seul au milieu de la carrière, essayant de garder une grosse tête blanche sur ses épaules malgré le vent. Je voyais également le réalisateur, avec son énergie et son enthousiasme sans limite, testant un gadget que trois des acteurs auraient à utiliser le lendemain. Il appuya sur un petit bouton et une tapette apparut en face de lui à une vitesse alarmante, s'arrêtant juste devant son nez. Pendant ce temps, un homme en pyjama et robe de chambre, serrant une serviette contre lui, passait le temps avec le Président de la Galaxie. Plus loin, un vaisseau rouge Ferrari, qui avait créé une tranchée de cinquante mètres là où il s'était écrasé, reflétait le soleil sur ses ailerons.

C'était le 1er juillet 2004, nous filmions les prises en extérieur des scènes se déroulant sur la planète Vogosphère et je sentis à nouveau une montée de fierté et d'excitation à l'idée que l'on était en train de réaliser le film adapté du *Guide du voyageur galactique*. C'était quelque chose que Douglas avait voulu si fort… Comme d'habitude la fierté se mua presque aussitôt en profonde tristesse parce qu'il n'était pas là pour partager ce moment avec nous tous.

Plusieurs douzaines de fois durant la préproduction et le tournage de *H2G2*, on me posa des questions du genre : « Pensez-vous que Douglas aurait approuvé le design de cette cage pour le Hanneton Glouton de Tron ? » ou « Aurait-il apprécié l'utilisation d'une réplique de trente mètres de haut de son nez à l'entrée du temple d'Humma Kavula ? » Ma réponse était presque toujours la même : c'est difficile à dire sur des sujets spécifiques comme la cage ou le nez (bien que je puisse toujours hasarder une réponse affirmative dans les deux cas), mais je sais qu'il aurait eu beaucoup de plaisir à voir la passion, l'attention aux détails et la véritable exubérance créative que tous ceux impliqués dans la production ont apportées à la fabrication de ce film. Et là, dans ce tableau vivant au fond de la carrière — avec Gerald Statton[1], doublure de Warwick Davies, aidant à positionner Marvin le robot maniaco-dépressif pour la prochaine prise, Martin Freeman et Za-

1. Des doublures remplacent les stars sur le plateau tandis que le directeur de la photographie et le réalisateur éclairent la scène suivante et répètent les mouvements des caméras. *(N.d.A.)*

phod Beeblebrox, faisant de leur mieux dans des conditions difficiles, Garth Jennings testant le mécanisme d'un accessoire, et l'équipe sautillant pour rentrer ou sortir des véhicules parqués les uns contre les autres —, j'espérais que figurait tout ce dont Douglas aurait pu être fier.

ROBBIE STAMP
Londres, décembre 2004

*Traduit de l'anglais par Nicolas Botti*

## DU MÊME AUTEUR

*Aux Éditions Denoël*

LE GUIDE DU VOYAGEUR GALACTIQUE (Folio Science-Fiction n° 21)

LE DERNIER RESTAURANT AVANT LA FIN DU MONDE (Folio Science-Fiction n° 35)

LA VIE, L'UNIVERS ET LE RESTE (Folio Science-Fiction n° 52)

SALUT ! ET ENCORE MERCI POUR LE POISSON ! (Folio Science-Fiction n° 60)

GLOBALEMENT INOFFENSIVE (Folio Science-Fiction n° 62)

*Aux Éditions Gallimard*

UN CHEVAL DANS LA SALLE DE BAINS (Folio Science-Fiction n° 124)

BEAU COMME UN AÉROPORT (Folio Science-Fiction n° 125)

FONDS DE TIROIR (Folio Science-Fiction n° 169)

*Dans la même collection*

| | | |
|---|---|---|
| 1. | Isaac Asimov | *Fondation* |
| 2. | Isaac Asimov | *Fondation et Empire* |
| 3. | Ray Bradbury | *Fahrenheit 451* |
| 4. | H.P. Lovecraft | *La couleur tombée du ciel* |
| 5. | Mary Shelley | *Frankenstein ou Le Prométhée moderne* |
| 6. | Fredric Brown | *Martiens, go home !* |
| 7. | Norman Spinrad | *Le Printemps russe,* 1 |
| 8. | Norman Spinrad | *Le Printemps russe,* 2 |
| 9. | Dan Simmons | *L'Échiquier du mal,* 1 |
| 10. | Dan Simmons | *L'Échiquier du mal,* 2 |
| 11. | Stefan Wul | *Oms en série* |
| 12. | Serge Brussolo | *Le syndrome du scaphandrier* |
| 13. | Jean-Pierre Andrevon | *Gandahar* |
| 14. | Orson Scott Card | *Le septième fils* |
| 15. | Orson Scott Card | *Le prophète rouge* |
| 16. | Orson Scott Card | *L'apprenti* |
| 17. | John Varley | *Persistance de la vision* |
| 18. | Robert Silverberg | *Gilgamesh, roi d'Ourouk* |
| 19. | Roger Zelazny | *Les neuf princes d'Ambre* |
| 20. | Roger Zelazny | *Les fusils d'Avalon* |
| 21. | Douglas Adams | *Le Guide galactique* |
| 22. | Richard Matheson | *L'homme qui rétrécit* |
| 23. | Iain Banks | *ENtreFER* |
| 24. | Mike Resnick | *Kirinyaga* |
| 25. | Philip K. Dick | *Substance Mort* |
| 26. | Olivier Sillig | *Bzjeurd* |
| 27. | Jack Finney | *L'invasion des profanateurs* |
| 28. | Michael Moorcock | *Gloriana ou La reine inassouvie* |
| 29. | Michel Grimaud | *Malakansâr* |
| 30. | Francis Valéry | *Passeport pour les étoiles* |

| | | |
|---|---|---|
| 31. | Isaac Asimov | *Seconde Fondation* |
| 32. | Philippe Curval | *Congo Pantin* |
| 33. | Mary Gentle | *Les Fils de la Sorcière* |
| 34. | Richard Matheson | *Le jeune homme, la mort et le temps* |
| 35. | Douglas Adams | *Le Dernier Restaurant avant la Fin du Monde* |
| 36. | Joël Houssin | *Le Temps du Twist* |
| 37. | H.P. Lovecraft | *Dans l'abîme du temps* |
| 38. | Roger Zelazny | *Le signe de la licorne* |
| 39. | Philip K. Dick et Roger Zelazny | *Deus irae* |
| 40. | Pierre Stolze | *La Maison Usher ne chutera pas* |
| 41. | Isaac Asimov | *Fondation foudroyée* |
| 42. | Fredric Brown | *Une étoile m'a dit* |
| 43. | Francis Berthelot | *Rivage des intouchables* |
| 44. | Gregory Benford | *Un paysage du temps* |
| 45. | Ray Bradbury | *Chroniques martiennes* |
| 46. | Roger Zelazny | *La main d'Oberon* |
| 47. | Maurice G. Dantec | *Babylon Babies* |
| 48. | René Barjavel | *Le Diable l'emporte* |
| 49. | Bruce Sterling | *Mozart en verres miroirs* |
| 50. | Thomas M. Disch | *Sur les ailes du chant* |
| 51. | Isaac Asimov | *Terre et Fondation* |
| 52. | Douglas Adams | *La Vie, l'Univers et le Reste* |
| 53. | Richard Matheson | *Je suis une légende* |
| 54. | Lucius Shepard | *L'aube écarlate* |
| 55. | Robert Merle | *Un animal doué de raison* |
| 56. | Roger Zelazny | *Les Cours du Chaos* |
| 57. | André-François Ruaud | *Cartographie du merveilleux* |
| 58. | Bruce Sterling | *Gros Temps* |
| 59. | Laurent Kloetzer | *La voie du cygne* |
| 60. | Douglas Adams | *Salut, et encore merci pour le poisson* |

| | | |
|---|---|---|
| 61. | Roger Zelazny | *Les Atouts de la Vengeance* |
| 62. | Douglas Adams | *Globalement inoffensive* |
| 63. | Robert Silverberg | *Les éléphants d'Hannibal* |
| 64. | Stefan Wul | *Niourk* |
| 65. | Roger Zelazny | *Le sang d'Ambre* |
| 66. | Orson Scott Card | *Les Maîtres Chanteurs* |
| 67. | John Varley | *Titan (La trilogie de Gaïa I)* |
| 68. | André Ruellan | *Mémo* |
| 69. | Christopher Priest | *La Machine à explorer l'Espace* |
| 70. | Robert Silverberg | *Le nez de Cléopâtre* |
| 71. | John Varley | *Sorcière (La trilogie de Gaïa II)* |
| 72. | Howard Waldrop | *Histoire d'os* |
| 73. | Herbert George Wells | *La Machine à explorer le Temps* |
| 74. | Roger Zelazny | *Le signe du Chaos* |
| 75. | Isaac Asimov | *Les vents du changement* |
| 76. | Norman Spinrad | *Les Solariens* |
| 77. | John Varley | *Démon (La trilogie de Gaïa III)* |
| 78. | Roger Zelazny | *Chevalier des ombres* |
| 79. | Fredric Brown | *Fantômes et farfafouilles* |
| 80. | Robert Charles Wilson | *Bios* |
| 81. | Walter Jon Williams | *Sept jours pour expier* |
| 82. | Roger Zelazny | *Prince du Chaos* |
| 83. | Isaac Asimov | *Chrono-minets* |
| 84. | H. P. Lovecraft | *Je suis d'ailleurs* |
| 85. | Walter M. Miller Jr. | *Un cantique pour Leibowitz* |
| 86. | Michael Bishop | *Requiem pour Philip K. Dick* |
| 87. | Philip K. Dick | *La fille aux cheveux noirs* |
| 88. | Lawrence Sutin | *Invasions divines* |
| 89. | Isaac Asimov | *La fin de l'Éternité* |

| | | |
|---|---|---|
| 90. | Mircea Cărtărescu | *Orbitor* |
| 91. | Christopher Priest | *Le monde inverti* |
| 92. | Stanislas Lem | *Solaris* |
| 93. | William Burroughs | *Le festin nu* |
| 94. | William Hjortsberg | *Angel Heart* (Le sabbat dans Central Park) |
| 95. | Chuck Palahniuk | *Fight Club* |
| 96. | Steven Brust | *Agyar* |
| 97. | Patrick Marcel | *Atlas des brumes et des ombres* |
| 98. | Edgar Allan Poe | *Le masque de la Mort Rouge* |
| 99. | Dan Simmons | *Le Styx coule à l'envers* |
| 100. | Joe Haldeman | *Le vieil homme et son double* |
| 101. | Bruce Sterling | *Schismatrice +* |
| 102. | Roger Zelazny et Fred Saberhagen | *Engrenages* |
| 103. | Serge Brussolo | *Boulevard des banquises* |
| 104. | Arthur C. Clarke | *La cité et les astres* |
| 105. | Stefan Wul | *Noô* |
| 106. | Andrew Weiner | *En approchant de la fin* |
| 107. | H. P. Lovecraft | *Par-delà le mur du sommeil* |
| 108. | Fredric Brown | *L'Univers en folie* |
| 109. | Philip K. Dick | *Minority Report* |
| 110. | Bruce Sterling | *Les mailles du réseau* |
| 111. | Norman Spinrad | *Les années fléaux* |
| 112. | David Gemmell | *L'enfant maudit* (Le Lion de Macédoine, I) |
| 113. | David Gemmell | *La mort des Nations* (Le Lion de Macédoine, II) |
| 114. | Michael Moorcock | *Le Chaland d'or* |
| 115. | Thomas Day | *La Voie du Sabre* |
| 116. | Ellen Kushner | *Thomas le rimeur* |

117. Peter S. Beagle — *Le rhinocéros qui citait Nietzsche*
118. David Gemmell — *Le Prince Noir* (Le Lion de Macédoine, III)
119. David Gemmell — *L'Esprit du Chaos* (Le Lion de Macédoine, IV)
120. Isaac Asimov — *Les dieux eux-mêmes*
121. Alan Brennert — *L'échange*
122. Isaac Asimov — *Histoires mystérieuses*
123. Philip K. Dick — *L'œil de la Sibylle*
124. Douglas Adams — *Un cheval dans la salle de bain*
125. Douglas Adams — *Beau comme un aéroport*
126. Sylvie Denis — *Jardins virtuels*
127. Roger Zelazny — *Le Maître des Ombres*
128. Christopher Priest — *La fontaine pétrifiante*
129. Donald Kingsbury — *Parade nuptiale*
130. Philip Pullman — *Les royaumes du Nord* (À la croisée des mondes, I)
131. Terry Bisson — *Échecs et maths*
132. Andrew Weiner — *Envahisseurs !*
133. M. John Harrison — *La mécanique du Centaure*
134. Charles Harness — *L'anneau de Ritornel*
135. Edmond Hamilton — *Les Loups des étoiles*
136. Jack Vance — *Space Opera*
137. Mike Resnick — *Santiago*
138. Serge Brussolo — *La Planète des Ouragans*
139. Philip Pullman — *La Tour des Anges* (À la croisée des mondes, II)
140. Jack Vance — *Le jardin de Suldrun* (Le cycle de Lyonesse, I)
141. Orson Scott Card — *Le compagnon*
142. Tommaso Pincio — *Le Silence de l'Espace*
143. Philip K. Dick — *Souvenir*
144. Serge Brussolo — *Ce qui mordait le ciel*
145. Jack Vance — *La perle verte*

146. Philip Pullman — *Le Miroir d'Ambre*
147. M. John Harrison — *La Cité Pastel* (Le cycle de Viriconium, I)
148. Jack Vance — *Madouc*
149. Johan Héliot — *La lune seul le sait*
150. Midori Snyder — *Les Innamorati*
151. R. C. Wilson — *Darwinia*
152. C. Q. Yarbro — *Ariosto Furioso*
153. M. John Harrison — *Le Signe des Locustes*
154. Walter Tewis — *L'homme tombé du ciel*
155. Roger Zelazny et Jane Lindskold — *Lord Démon*
156. M. John Harrison — *Les Dieux incertains*
157. Kim Stanley Robinson — *Les menhirs de glace*
158. Harlan Ellison — *Dérapages*
159. Isaac Asimov — *Moi, Asimov*
160. Philip K. Dick — *Le voyage gelé*
161. Federico Andahazi — *La Villa des mystères*
162. Jean-Pierre Andrevon — *Le travail du Furet*
163. Isaac Asimov — *Flûte, flûte et flûtes !*
164. Philip K. Dick — *Paycheck*
165. Cordwainer Smith — *Les Sondeurs vivent en vain* (Les Seigneurs de l'Instrumentalité, I)
166. Cordwainer Smith — *La Planète Shayol* (Les Seigneurs de l'Instrumentalité, II)
167. Cordwainer Smith — *Nostrilia* (Les Seigneurs de l'Instrumentalité, III)
168. Cordwainer Smith — *Légendes et glossaire du futur* (Les Seigneurs de l'Instrumentalité, IV)
169. Douglas Adams — *Fonds de tiroir*
170. Poul Anderson — *Les croisés du Cosmos*

171. Neil Gaiman — *Pas de panique!*
172. S. P. Somtow — *Mallworld*
173. Matt Ruff — *Un requin sous la lune*
174. Michael Moorcock — *Une chaleur venue d'ailleurs* (Les Danseurs de la Fin des Temps, I)
175. Thierry di Rollo — *La lumière des morts*
176. John Gregory Betancourt — *Les Neuf Princes du Chaos*
177. Donald Kingsbury — *Psychohistoire en péril*, I
178. Donald Kingsbury — *Psychohistoire en péril*, II
179. Michael Moorcock — *Les Terres creuses* (Les Danseurs de la Fin des Temps, II)
180. Joe Haldeman — *Pontesprit*
181. Michael Moorcock — *La fin de tous les chants* (Les Danseurs de la Fin des Temps, III)
182. John Varley — *Le Canal Ophite*
183. Serge Brussolo — *Mange-Monde*
184. Michael Moorcock — *Légendes de la Fin des Temps* (Les Danseurs de la Fin des Temps, IV)
185. Robert Holdstock — *La forêt des Mythagos*
186. Robert Holdstock — *Lavondyss* (La forêt des Mythagos, II)
187. Christopher Priest — *Les Extrêmes*
188. Thomas Day — *L'Instinct de l'équarrisseur*
189. Maurice G. Dantec — *Villa Vortex*
190. Franck M. Robinson — *Le Pouvoir*
191. Robert Holdstock — *Le Passe-broussaille* (La forêt des Mythagos, III)
192. Robert Holdstock — *La Porte d'ivoire* (La forêt des Mythagos, IV)
193. Stanislas Lem — *La Cybériade*

| | | |
|---|---|---|
| 194. | Paul J. Mc Auley | *Les conjurés de Florence* |
| 195. | Roger Zelazny | *Toi l'immortel* |
| 196. | Isaac Asimov | *Au prix du papyrus* |
| 197. | Philip K. Dick | *Immunité* |
| 198. | Stephen R. Donaldson | *Le miroir de ses rêves* (L'appel de Mordant, I) |
| 199. | Robert Charles Wilson | *Les fils du vent* |
| 200. | Greg Bear | *La musique du sang* |
| 201. | Dan Simmons | *Le chant de Kali* |
| 202. | Thierry Di Rollo | *La profondeur des tombes* |
| 203. | Stephen R. Donaldson | *Un cavalier passe* (L'appel de Mordant, II) |
| 204. | Thomas Burnett Swann | *La trilogie du Minotaure* |
| 205. | Jack Vance | *Croisades* |
| 206. | Thomas Day | *L'homme qui voulait tuer l'Empereur* |
| 207. | Robert Heinlein | *L'homme qui vendit la lune* (Histoire du futur, I) |
| 208. | Robert Heinlein | *Les vertes collines de la Terre* (Histoire du futur, II) |
| 209. | Robert Heinlein | *Révolte en 2100* (Histoire du futur, III) |
| 210. | Robert Heinlein | *Les enfants de Mathusalem* (Histoire du futur, IV) |
| 211. | Stephen R. Donaldson | *Le feu de ses passions* (L'appel de Mordant, III) |
| 212. | Roger Zelazny | *L'enfant de nulle part* |
| 213. | Philip K. Dick | *Un vaisseau fabuleux* |
| 214. | John Gregory Betancourt | *Ambre et Chaos* |
| 215. | Ugo Bellagamba | *La Cité du Soleil* |
| 216. | Walter Tevis | *L'oiseau d'Amérique* |

*À paraître :*

| | | |
|---|---|---|
| 217. | Isaac Asimov | *Dangereuse Callisto* |
| 218. | Ray Bradbury | *L'homme illustré* |
| 219. | Douglas Adams | *Le Guide du voyageur galactique* |
| 220. | Philip K. Dick | *Dans le jardin* |
| 221. | Johan Héliot | *Faerie Hackers* |
| 222. | Ian R. MacLeod | *Les Îles du Soleil* |

*Composition IGS.*
*Impression Société Nouvelle Firmin-Didot*
*à Mesnil-sur-l'Estrée, le 2 juillet 2005.*
*Dépôt légal : juillet 2005.*
*Numéro d'imprimeur : 74424.*

ISBN 2-07-031901-6/Imprimé en France.

38073